L. v. Winterfeld-Platen

Antje in Danzig

Leontine von Winterfeld-Platen

Antje in Danzig

Eine historische Erzählung

OTTO BAUER VERLAG STUTTGART 75

ISBN 3-87047-071-2
bearbeitete Neuausgabe 1992

1930 im Verlag Friedrich Bahn Schwerin
unter dem Titel „Faust über Danzig“ erschienen
Umschlagfoto: Bildagentur Mauritius
Satz: FotoSatz Ailinger Schlierbach
Herstellung: Druckerei Bauer GmbH Winnenden
Printed in Germany 1992

Sieben breite Wachslichter waren im Kreis auf die grauen Steinfliesen geklebt. Sie warfen ein unruhiges, flackerndes Leuchten in den hohen, gewölbten Raum und kämpften gegen die letzten Strahlen der scheidenden Abendsonne, die purpurn durch die schmalen, vergitterten Bogenfenster drangen.

Inmitten dieses Lichtkreises stand regungslos, mit großen, ernsten Augen die zarte, schlanke Gestalt eines Mädchens. Schneeweiße, knisternde Seide aus Brabant floß in starren, abstehenden Falten bis auf den Boden nieder, und die langen Ärmel, die über ihr Handgelenk fielen, waren gepufft und geschlitzt. Sie hielt die Arme mit den gespreizten Fingern ein wenig vom Kleid ab, und ihre dunklen Augen gingen neugierig an der eigenen Gestalt herauf und herunter. Rehbraune Zöpfe hingen rechts und links schwer über ihre Schultern herab, und über dem schlicht gescheitelten Haar funkelten die letzten Sonnenstrahlen wie ein schimmerndes Krönchen.

Vier lockige Kinderköpfchen lugten aus der Dämmerung des Raumes von der grauen Steinwand her, und verfolgten mit großen erstaunten Blicken jede Bewegung der lieblichen Gestalt im flackernden Lichtkreis. Die vier Kinder saßen nebeneinander auf einer groben, hölzernen Bank, und die baumelnden

Füßchen kamen noch nicht bis auf den steinernen Boden. In die Stille des grauen Gewölbes hinein kam plötzlich wie ein Vogelzwitschern im Frühling ein zärtliches Stimmlein:

„Söte Antje!"

Und wie ein Echo noch dreimal in kurzem Abstand:

„Söte Antje!"

Die so Angeredete drehte ein wenig den Kopf, der aus der weißseidenen Halskrause wie ein Blütenkelch wuchs, und lächelte zu den vier Kindern hinüber. Das war so stolz und strahlend zugleich, dabei so herzensfroh und mütterlich.

„Antje ist gleich fertig, Kinder. Dann bringe ich euch zu Bett."

Das älteste der vier Kinder, ein Junge von zehn Jahren, wies mit dem ausgestreckten Zeigefinger auf die große Schwester.

„Nun bist du eine Braut, Antje. Nicht wahr, so sieht eine richtige Braut aus, Dörte?"

Eine knurrende, dumpfe Stimme kam von unten her. Dort kniete auf den Steinfliesen eine hagere, ältliche Frau, mit Nadel und Faden das starre, weiße Seidenkleid kürzend. Von Zeit zu Zeit kniff sie die Augen ein und bog den Oberkörper weit zurück, immer noch auf den Knien bleibend, um mit prüfendem Blick ihre Verkürzungsarbeit zu mustern.

„Deine Mutter ist größer gewesen als du, Antje, ich muß dem Kleid ein ganzes Stück vom Saum nehmen, weil es sonst auf dem Boden schleifen müßte. Und sie sollen in Danzig Augen machen, wenn mein Antjekind kommt!"

Wieder kam ein feines Kinderstimmchen aus dem Hintergrund.

„Und warum hast du alle die Lichtlein auf den Fußboden gestellt? Es sieht fast aus wie heilige Weihnachten selber."

Die alte Dörte strich sich das graue Haar aus der Stirn.

„Weil ich sonst nichts sehen kann hier auf den dunklen Steinen, Kind. Der Abend dämmert schon zu sehr, und am Tage hatte ich keine Zeit dazu. So, Antje, ich meine, nun wird die Länge gut sein. Dreh dich langsam im Kreis. Aber vorsichtig, daß du den Lichtern nicht zu nahe kommst. So, Antje, nun magst du dich dem Herrn Vater zeigen, ob er mit uns zufrieden ist. Und ihr Kinder kommt jetzt ins Bett, es ist schon spät."

„Aber zuvor dürfen wir die Lichtlein löschen, Dörte, Ihr habt es uns versprochen."

Und im Nu waren die Vier von der hohen Bank herunter und knieten neben der Tante auf dem Steinboden. Plusterten die runden Backen und bliesen aus Leibeskräften in die flackernden Talglichter. Die waren rasch erloschen, und nur ein schwarzes Rauchwölklein blieb zurück in dem kahlen Zimmer der Tante Dörte.

Die Kinder wollten sich auf Antje stürzen und sie umfassen, aber sie wehrte lachend mit beiden Händen ab.

„Erst muß ich zum Herrn Vater, weil er mich zu sich gerufen hat. Und dann schlüpfe ich in mein altes Hauskleid und helfe der Tante Dörte, euch zur Ruhe zu bringen. Seid hübsch artig, sonst dürft ihr mich nicht in Danzig besuchen."

Mühsam hatte sich die grauhaarige Dörte von den Knien erhoben und sah wohlgefällig und prüfend auf ihr Machwerk.

„Nimm das lange Kleid behutsam mit den Fingerspitzen hoch, wenn du die steinerne Wendeltreppe hinaufgehst, Antje. Daß der weiße Saum auf den sandigen Stufen nicht Schaden nimmt. Und ihr Kinder, sammelt mir flugs die Nadeln, Schere und Faden vom Boden und legt sie fein säuberlich auf meinen Tisch am Fenster. Und dann hinauf in die Kammer, die Sonne geht schon unter."

Behutsam raffte Antje ihr weißes Kleid mit den Fingerspitzen und schritt den anderen voraus, aus der Tür. Sie stieg die steile, dunkle Wendeltreppe hinauf, bis sie vor der breiten, eichenen Tür zu ihres Vaters Zimmer stand. Leise klopfte sie an und trat dann lächelnd über die Schwelle. Da saß der Vater im großen Lehnstuhl am Fenster, das kranke Knie hochgelegt und mit Leinen umwickelt. Der graue, lange Bart reichte ihm weit über die Brust hinunter, und seine großen, hageren Hände lagen müde auf der warmen Decke.

Der Ritter von Borcke hatte bei einem Feldzug gegen Pommerellen einen Streifschuß ins Bein bekommen, und die Wunde machte ihm seither viel zu schaffen und wollte nicht heilen, obwohl es bereits Jahre her war. Als er nun so in dem hohen Stuhl saß, von der Abendsonne purpurn überleuchtet, den Blick hinausgewandt aus dem offenen Fenster, wo der See sich zu endloser Weite dehnte – da waren seine Gedanken wieder in die stolze lichte Vergangenheit zurückgewandert. Als noch Reiten und Jagen seines Lebens Inhalt und Freude gewesen war, als noch sein frisches, frohes Weib lebte, das er einst in jungen Jahren aus Holland heimgeführt hatte. Daher bekam auch seine Älteste in der heiligen Taufe den niederländischen Namen Antje.

Und um diese seine Älteste kreisten auch heute fortwährend seine Gedanken.

Nun sah er sie über die Schwelle treten, in dem weißseidenen, starren Brautkleid der Mutter. Sie stellte sich vor ihn hin und lächelte.

„Tante Dörte läßt Euch fragen, Herr Vater, ob es so richtig ist? Sie will es dann gleich fertig nähen, damit ich es nach Danzig mitnehmen kann."

Guntram Borcke sah unverwandt auf sein Kind. Es stand wie in Rosenglut, denn die Abendsonne füllte rings das ganze, holzgetäfelte Gemach, und auch von der silbernen Fläche des regungslosen Sees wurde der Widerschein des Sonnenuntergangs in lodernden Flammen zurückgeworfen. Guntram Borcke streckte die Hand aus, und seine grauen Augen waren voll Weichheit und Güte.

„Nun komm, meine Antje, daß dich dein Vater anschauen kann. Tante Dörte hat alles schön und gut gemacht. Und ich wollte, ich könnte an deinem Ehrentage dabei sein. Komm, setze dich ein wenig zu mir, denn es wird mir ohne dich einsam sein."

Seine Stimme zitterte, und er zog das Kind näher heran. Antje setzte sich auf die Seitenlehne seines hohen Stuhls und legte ihre Arme um seinen Nacken.

„Ihr besucht mich bald, Herr Vater. Und bringt alle Kinder mit. O, wird das eine Freude geben in Danzig!"

Der alte Borcke wiegte den Kopf. Aber er sagte nichts, um seinem Kind die Freude nicht zu verderben. Im Stillen ging es ihm durch den Sinn, daß die angeheirateten Familien wohl nicht immer willkommen sind in so großer Anzahl.

Er strich dem Mädchen weich über den Kopf.

„Du wirst nun morgen sechzehn Jahre, Antje. Ach, wie die Zeit seit deiner Geburt geflogen ist. Ich weiß es noch wie heute, als mein treuer Freund und Waffengefährte, der mächtige Kaufherr Matthias Veldeke aus Danzig, hier bei uns zu Gast war. Es war wenige Wochen vor deiner Geburt, und wir waren so fröhlich zusammen. Er erzählte von seinen großen Buben, die wild und unbändig waren. Abends beim Wein, als deine Mutter neben uns am Kaminfeuer saß, hob er nachdenklich sein Glas und fragte: ‚Ich wollte, Frau Antje, daß das Kind, das Ihr unter dem Herzen tragt, ein Mädchen würde. Dann könnte mein Ältester es heiraten, und die Freundschaft unserer beiden Häuser wäre noch mehr besiegelt und gefestigt.'

Und deine Mutter lächelte und meinte: ‚Ich bin wohl einverstanden, Herr Matthias. Wenn es ein Mädchen wird, kann es Euer Ältester heiraten. Mein Gemahl hat mir schon immer von dem großen Handelshaus der Veldeke in Danzig erzählt. Deren Schiffe auf der Ostsee fahren und noch weiter, bis nach England. Ich bin auch aus einem Land des rastlosen Handels und der großen Kaufherren – nämlich aus Holland.'

Da leuchteten die Augen meines alten Freundes, und er streckte die Hand aus.

‚Topp, ich bin einverstanden! Aber laßt es uns schriftlich machen; denn wir Alten könnten darüber hinsterben. Es ist doch mein sehnlichster Wunsch, daß unsere Häuser und Familien enger verknüpft seien.'

Noch am selben Abend setzten wir dies doppelt auf und unterschrieben es alle drei."

Guntram Borcke griff zu seinem Tisch hinüber, wo eine offene Pergamentrolle lag, an der ein Siegel hing.

„Du hast es schon oft gehört, Antje. Aber heute muß ich es dir noch einmal vorlesen. Damit wir nichts vergessen oder übersehen."

Er rollte das Pergament auseinander und las langsam mit lauter Stimme:

„Anno Domini 1560. Wir, Guntram von Borcke und Matthias Veldeke, sind heute übereingekommen, unsere Kinder zur heiligen Ehe miteinander zu versprechen. Wenn Frau Antje eines Töchterleins genesen ist, was Gott in Gnaden geben wolle, so soll das Mädchen fortan als Braut meines ältesten Sohnes Klaus angesehen und gehalten werden, und an dem Tage, wenn sie sechzehn Lenze zählt, in unser altes Patrizierhaus zu Danzig übersiedeln. Und wenn sie sich dort eingelebt hat, nach Jahresfrist das Eheweib meines Sohnes werden. Wozu Gott seinen Segen geben wolle! Amen."

Dann kamen die eigenhändigen Unterschriften der beiden Väter und der Nachsatz, daß man das Mädchen an seinem sechzehnten Geburtstag von der Burg Leba aus die Hälfte Weges bis Danzig begleiten solle, von wo sie dann der Bräutigam mit feierlichem Geleit abholen und in sein Vaterhaus bringen möge. Antje kannte den Inhalt dieses Dokumentes gut, er war ihr von Kind an vertraut gewesen. Der Gedanke hatte nichts Bedrückendes oder Ängstliches für sie, daß sie nun allein so weit von der Heimat fort sollte. Sie wußte, daß Eheleute oft in der Wiege schon miteinander versprochen wurden, und fand nichts Ungeheuerliches dabei. Der Vater hatte ihr schon so viel von dem schönen, stolzen Danzig erzählt – von dem mächtigen, alten Patrizierhaus in der Langgasse, wo die Veldekes schon seit Jahrhunderten wohnten, ebenso wie die Borckes hier in ihrer Burg am Lebasee.

Nun war der alte Kaufherr Matthias gestorben, und Klaus hatte das Erbe seines Vaters zu Wasser und zu Lande angetreten. Er war ja auch zehn Jahre älter als sie, und Guntram Borcke hatte gehört, daß man seine Umsicht und Tatkraft in Danzig allgemein rühmte – ja, daß er sogar schon trotz seiner Jugend Ratsherr geworden war.

Als Antje vor fünf Jahren bei der Geburt des jüngsten Bruders die Mutter verlor, war auch sie durch das einsame und arbeitsreiche Leben früh gereift und hatte ihre kleinen Geschwister mit großer Liebe und Umsicht betreut.

„Antje", sagte Guntram Borcke und schob die Pergamentrolle ein wenig ermüdet zurück – „der alte Gerold wird dich morgen mit allen meinen Männern begleiten. Er weiß, bis wohin er dich bringen soll – wir haben Lauenburg vereinbart. Und ein Bote brachte mir gestern die Nachricht, daß die Danziger pünktlich zur Stelle sein werden."

Jetzt richtete er sich im Lehnstuhl auf, und seine Stimme wurde fest und ernst.

„Du kommst in ein Haus, das dir fremd ist, Antje. Und zu Menschen, die du noch nie gesehen hast. Aber die Veldekes sind ein altes Geschlecht, und Danzig hat ihnen viel zu verdanken. Mache deinem Namen Ehre, Antje, und sei dem Klaus eine treue und ehrsame Ehefrau. Ich weiß, daß ich mich auf dich verlassen kann. Zeige ihnen, was die Frauen der Borckes wert sind und wessen Blut in deinen Adern kreist. Ihr Frauen hier von der grauen Ostseeküste seid stolz und herb – aber stark im Handeln, hart im Leid und treu in der Not. Du wirst deinen Weg schon finden und gehen, Antje. Das bin ich gewiß. Über alles aber stelle Gottes Gebot in deinem Herzen, das ist deines Gewissens ewige, eherne Stimme."

Antje erhob sich von der Lehne des alten Stuhls. Sie stand vor ihrem Vater und hatte die Hände über der Brust gefaltet. Den Kopf mit den schweren, rehbraunen Flechten hielt sie tief gesenkt. Ihr war wie in einer Kirche zumute.

Über dem Lebasee erlosch die letzte Glut des Abendhimmels. Und auch in Guntram Borckes Zimmer war es plötzlich grau und dämmrig geworden. Ein Lufthauch rührte die Buchenkronen vorm weit offenen Fenster. Nun rauschten sie ihr altes Lied um die steinernen Mauern der Burg. Antje kniete vor dem Vater nieder und küßte seine Hände. Wie zum Segen legte er sie noch einmal auf ihren Kopf. Über sein zerfurchtes Angesicht rann ihm eine Träne in den grauen Bart.

„Gott helfe dir, mein Antjekind", sagte er leise.

Da riß sie sich zusammen, stand auf und ging hastig aus der Tür. Denn sie wollte nicht weich werden. Rasch zog sie sich um, weil Dörte auf das Brautkleid wartete. Und dann huschte sie in die Kammer der Kinder, um das Nachtgebet mit ihnen zu sprechen. Sie hingen noch lange an ihrem Hals und konnten es nicht fassen, daß ihre söte Antje sie morgen schon verlassen mußte.

Im knappen, dunklen Hauskleid, das glatt an ihrer schlanken Gestalt niederfiel, und nur über den Hüften von einem schmalen Gürtel gehalten wurde, lief Antje dann in der Dämmerung noch einmal zum See hinunter. Der dehnte sich unendlich weit, und aus seiner Tiefe schienen die Sterne zum dunklen Horizont zu steigen. Leise trug der Abendwind auf seinen weichen Armen Welle für Welle zum Strand. Die spülten schlaftrunken gegen das weiße, sandige Ufer, daß es unentwegt ein süßes, träumerisches Murmeln und Singen gab. Das mischte sich mit dem Rauschen der Buchen zu einem schwingenden Nachtchoral, dessen ewige Akkorde schon um die alten Mauern von Burg Leba gingen, solange Antje nur denken konnte.

O, wie sie ihren See liebte und sein unendliches, unergründliches Auf und Nieder im stetig wechselnden Farbenspiel! Jetzt waren die Rosengluten des Abendhimmels versunken in einem violetten Dunkel, das in eins hinüberzuschwimmen schien in Himmel und Erde . . . Ferne Ruderschläge ausziehender Fischerboote klangen weit durch die Stille der Nacht.

Im Schilf am Ufer rauschte noch ein Wasservogel. Wie graue Fahnen hingen die großen Fischernetze schwer und träge am Strand. Hinter den höchsten Dünen hob sich langsam und leuchtend der aufgehende Mond.

Antje war in einen der Kähne gesprungen, die angekettet am Ufer lagen, und hatte ihn mit schneller Hand von seinem Pfahl gelöst. Mit raschen, sicheren Schlägen ruderte sie durch die Schilfgasse hinaus auf das mondüberflutete Wasser. Hoch in der Luft schrien die Wildgänse durch den stillen Augustabend. Das Mädchen legte sich in die Ruder, und ihr schlanker Oberkörper bog sich geschmeidig vor und zurück, in regelmäßigem Takt die Arme biegend. Und ihre junge Brust hob und senkte sich in tiefen, raschen Atemzügen. Wie Silber floß das Wasser von den Rudern nieder, wenn sie sie aus der Tiefe hob.

Ob man in Danzig auch so allein umherrudern konnte? Der Vater hatte erzählt, daß dort viel Wasser war – die Mottlau, und wie die Weichselarme alle hießen. Und dann die große, graue Ostsee selber.

Antje zog die Ruder ein und ließ den Kahn ein wenig vom linden Abendwind treiben. Ihre Mädchenseele begann unversehens zu träumen und sich die Zukunft auszumalen. In weichen, lichten Farben. Farben, in Sonnenschein und Blütenduft. Sie sah es so deutlich vor sich, das alte Patrizierhaus in der Langgasse zu Danzig. Mit der mächtigen, eichenen Haustür und dem großen, blanken Messingklopfer. Mit den breiten, steinernen Stufen und den schönen Beischlägen, die weit in die Gasse hineinführten.

Ach, der Vater hatte es ihr ja so oft beschrieben und erzählt, daß sie es deutlich vor Augen sah, obwohl sie in Wirklichkeit noch niemals dort gewesen war. Und dann die tiefe, große Diele mit den alten, eichengeschnitzten Schränken und dem zierlichen Schifflein, das in der Mitte an langen Schnüren von der rauchgeschwärzten Decke hing.

Eins konnte sich Antje gar nicht vorstellen. Nämlich, daß so viele Häuser eng nebeneinander lagen und lauter Menschen in den Gassen auf und ab gingen, die man oft gar nicht kannte. Das mußte spaßig und unterhaltsam sein! Hier lag die Burg so einsam und ganz für sich, direkt am See. Die trutzigen Mauern auf der einen Seite stetig von Wellen umspült. Und die wenigen Männer und Hörigen, die innerhalb der Burgmauern wohnten, kannte man ganz genau. Sonst waren außer den Fischern unten am See keine Menschen weit und breit. Was eine Gasse war, konnte sich Antje eigentlich gar nicht vorstellen, ebensowenig einen Marktplatz, und die Marienkirche, die ja so mächtig sein sollte, wie es der Vater gar nicht beschreiben konnte. Hier in der Burg war nur die kleine Kapelle, in der ein Priester sonntäglich die heilige Messe las. Ob in Danzig auch so viele Tiere waren? Und ob sie da immer reiten konnte wie hier?

Oft hatte sie auch schon versucht, sich den Klaus Veldeke vorzustellen. Der Vater hatte ihn als Knaben gesehen, er war groß und kräftig gebaut gewesen. Nun sollte er ein Mann von 26 Jahren sein, ein Kaufherr und Ratsmann von großem Ansehen und Reichtum. Eigene Schiffe sollte er haben, die auf der Ostsee mit Waren fuhren und jenem Bund angehörten, den man Hanse nannte. Und eine alte Mutter war da auch noch, eine brave, stattliche Matrone, die Antje in allen Dingen eines städtischen Haushaltes unterweisen sollte. Bei der Antje wohnen sollte, bis das Jahr um war.

Über dies alles grübelte Antje nach, als sie jetzt den Kahn drehte und wieder dem Ufer zutrieb. Antje war nicht sentimental. Sie war an Arbeit und freudiges Schaffen gewöhnt. Früh schon hatte sie der Tante Dörte helfen müssen, die vielen Kinder zu versorgen, denn die Mutter war immer schon zart und hinfällig gewesen. Und der Vater brauchte auch Pflege und Zuwendung.

In Hof und Stallungen wußte Antje gut Bescheid, und ihre schönste Zeit war, wenn sich im Frühling die jungen Lämmlein und die goldgelben Gänslein auf der grünen Wiese am Lebasee tummelten. Da gab es alle Hände voll zu tun, und sie half, wo nur Hilfe nötig war.

Die Seeluft und die viele Arbeit im Freien hatten ihr eine frische, gesunde Farbe gegeben, und ihre Hände waren gewohnt, zuzupacken. Denn die Borckes hatten über keine großen Schätze zu verfügen und konnten sich keine Kammerzofen halten.

Antjes Kahn knirschte gegen den Strand. Sie machte ihn fest und sprang ans Ufer. Hier in der Nähe der Burg standen die Buchen bis hart an den See und ließen ihre alten, knorrigen Zweige tief herniederhängen über das Wasser, das still und schwarz in ihrem raunenden Schatten lag. Dunkel hoben sich die massigen Umrisse der Burg vom Abendhimmel, aus etlichen schmalen Bogenfenstern drang Lichtschein in die Dämmerung hinaus.

Man hatte schon das Abendessen in der Halle aufgetragen und auf Antje gewartet. In zinnernen Tellern dampfte die warme Suppe. Am oberen Ende des langen Tisches saß Guntram Borcke und sprach das Tischgebet. Zu beiden Seiten kamen Antje und die alte Dörte, danach die Knechte und Mägde. In den Eisenringen an den hohen Wänden steckten Fackeln, man hatte die Fenster weit geöffnet, um die linde Abendluft hereinzulassen. So aß Antje Borcke zum letzten Male auf Burg Leba mit den Ihren zusammen Abendbrot.

*

Klaus Veldeke hatte seine Jacke vorne geöffnet, denn ihm war heiß geworden. Schriftstücke aller Art bedeckten den großen Tisch, vor dem er saß. Es war das Arbeitszimmer seines verstorbenen Vaters, das er unverändert übernommen hatte. Die Wände ringsum waren bis zur Schulterhöhe dunkel getäfelt. Von der Decke hing ein buntgeschnitztes, hölzernes Fischweibchen, das die Leuchte trug. Klaus Veldeke saß direkt im Lichtkreis dieses Leuchters, tief gebückt über krausen Schriftzügen. Seine hohe, kantige Stirn lag in tiefen Falten, und er hatte den Kopf in die Rechte gestützt wie in schweren Gedanken. Die bunten Butzenscheiben seines Fensters waren nach der Straße zu geöffnet, und man hörte hin und wieder vorüberhastende Schritte da draußen, oder das dumpfe Schlagen des fernen Uhrwerks hoch vom Turm der Marienkirche.

Ein milder Augustabend hatte sich auf die Straßen und Gassen der alten Hansestadt Danzig niedergesenkt. Jetzt hörte man ein leises Pochen an Klaus Veldekes Tür. Und eine stattliche, hochgewachsene Frauengestalt trat über die Schwelle. Man sah die grauen Haare unter der Haube hervorschimmern, und ihr ebenmäßiges, strenges Gesicht trug viele Falten. Sie trat langsam an den großen Arbeitstisch heran und legte dem Schreibenden die Hand auf die Schulter.

„Darf ich dich einen Augenblick stören, Klaus? Du hast immer so wenig Zeit für deine Mutter. Da muß ich selber zu dir kommen."

Klaus Veldeke sprang ehrerbietig auf und führte die Hand seiner Mutter an die Lippen.

„Vergebt mir, Frau Mutter, daß ich mich so wenig um Euch kümmern konnte. Aber Ihr wißt, was in diesen Zeiten auf unseren Schultern lastet."

Und er führte sie sorglich zum großen Lehnstuhl, wo sie sich niederließ.

„Ihr wißt, Frau Mutter, wie es um unsere Vaterstadt steht. Wir müssen Tag und Nacht rüsten und immer auf der Hut sein. Seit Stephan Bathory in diesem Frühling in Krakau zum König gekrönt wurde, hat er alle seine früheren Gegner in Polen wieder zu sich herübergezogen. Auch die Preußen, sowie Elbing und Thorn, haben ihm bedingungslos gehuldigt. Nur Danzig blieb fern."

Er straffte sich und schwieg sekundenlang. Seine dunklen Augenbrauen waren so dicht zusammengezogen, daß sie nur einen Strich zu bilden schienen über der hochgewölbten Nasenwurzel, die scharf und kühn vorsprang in dem schmalen, edelgeformten Gesicht. Die Augen waren von einem lichten, stählernen Grau, wie die der Falken, wenn sie auf Beute gehen. Das eckige Kinn stand ein wenig vor, wie es bei eigenwilligen und energischen Menschen der Fall ist. Mit verschränkten Armen ging er vor der Mutter auf und nieder.

„Danzig bleibt fern, weil es vor der Huldigung die Bestätigung seiner Privilegien und seiner Religionsfreiheit verlangt. Und der Rat der Stadt ist sich klar darüber, daß die Verhandlungen mit König Stephan nur dann Aussicht auf Erfolg haben, wenn wir keinen Zweifel darüber lassen, daß wir zur Verteidigung unseres Standpunktes bis zum Äußersten entschlossen sind. Du weißt, wie wir uns für den drohenden Kampf in den letzten Jahren gerüstet haben. Neue Erdwälle und Wassergräben ergänzen die veralteten Mauerbefestigungen mit ihren Türmen. Eckige Bastionen haben wir errichtet, die Altstadt und die Vorstadt sind in den Befestigungsgürtel mit einbezogen worden. Nur an der Südfront, die ja am wenigsten gefährdet ist, blieb die alte Stadtmauer bestehen. Wir haben die Westfront, gegenüber dem Bischofsberg, durch zahlreiche Geschütze verstärkt. Der Leuchtturm rechts neben der Mündung der Weichsel ist durch einen gemauerten Kranz eingefaßt und zur Festung ausgebaut worden. Im Sommer haben wir fremde Kriegsleute angeworben. Man munkelt, daß der polnische Oberst Ernst von Weyher mit seinen Söldnern im Anzug sei."

Klaus Veldeke ging immer noch im Zimmer auf und nieder, und die hölzernen Dielen knarrten unter seinen wuchtigen Schritten. Er trug hohe Reiterstiefel mit kleinen, scharfen Sporen; denn sie waren jetzt schon wechselweise Tag und Nacht auf Wache, der drohenden Gefahr wegen. Und es war der Stolz der Bürger von Danzig, daß sie das Schwert ebensogut zu führen wußten wie das Steuer ihrer schweren Schiffe und den Federkiel am Ratstisch.

Die stattliche Frau hatte sich ein wenig zurückgelehnt und die beiden sehr weißen, schlanken Hände wie zur Abwehr erhoben.

„Nicht doch, nicht doch, Klaus! Über diese unliebsamen und kriegerischen Dinge wollte ich heute abend ganz gewiß nicht mit dir reden. Ich weiß ja leider genug von all diesen Zwistigkeiten und Unruhen, die fast ständig in der Luft liegen wie ein drohendes Unwetter. Von ganz etwas anderem möchte ich heute abend mit dir sprechen."

Er fuhr sich mit der Hand über die Stirn und sah auf das angefangene Schriftstück, das im Lichtschein der Leuchte auf dem schweren Eichentisch lag. Dann zwang er sich zur Ruhe und zur Höflichkeit und blieb vor dem Lehnstuhl stehen.

„Was ist Euer Wunsch an mich, Frau Mutter? Ist es so eilig, daß ich es heute abend noch hören muß?"

Die Ratsherrin nickte zweimal mit dem Kopf, daß ihre große, steife Haube knisterte.

„Freilich bedarf es der Eile, mein Sohn. Hattest du ganz vergessen, daß morgen der 12. August ist? Anno Domini 1576?"

Wieder fuhr er sich mit der Hand über die Stirn und dachte einen Augenblick nach.

„Wartet, Frau Mutter", sagte er, „ich werd's wohl gleich haben. Es lastet zur Zeit etwas viel auf mir. Unser Schiff aus Trondheim soll in diesen Tagen in Neufahrwasser ankommen. Dann hat die St. Reinholdsbrüderschaft morgen eine Sitzung im Artushof. Und –"

Sie machte eine ungeduldige Bewegung mit der Hand und schnitt ihm das Wort ab.

„Nein, nein, Klaus, das meine ich alles nicht. Aber in zwei Tagen sollst du in Lauenburg sein in Pommern und deine künftige Ehefrau von Guntram Borcke aus Leba in Empfang nehmen."

Der Mann prallte zurück.

Eine dunkle Röte fuhr über sein kantiges Gesicht. Das war heißer, unbändiger Zorn, den er sekundenlang zu meistern versuchte.

„Frau Mutter, ich bitt' Euch, was soll dies in all der Not unserer Stadt? Kann ich jetzt an eine Braut und ans Heiraten denken, wo in Danzig jeder Mann auf dem Posten sein muß?"

Sie zog eine Pergamentrolle aus den Falten ihres Tuchkleides und rollte sie auseinander. Auf seiner Stirn grub sich die Zornfalte tiefer, und er preßte die Lippen zusammen.

„Ich kenne den Inhalt genau, Frau Mutter. Macht Euch nicht die Mühe, es mir noch einmal vorzulesen. Nur das Datum war mir entfallen, daß es gerade in diesen Augusttagen sein sollte. Ich will morgen früh einen Reiter mit der Nachricht losschicken, daß man die ganze Sache verschiebt. Ich habe jetzt keine Zeit für dergleichen."

Sie sah ihn ruhig mit ihren großen, strengen Augen an.

„Ich habe bereits letzte Woche an Guntram Borcke

eine Botschaft geschickt, daß wir an den vereinbarten Tag denken und du pünktlich zur Stelle sein würdest, um die Braut in Empfang zu nehmen."

Klaus Veldeke ließ die verschränkten Hände sinken und ballte sie zur Faust. In seinem Gesicht arbeitete es.

„Warum habt Ihr mir kein Wort davon gesagt, Frau Mutter? Ihr wißt doch, was ich jetzt alles im Kopf habe."

Mit großen Schritten durchmaß er von neuem den Raum, daß die Sporen auf dem Fußboden klirrten. Die Ratsherrin zuckte mit keiner Wimper und hob voll Ruhe ihr weißes Gesicht.

„Ich dachte, du wüßtest den Tag, mein Sohn. Wir haben doch oft genug davon gesprochen. Und wir dürfen nichts an dem Wunsch und Willen deines seligen Vaters ändern. Das weißt du. Dies Pergament ist heilig wie ein Testament, heilig wie ein Gesetz. Und unumstößlich. Guntram Borcke und Matthias Veldeke haben es beide unterschrieben. Daran kann niemand etwas ändern."

„Ich will auch nichts daran ändern, Frau Mutter. Obwohl es eine Grausamkeit ist, denkende Menschenkinder mit eigenem Willen schon in der Wiege miteinander zu versprechen. Ihr dürft mich nicht so zornig ansehen, Frau Mutter. Aber es ist doch so. Und wenn Ihr einmal ernsthaft darüber nachdenkt, so werdet Ihr es selber finden. Aus Gehorsam verkauft man seine Seele."

Die Ratsherrin schüttelte wieder den Kopf, daß die Haube knisterte.

„Du vergißt, mein Sohn, daß auch dein Vater und ich als unmündige Kinder miteinander versprochen wurden. Wo man sich gehorsam dem heiligen Willen Verstorbener beugt, da gereicht es auch zum Segen."

Klaus Veldeke war an das offene Fenster getreten und sah in die stille Nacht hinaus. Es ging ihm durch den Sinn, wie gleichgültig Vater und Mutter so nebeneinander hergegangen waren. Sehr ehrbar und wohlerzogen, aber ohne jede herzliche Zuneigung.

Jetzt räusperte sich die Ratsherrin hinter ihm und sagte langsam:

„Ich hoffe, daß du nicht irgendwo schon eine andere Liebschaft hast, mein Sohn. Und ich erwarte von dir, daß du morgen früh nach Lauenburg reitest, um die Braut in Empfang zu nehmen."

Klaus Veldeke sah immer noch aus dem Fenster.

„Ganz abgesehen von den unsicheren Zeitläufen, Frau Mutter, die es jungen, wehrlosen Mädchen verbieten, sich in die Gefahr einer solchen weiten Reise zu begeben – ist es mir in diesen entscheidungsreichen Tagen einfach unmöglich, Danzig auch nur für einige Stunden zu verlassen. Wenn die Reise der Antje Borcke dann nicht mehr abzuändern ist, so laßt – sie wenigstens von einem anderen abholen – nicht von mir."

Wieder knisterte die Ratsherrin mit dem Pergament in ihrer weißen Hand.

„Du vergißt, mein Sohn, daß es hier ausdrücklich heißt, du sollst die Braut in Empfang nehmen. Und ich denke, was dein Vater bestimmte –"

Heftiges Pochen an der Tür unterbrach sie jäh. Der Hauptmann, Klaus von Ungern, stolperte herein.

„Entschuldigt, wenn ich störe. Aber die Reinholdsbrüder schicken mich vom Artushof, du möchtest noch auf einen Abendtrunk herüberkommen, lieber Namensbruder. Wir haben Wichtiges mit dir zu beraten."

Klaus Veldeke trat vom Fenster zurück und griff nach seiner Kappe. Dann schnallte er das Schwert um, das am Schreibstuhl lehnte. Trat auf die Mutter zu und küßte ehrerbietig ihre Rechte. Die Ratsherrin hatte sich erhoben und wandte sich kurz an den Hauptmann:

„Das Trinken ist wohl die Hauptsache bei Euren wichtigen Besprechungen, wie? Daß über das Wohl der Stadt auch nur beim Humpen entschieden werden kann! Ist mein Sohn Berthold auch schon da?"

„Der Bertie ist schon lange drüben, werte Frau. Er hat mich geschickt, den Bruder zu holen."

Die Ratsherrin rauschte an ihnen vorüber aus der Tür. Klaus Veldeke hatte gewartet, bis seine Mutter draußen war. Dann löschte er das Licht im schwingenden Fischweibchen und folgte Klaus von Ungern.

Ein lauer Sommerabend umfing die beiden Männer, als sie auf die Gasse traten. Das Abendrot war verglommen, und stille, lichte Sterne tauchten vereinzelt am dunkler werdenden Firmament empor. Gewaltig ragte der breite, wuchtige Turm der Marienkirche über all die spitzgiebeligen Häuser und winkligen Dächer. Wie ein ehrwürdiger, Stein gewordener Wächter, oder wie ein Hirte, der Tag und Nacht auf seine anvertraute Herde aufpaßt. Fast schwarz schienen die gewaltigen Umrisse jetzt in der späten Abendstunde, und dröhnend klangen elf Schläge vom breiten Turm.

Im Artushof war ein reges Leben und Treiben. Die unruhige Zeit führte die Gilden und Zünfte jetzt öfters zusammen als sonst, wenn die Bierglocke zur Vesperzeit das Zeichen gab, daß sich die Bürger mit ihren Geschäftsfreunden auf den Bänken des Hofes zu fröhlichem Trunk versammeln sollten.

Klaus Veldeke und der Hauptmann von Ungern

schritten über den Hof zum großen Saal, wo die brennenden Fackeln aus den Eisenringen leuchteten. An großen Eichentischen saßen die Brüderschaften, die in der Mehrzahl aus einheimischen Kaufleuten bestanden. Jede hatte ihre Bank für sich. So die Bank Marienburg, die Schifferbank, die Christoffer oder Lubische Bank – und wie sie alle hießen. Klaus Veldeke und der Hauptmann gingen, nach allen Seiten grüßend, zur Bank der St. Reinholdsbrüderschaft hinüber, die als die angesehenste der Brüderschaften galt. Das hölzerne Standbild Reinholds, wie er das Haupt des von ihm getöteten Karlmanns auf dem Spieße trägt, schmückte den Pfeiler der Wand, wo der lange Eichentisch stand, an dem schon etliche der Kaufherrn und Ratsmänner in eifrigem Gespräch saßen. Auf den Trinkgeschirren prangte das Bildnis Reinholds, wie er mit seinen drei Brüdern auf dem Roß Bayard davoneilt.

Ein junger Mann mit schmalem, weißem Gesicht und rötlichem Haar hob lachend den Humpen.

„Nun Klaus, du kommst so spät heute, und es ist doch Wichtiges zu besprechen, wie die Herren hier meinen. Setze dich zu uns und berichte uns."

Es war Berthold Veldeke, Klaus jüngerer Bruder, der ihm aber wenig ähnlich sah. Er hatte die weiße Gesichtsfarbe der Mutter und ihr rötliches Haar, das in jungen Jahren ihre Schönheit war. Auch war er feiner und zarter gebaut als der breite, hochgewachsene Bruder. Sorglose Lebenslust und unbekümmerter Leichtsinn sprachen aus den weichen, fast knabenhaften Zügen und aus den hellen, lachenden Augen. Ihm fehlte das Schwere, Ernste, wie es Klaus Veldeke besaß, dessen Geist und Seele schon durch eine frühe und große Verantwortung gereift war.

Klaus zog einen Stuhl zurück und setzte sich zu den Ratsherren. Durstig hob er den schweren Humpen mit Bier an die Lippen.

Olwig Eltermann, einer der angesehensten Leute im Rat, beugte sich vor.

„Uns hat die Nachricht erreicht, daß die Scharen des polnischen Obersten Ernst von Weyher, der in Pommern und Preußen Söldner angeworben hat, bei Praußt plündernd in Danziger Gebiet einfallen wollen. Wenn das Wahrheit wird, dann ist der Krieg da."

Er schob den Humpen beiseite und fuhr sich erregt durch den langen, grauen Bart. Klaus Veldeke hatte den Kopf in die Hand gestützt und starrte vor sich hin. Er sagte kein Wort. Nur hinter seiner hohen Stirn schien es zu arbeiten.

Olwig Eltermanns Augen blitzten.

„Mag der Feind kommen! Er soll Danzig gut gerüstet finden. Stephan Bathory will die Uneinigkeit, die zwischen Rat und Bürgerschaft wegen der Beteiligung an der Regierung der Stadt umgeht – zu seinem Vorteil nutzen. Überall hat er Späher und Lauscher, und es gibt Hunde genug, die ihm unsere Schwächen verraten."

Von der Bank der Fleischer erhob sich einer schwer und wuchtig. Seine Zunft hatte oft Konflikte mit dem Rat gehabt und sie war deswegen streng von ihm bestraft worden. Nun schlug ihr Wortführer mit dem schweren Humpen auf den Tisch, daß es dröhnte.

„Stephan Bathory wird sich täuschen. Was ist Uneinigkeit und Streit innerhalb der Gilden, wenn der Feind von draußen im Anmarsch ist? Treu stehen wir zu unserer Stadt! Und um eins möchten wir den Rat nur immer und immer wieder bitten: Nicht nachzugeben!

Sondern auf unseren verbrieften Privilegien zu bestehen bis aufs Äußerste! Das ganze Volk steht hinter uns mit seiner Empörung über diesen drohenden Verlust. Nur dem Polenkönig hart gegenübertreten! Es ist das einzige, was uns retten kann."

Er ließ sich den Humpen wieder voll schenken und hob ihn in der sehnigen Faust.

„Ich trinke auf das Wohl und den ungebrochenen Stolz unserer Vaterstadt Danzig!"

Wie ein Mann waren sie alle aufgesprungen. Von allen Bänken aller Brüderschaften. Hoch flogen die Becher mit dem schäumenden Bier.

„Danzig lebe in alle Ewigkeit!" brauste es wie ein gewaltiger Schwur zur hohen Decke des Saales empor.

Stehend tranken sie ihre Humpen leer. Und es war eine plötzliche Stille dabei. Durch die offenen Fenster hörte man die Turmuhr der Marienkirche schlagen. Da griffen die Meister nach ihren Kappen und machten sich auf den Heimweg. Nur an der St. Reinholdsbank waren die Brüder Veldeke und der Hauptmann von Ungern noch sitzengeblieben. Berthold beugte sich vor und sah dem Bruder aufmerksam in das nachdenkliche Gesicht.

„Was hast du, Bruderherz? Läßt das Bier stehen und grübelst nur. Sorgst du dich so um Danzigs Zukunft?"

Klaus Veldeke strich sich mit allen fünf Fingern der Rechten durch das dichte, blonde Haar.

„Um Danzigs Zukunft ist mir nicht bange, weil ich die Männer kenne, die diese Zukunft in Händen halten. Aber nichts anderes darf jetzt unseren Sinn ablenken oder beirren, als nur das Wohl und Wehe der Stadt. Alles Persönliche muß dafür in den Hintergrund treten. Das seht ihr ein, nicht wahr?"

Die anderen beiden nickten und sahen sich ein wenig verständnislos an. Sie wußten nicht, wo Klaus Veldeke damit hinaus wollte.

„Wer will denn etwas von dir, Bruderherz?" lachte Berthold, „daß du so grimmig und zürnend bist?"

Klaus Veldeke schob den Humpen beiseite und legte beide Ellbogen weit auf den Tisch. Sein kantiges Gesicht sah unwirsch und verärgert aus.

„Die Frau Mutter will, daß ich morgen nach Lauenburg reite, um meine Braut in Empfang zu nehmen. Der Tag ist da, an dem einst die Abholung vereinbart worden war."

„Potz Blitz!"

Berthold schlug mit der Faust auf den Tisch, daß es dröhnte.

„Die Antje Borcke soll jetzt schon zu uns kommen? Ich dachte, das hätte noch lange Zeit. Aber das ist ja ein Hauptspaß, Bruderherz. Und wird wieder Leben in unser einsames Haus bringen, wo es immer so düster und feierlich ist."

„Mir ist wahrhaftig nicht zum Spaßen zumute, Bertie. Man weiß nicht, wie man hier die Arbeit schaffen soll, und dann heißt's noch die Braut abholen gehen bis nach Pommern hin."

„Dir ist's, weiß Gott, leicht genug gemacht worden, Klaus. Brauchst nicht lange nachdenken und unter den Töchtern des Landes auszuwählen. Bequemer kann man's nicht haben, mein ich."

Der Hauptmann strich sich schmunzelnd den spitzen Knebelbart. Klaus Veldeke nickte.

„Ja, wenn's andere Zeiten wären, gern. Aber jetzt? Gerade in diesen Wochen, wo man Kopf und Hände übervoll hat?"

„Schick einen Boten, daß sie später kommen soll", riet Berthold und rieb sich belustigt die Hände.

„Die Frau Mutter hat vorige Woche schon eine Nachricht geschickt, daß ich pünktlich da sein werde."

„O weh, dann ist nichts mehr zu machen!"

Bertie wiegte den rothaarigen Kopf. Der Hauptmann griff gedankenvoll nach seinem Humpen.

„Die Frau Mutter – hm, ja – die Frau Mutter! Da ist dann allerdings nichts zu machen."

Jetzt hob Klaus Veldeke plötzlich den Kopf. Und in seinem Gesicht stand es wie ein harter Entschluß.

„Bertie, könntest du sie nicht abholen statt mir? –"

„Und sie dann auch übers Jahr heiraten?"

Alle drei lachten. Aber Klaus wurde wieder ernst und schüttelte unwillig den Kopf.

„Daß du auch immer nur Tollheiten im Sinn hast, Bertie. Die Sache ist viel zu ernst, denn gegen des Vaters Vermächtnis können wir nichts tun. Sei es nun, wie es sei. Aber ich meine, wenn ein anderer das Mädchen abholt, würde ihm das auch recht gewesen sein, hätte er die heutige Lage und Gefahr der Stadt Danzig gekannt. Und so bitte ich dich herzlich, Bertie, mir diese Mühe morgen abzunehmen und der Antje Borcke das Geleit zu geben. Gott weiß, daß ich jetzt hier nicht abkommen kann."

Berthold Veldeke hob lächelnd sein hübsches, weißes Gesicht. Er witterte ein vergnügliches Abenteuer und rieb sich schmunzelnd die Hände.

„Und was soll mein Lohn sein, Klaus? Denn dieser weite, beschwerliche Ritt muß doch wohl belohnt werden. Zumal ich dir damit eine Last von den Schultern nehme."

Der ältere Bruder zuckte die Achseln.

„Ich weiß nicht, was du dafür haben willst, Bertie. Mir ist es aber einerlei. Nur daß ich morgen nicht wegen einer solchen Geringfügigkeit den weiten Ritt machen muß."

„Ho, ho, Bruderherz, Geringfügigkeit! Wenn man seine zukünftige Frau das erstemal mit leibhaftigen Augen sehen soll! Ich selber bin schon voll Neugier auf meines Bruders Braut, und du tust, als sei es kaum der Rede wert. Das dürfte deine Zukünftige kränken, wenn sie davon wüßte, Klaus."

„Ich kann es nicht ändern, Bertie. Es ist nun einmal die denkbar schlechteste Zeit jetzt für Brautschau und Liebeskram. Danzig hat, weiß Gott, jetzt Männer nötig, die einen klaren Kopf haben, und ein Herz, das frei ist von jedem Gedanken an eine Frau. Aber wozu das lange Reden? Es ist schon spät. Willst du für mich reiten oder nicht?"

Berties Blick wurde lauernd.

„Um welchen Preis?"

Klaus sprang auf, daß der Humpen umstürzte. Sein Gesicht war voll Ungeduld.

„Bei St. Reinhold, ich habe nicht mehr lange Zeit! Daheim wartet eine dringende Arbeit auf mich. Mach dir den Preis selber. Ich weiß nicht, wo du hinaus willst."

Bertie sah sekundenlang in seinen leeren Humpen. Ein spöttisches Lächeln um die Lippen.

„Es ist langweilig hier in Danzig. Jeder hat nur Arbeit und Krieg – und Krieg und Arbeit im Kopf. Das liegt mir nicht. Ich bin mehr für Kurzweil und Lustigkeit. Und darum will ich für den Gefallen, den ich dir morgen tun werde, folgendes: Wenn ich die Antje Borcke abhole, muß sie einen ganzen Monat lang als meine Braut gelten."

Schallend lachte der Hauptmann auf und schlug sich auf die Knie.

„Du weißt ja nicht einmal, ob sie schön oder häßlich ist, Bertie!"

Klaus Veldeke hatte die Stirn gerunzelt.

„Und wenn sie häßlich wäre wie die Nacht, einen solchen Unfug kann ich nicht dulden. Ein Mädchen, das uns voll vertraut, darf man nicht so zum Gespött haben. Du und deine verrückten Einfälle, Bertie."

Der andere hob die Schultern.

„Was ist denn groß dabei, Klaus? Ja nur ein Spaß, der nach einem Monat schon aufgeklärt sein wird. Sie soll aber eben denken, daß ich der Klaus bin und du der Bertie, weiter nichts. Und daß ich ihr im Lauf dieses Monats auch manchmal in allen Ehren ein Küßchen geben darf – weiter nichts."

Dabei spielte er noch immer mit dem Deckel seines Humpens und schielte zum Bruder hinüber. Der stand jetzt steil am Tisch und wischte sich mit dem Taschentuch den Bierschaum von den Lippen.

„Manchmal sollte man denken, du wärst ein Narr, Bertie. Auf was für Sachen du auch immer kommst. Bist du ein Bub oder ein Mann?"

Bertie strich sich lächelnd über das weiche Kinn.

„Ein Mann von dreiundzwanzig Jahren, Klaus. Aber etwas Spaß will der Mensch doch haben in seinem Leben. Und was ist eigentlich dabei? Niemand hat einen Schaden davon. Das Mädchen wird danach selber über uns lachen, wenn sie alles erfährt. Ich will dir, weiß Gott, nichts von deinen Rechten nehmen. Aber bis sie deine Ehefrau wird, ist ja noch lange Zeit."

Klaus Veldeke hatte sich halb zum Gehen umgedreht.

„Und die Frau Mutter? Wird sie wegen eines solchen Unfugs nicht mit Recht zornig sein?"

„Ei, Bruderherz, da laß mich nur machen. Ich werde sie dazu überreden, daß sie mitmacht und mir den Scherz nicht verdirbt. Hei, das wird noch lustig im alten Veldekehaus."

Klaus strich sich über die Stirn.

„Aber ich kann da nicht mitmachen, Bertie. Such' dir einen anderen Preis. Ich muß jetzt gehen."

Da griff Bertie nach Klaus Jacke und hielt ihn fest.

„Halt, Bruderherz! Dies oder nichts. Sonst reit' ich eben nicht."

Klaus riß sich los und hob lauschend den Kopf.

„Von der Marienkirche schlägt's schon Mitternacht. Ich muß heim."

Bertie stampfte mit dem Fuß auf.

„Ja oder nein?"

„Nein, Bertie, das geht mir wider die Ehr'."

Bertie sprang auf.

„So reit' du. Um einen anderen Preis tu ich's nicht."

„Schön, so werd' ich heute nacht durcharbeiten und morgen vor Sonnenaufgang heraus. Dann schaff' ich's noch. Was sein muß, muß sein."

In der Tür prallte er mit Olwig Eltermann zusammen, der vom schnellen Gang atemlos war und ihn vorn an der Jacke packte.

„Gut, daß ich dich noch treffe, Klaus Veldeke. Ein reitender Bote hat uns soeben eine schlimme Nachricht gebracht. Der Oberst von Weyher ist im Danziger Gebiet gesehen worden. Man hat Späher gefangen. Unsere Gesandten bei Stephan Bathory sollen nicht vorgelassen worden sein. Es heißt, daß der König die Acht über unsere freie Stadt erklären will. Morgen früh soll eine Geheimsitzung im Rathaus zusammenberufen werden. Ihr sorgt dafür, daß Boten von Haus zu Haus geschickt werden. Ich konnte jetzt nichts mehr tun, da bereits alle schlafen. Von Euch wußt' ich, daß Ihr noch hier im Artushofe seid. Aber nun legt Euch auch zur Ruh, denn Ihr braucht viel Kräfte in nächster Zeit. Und jetzt in der Nacht können wir doch nichts tun."

Wandte sich und ging stracks wieder davon.

Klaus Veldeke hatte den Türgriff noch in der Hand. Die Lippen fest zusammengepreßt, starrte er minutenlang vor sich hin. Bertie stand dicht hinter ihm.

„Du siehst, daß du morgen nicht reiten kannst, Klaus. Also laß mich's tun."

Im kantigen Gesicht des älteren Bruders war ein Kampf.

„Wenn Danzig mich braucht – so muß es sein. Gott sei's geklagt."

„Aber nur um jenen Preis, Klaus."

Und Berties Augen funkelten lauernd, wie bei einer Katze, die ihre Beute umkreist. Klaus hatte die Lippen fest zusammengepreßt. Sein Atem ging schwer.

„Meinetwegen, Bertie. Für einen Monat mag es sein. Ich bin des Handelns müde. Und meine Zeit ist mir zu kostbar, als daß ich sie hier mit Feilschen vertue."

Bertie schnellte hoch.

„Gibst du's mir schriftlich?"

Jetzt stampfte Klaus mit dem Fuß auf.

„Wenn dir mein Wort nicht genügt, so kann ich dir nicht helfen. Klaus Ungern ist unser Zeuge."

Jetzt streckte Bertie die Hand hin, und Klaus schlug ein – müde, abgehetzt – in großer Eile und ohne noch viel zu überlegen.

Der Hauptmann war zu den beiden Brüdern getreten und schlug die Hände durch.

„Daß es dir nur nicht noch leid tut, Klaus Veldeke! Du solltest dich schämen, Bertie, ihn so in die Enge zu treiben. Aber nun laßt uns schlafen gehen, Gesellen. Der neue Tag bricht bald an."

Die drei tappten über den dunklen Hof. In den Gassen war es überall schon still. Nur die Sterne standen leuchtend über Danzig.

*

Frau Emerentia Katharina Veldeke, geborene Moosbecherlein, saß im hochgetäfelten, vornehmen Speisezimmer am Frühstückstisch. Es war noch früh am Morgen, und die Vögel zwitscherten lustig in der hellen Septembersonne. Die schien bunt und vielfarbig gebrochen durch die bemalten Butzenscheiben auf den spiegelblanken Boden. Überhaupt blitzte und blinkte hier alles, daß es nur so eine Freude war. Die silbern gescheuerten Zinnteller auf der großen Anrichte, die bunten Tonkrüge auf dem langen Regal, die Humpen und Becher rings an der Wand über der braunen Täfelung. Und schneeweiß leuchtete das Tischtuch auf dem großen, eichenen Eßtisch.

Frau Katharina Veldeke schlürfte geruhsam ihren Tee und aß dazu ein großes Stück Schwarzbrot mit Speck. Von Zeit zu Zeit sah sie auf die Tür und schüttelte dann jedesmal langsam und gedankenvoll den Kopf, daß die schneeweiße, gestärkte Haube zornig knisterte.

Eins der Fenster war ein wenig geöffnet, und man sah

die Morgennebel um spitze Dächer und verschnörkelte Giebel wogen. Der Turm der Marienkirche war so völlig von diesem silbergrauen Dunst umgeben, als hätte er sich an diesem frischen Herbstmorgen fröstelnd in lauter Schleier gehüllt. Jetzt ging die Tür auf und Bertie trat rasch herein. Er küßte der Mutter die Hand und setzte sich neben sie. Frau Katharina musterte ihn erstaunt von oben bis unten.

„Du bist heute im Sonntagsanzug? Es ist doch nirgends ein Fest, so weit ich mich entsinnen kann?"

Er kaute eilig und nickte dabei geheimnisvoll.

„Ja, Frau Mutter, so eine Art Fest ist es doch. Ich reite der Antje Borcke nach Lauenburg entgegen."

Jetzt fiel ihr der Löffel vor Verwunderung aus der Hand.

„Du, Berthold? Ich meine, das wäre ganz allein die Angelegenheit deines Bruders Klaus?"

Er nickte kauend.

„Ja, Frau Mutter, aber weil der Klaus so mit Geschäften überhäuft ist, hat er mich gebeten, ihn zu vertreten. Er meinte, der selige Herr Vater würde wohl nichts dagegen gehabt haben, wenn er wüßte, wie es jetzt um Danzig steht."

Frau Katharina aber konnte sich nicht beruhigen.

„Das – das hätte er mir aber wirklich sagen können. Solch einen wichtigen Entschluß! Wo steckt er überhaupt, der Klaus?"

„Er ist schon ganz früh zu einer geheimen Sitzung ins Rathaus gegangen. Die Polen sollen in Danziger Gebiet eingefallen sein."

Bertie warf dem schwarzen Kater, der seine Beine schnurrend umschmeichelte, ein Stück Speckschwarte hin. Frau Katharina krauste unwillig die Stirn.

„Du weißt, daß ich keine Fettflecke auf dem Boden liebe, Berthold. Ich kann es dir fast täglich sagen. Aber nun stehe mir erst Rede und Antwort wegen dieses Rittes. Es ist mir nicht recht, daß ihr beide dies ohne mein Wissen abgemacht habt."

Bertie kaute unbekümmert an seinem Speck.

„O, wir haben noch mehr abgemacht, Frau Mutter. Nämlich, daß ich jetzt einen ganzen Monat lang Klaus heiße und mein Bruderherz Berthold. Ich bitte das nicht zu vergessen, Frau Mutter, und uns womöglich im Beisein der Braut zu verwechseln."

Jetzt wurde Frau Katharinas Gesicht sehr streng und abweisend.

„Du weißt, Berthold, daß ich ein für allemal solche Albernheiten von dir nicht liebe. Du neigst leider von Kind an sehr dazu. Ich denke aber, wenn man ernsthaft mit seiner Mutter spricht, läßt man solche Torheiten. Klaus ist viel zu ruhig und vernünftig, um auf eine solche Narretei einzugehen."

„Doch nicht ganz, Frau Mutter. Er hat allem zugestimmt. Sogar daß ich für einen Monat als der Verlobte von Antje gelte. Weil ich ihm den Gefallen mit dem Abholen tue."

Frau Katharina blieb der Mund offen stehen.

„Aber das ist doch nicht möglich, Berthold! Seid ihr denn beide ganz von Sinnen?"

Jetzt wischte Bertie sich den Mund, stand auf und trat dicht an den Stuhl seiner Mutter. Schmeichelnd beugte er sich über sie und strich ihr die Wange.

„Ihr dürft nicht böse auf mich sein, Frau Mutter. Laßt mir doch diesen kleinen Spaß in dem langweiligen Danzig. Was hab ich sonst vom Leben? Und ich will dem Mädchen ja nicht zunahetreten. Zuerst wollte der

Klaus auch nicht recht, aber schließlich hat er doch eingewilligt. Was ist denn auch groß dabei, Frau Mutter? Ein kleiner Scherz, weiter nichts. Keiner von uns kennt noch die Antje Borcke."

„Und wenn sie später zornig ist, weil man sie so hintergangen hat?"

„Pah, Frau Mutter, ein Kind von 16 Jahren! Was weiß die schon vom Zornigsein? Nach einem Monat erklären wir ihr alles, und sie wird dann selber ihren Spaß dran haben."

Wieder beugte er sich hinab und tätschelte der Mutter die Wangen.

„Nicht wahr, Ihr seid kein Spielverderber, Frau Mutter? Seht, ich freue mich so unbändig auf diesen Ritt. Und der Klaus hat ja doch keinen Sinn und keine Zeit für das Mädchen."

Bertie wußte ganz genau, wenn er so schmeichelte und bettelte, dann konnte die Mutter nicht widerstehen. Denn im Grunde war er ja ihr Liebling. Obwohl er ihr im Wesen gar nicht ähnlich war, sondern nur im Äußeren. Sie wiegte nachdenklich den Kopf hin und her.

„Es ist wieder ganz so ein Stücklein von dir, Berthold. Und ich weiß nicht, wie es ausgehen wird. Wenn du es aber mit Klaus schon so abgemacht hast, dann kann ich ja auch nichts mehr dagegen sagen. Klaus ist alt genug und muß wissen, was er tut. Hätt' es nie für möglich gehalten, daß er sich auf so törichtes Zeug einlassen würde. Den Heiligen sei Dank, daß ein Monat nicht so lang ist, und daß ich diesem Unfug nicht länger zuschauen muß. Daß du ehrerbietig und züchtig bist, dem Mädchen gegenüber. Die Borckes sind ein angesehenes Geschlecht in Pommern. Und vergiß nie, daß Antje in einem Jahr deines Bruders Frau werden soll."

Sie erhob sich ärgerlich. Der Appetit zum Weiteressen war ihr vergangen. Sie rief die Magd, daß sie den Tisch abräume und das Zimmer für Antje Borcke richte.

Bertie Veldeke drehte sich auf den Hacken herum und rieb sich die Hände. Dann besah er sich von oben bis unten. Die neuen, hellbraunen Reitstiefel mit den blitzenden Sporen standen ihm gut. Dazu die knappanliegende Jacke mit den hirschledernen Hosen und der große Samthut, von dem eine breite Feder buschig wallte. In einem Metallspiegelein, das er verstohlen aus der Tasche zog, besah er sein Gesicht. Das war glatt und weiß, und über der Oberlippe kräuselte sich ein weicher, roter Flaum. Die Augen waren hell und grau wie die des Bruders, aber ihnen fehlte das Klare, Stählerne, das bei Klaus Veldeke immer an einen Falken erinnerte. Berthold sah aus dem offenen Fenster, wo die Morgensonne die Nebel zerriß.

„Es wird ein schöner Tag heute. Ich will nicht zu schnell reiten und den Pferden in der Nacht auch Ruhe gönnen. Dann bin ich morgen frisch am Treffpunkt."

Und er schnallte sich den Gurt mit dem kurzen Schwert um die Hüften.

*

Durch die weißen Nebelschleier, die über dem Lebasee wogten, brach sieghaft die goldene Septembersonne. Antje Borcke, die hoch und steil auf ihrem Pferde saß, ritt der aufgehenden Sonne genau entgegen. Links von ihr, auf einem breiten, behäbigen Fuchs, trabte der treue, alte Gerold, des Vaters Waffengefährte von Jugend an. Zehn Männer folgten in kleinem Abstand. Sie führten ein schweres, unbeholfenes Gefährt mit sich, auf dem in einer eichenen Truhe Antjes Aussteuer verpackt war. Auch das Brautkleid der seligen Mutter, das ihr die Tante Dörte umgenäht hatte. In aller Frühe waren sie von Burg Leba aufgebrochen, um zeitig am Treffpunkt zu sein.

Antje hätte nie geglaubt, daß ihr der Abschied doch so schwer fallen würde, als die vier Kinder weinend an ihrem Hals hingen und Tante Dörte sich immer wieder mit dem Schürzenzipfel die Augen wischte. Aber am wehesten war es doch gewesen, als der Vater die zitternden Hände auf ihren Kopf legte und sagte:

„Nun geh du mit Gott, mein herzgeliebtes Kind! Und werde nach seinem Willen eine treue und brave Ehefrau. Laß die Arbeit und die Treue deine heiligsten Güter sein. Dann wird Gottes Segen nicht von dir weichen. Und sollte dir einmal bange werden, so verzage nicht. Deine Mutter hat auch so jung in die Fremde hinaus müssen. Noch viel, viel weiter als du. Denn ich holte sie mir von Holland her. Aber das weißt du ja. Der alte Gerold reitet mit dir bis Danzig. Er weiß über alles Bescheid. Auch in welcher Herberge ihr übernachten sollt. Dort wird er ein Gastzimmer für dich besorgen. Ich kenne die Wirtsleute gut, und sie sind mir treu zugetan. Ich will, daß du frisch und nicht zu müde in Danzig ankommst. Darum soll er öfters Rast machen. Auch der Pferde wegen. Ich selbst habe den Ritt nach Danzig in jüngeren Jahren oft an einem einzigen Tage zurückgelegt, in Gerolds treuer Begleitung. Daher kennt er den Weg sehr gut. Ich denke, so bei Lauenburg wird der junge Veldeke dir entgegenkommen.

Entbiete ihm meinen väterlichen Gruß und folge ihm gern. Im Frühling, wenn es besser geht mit meinem Bein, dann besuchen wir dich alle. Und nun ziehe mit Gott, mein Kind. Sein Segen wird allezeit über dir sein!“

*

Antje ritt der Sonne entgegen.

Und je weiter die Heimat hinter ihr lag, desto mehr beschäftigten sich ihre Gedanken mit dem, was sie in Danzig wohl erwarten würde.

O, sie wollte fleißig sein und der Frau Katharina in Haus und Küche helfen! Sie wollte es ihnen allen schön und schmuck machen, wie sie es von zu Hause gewohnt war. Ob man in Danzig auch reiten und Kahn fahren durfte? Ob man auch ein Fensterbrett hatte mit Blumentöpfen voller Blüten wie daheim? Und ein Betpult mit der Mutter Gottes darüber wie in der Mutter Kemnate? Ob die Frau Katharina wohl auch so sanft und gütig war, wie es die liebe Mutter gewesen war? Und ob ihr Verlobter Klaus Veldeke dann auch als Ehemann so gut und liebreich mit ihr sein würde, wie es der Vater immer mit der seligen Mutter war? Die er auf Händen trug, und der er alle Wünsche von den Lippen las. Ach, wie neugierig sie auf diesen Klaus war!

Groß sollte er sein und blond, hatte der Vater gesagt. Und Kaufherr und Ratsmann war er auch schon. Da kam sie sich gewiß recht klein und dumm neben ihm vor. Denn so ein bißchen lustig sein und hin und wieder noch tüchtig umhertollen mit den Kindern, das mochte Antje doch gar zu gern. Dann brannten die Wangen wie zwei überreife Äpfel, und die dunkelbraunen Augen blitzten nur so voll Lebenslust.

In all solchen Gedanken ritt Antje versonnen in ihr neues Leben hinein.

*

Sie hatten in Lauenburg übernachtet. Aber Antje konnte nur wenig Schlaf finden. Immer kreisten ihre Gedanken um den kommenden Tag und die große neue Welt, die sich vor ihr auftun würde. Als sie das Städtchen hinter sich ließen und weiter ritten, lachte die Sonne wie gestern vom Himmel.

Hoch und steil saß Antje im Sattel. Das dunkelblaue Reitkleid, das sich knapp und glatt an ihre schlanke Gestalt anschmiegte, war mit Pelz verziert. Denn die frühen Herbstmorgen waren schon kühl, voll Nebel und schwerem, silbernem Tau, der alles durchnäßte.

Die dicken, rehbraunen Zöpfe hingen rechts und links vorne über die Schultern herab. Die Hände, die in großen Stulpenhandschuhen steckten, hielten die Zügel ihrer schwarzen Stute fest und kraftvoll. Denn Antje war das Reiten von Kind an gewöhnt. Eine kleine, enganliegende Kappe aus Goldbrokat hielt die widerspenstigen Haare dicht zusammen, die beim schnellen Reiten sonst wild um die Schläfen geflogen wären. Groß und erwartungsvoll sahen die dunklen Augen in die Weite, von wo der kommen sollte, der ihres Lebens Herr und Beschützer sein würde. Ihr kam eine alte Erzählung der Mutter in den Sinn, wie der fromme Elieser die Rebekka abholte, als Braut seines Herrn. Die beiden hatten sich auch noch niemals zuvor gesehen.

Sie ritten jetzt durch knorrigen, wild verzweigten Eichenwald, dessen Kronen schon anfingen, goldgelb und rötlich zu werden. Gewaltig strebten die breiten Stämme zum blauen Himmelsdom empor, und die Hufe der Pferde raschelten manchmal schon durch fallendes Blattwerk. Wildgänse flogen schreiend in spitzem Dreieck nach Süden, und Antje beschattete die Augen mit der Hand, um sie besser sehen zu können. Sie schienen ihr wie liebe Boten vom grauen Lebasee. Sonst war eine große Stille rings im Wald, nur die Wipfel rauschten leise, und das Ächzen und Knarren des schwerfälligen Gefährtes am Ende des Zuges tönte dazwischen. Ab und zu hob eines der Pferde wiehernd den Kopf, denn es trabte sich leicht und schön auf dem weichen Waldweg. Der Wald war noch nicht ganz zu Ende, da tauchte im bläulichen Dunst des Herbstmorgens in der Ferne ein anderer Reitertrupp auf.

Der alte Gerold hatte ihn mit seinen scharfen Jägeraugen längst erspäht. Der vorderste Reiter hielt eine flatternde Fahne. Auf rotem Grund war das Wappen von Danzig zu erkennen: die zwei übereinanderstehenden weißen Kreuze mit darüber schwebender goldener Krone. Man sah es jetzt klar und deutlich, als sie näher kamen.

Antje war ein wenig blaß geworden und richtete sich steiler und stolzer im Sattel auf.

„Die Danziger!" sagte sie laut und richtete ihre Augen starr geradeaus, den Fremden entgegen.

Die kamen schnell heran und schwenkten die Fahne zum Gruß. Bertie Veldeke sprang als erster vom Pferd und trat auf Antje zu, den Federhut ehrerbietig in der Hand.

„Willkommen, vielliebe Jungfrau, im Namen der Sippe Veldeke und der Stadt Danzig."

Und er zog mit höfischem Anstand ihre Hand an die Lippen. Sie war ein wenig verwirrt und wußte nicht recht, was sie sagen sollte.

Der alte Gerold kam ihr zu Hilfe und richtete die vielen Grüße von Guntram Borcke aus.

Danach wandten die Danziger ihre Pferde, und der ganze Zug setzte sich langsam wieder in Bewegung. Bertie Veldeke trabte auf Antjes linker Seite und betrachtete sie neugierig und unverhohlen. Dabei plauderte er von Danzig, von seiner Mutter, von dem herrlichen Ritt an dem schönen, warmen Herbsttag. Und Antje hörte ganz still zu.

Es war ein großes Erstaunen in ihr. Und sie konnte sich doch selbst keine Rechenschaft geben, worüber eigentlich. Vielleicht weil der junge Veldeke so ganz anders war, als sie es sich gedacht hatte? Verstohlen musterte sie ihn hin und wieder von der Seite. Wie zart und weiß seine Haut war, und wie leuchtend rotblond sein keckes Bärtchen! Er wußte auch so zierlich zu reden und so gewandt, daß es ihr fast den Atem nahm.

„Der Vater sagte mir immer, Ihr wäret als Knabe so groß und stattlich gewesen. Euer Haar hätte die Farbe von reifem Flachs und nicht so rötlich wie jetzt", platzte sie endlich stockend und hastig heraus, eine kurze Atempause in seinem Redeschwall nützend.

Er lachte laut auf.

„Das ist schon viele Jahre her, Antje Borcke, als Euer Vater uns Buben in Danzig sah. Seitdem kann man sich viel verändern. Vielleicht hat er uns Brüder auch verwechselt gehabt. Aber ich hoffe, ich werd' Euch auch noch gefallen, wenn Ihr mich näher kennenlernt."

Sie war ein wenig erschrocken. Hatte sie ihn gekränkt? Aber so hatte sie das wirklich nicht gemeint. Und sie versuchte durch doppelte Freundlichkeit, ihr rasches Schwätzen wieder gutzumachen.

So ritten sie zusammen durch das vom Herbst bunt gefärbte Land, bis fern am Horizont im Abendschein die Türme von Danzig auftauchten.

*

Frau Katharina war schon den ganzen Tag sehr unruhig gewesen. Immer wieder hatte sie vom Fenster aus auf die Gasse hinabgesehen und hinüber zum breiten Tor, von wo die Reiter kommen mußten. Darüber war es Abend geworden, und eine flammende Glut badete den stumpfen Turm der Marienkirche.

Frau Katharina hatte ihren Platz am Fenster verlassen, denn die wachsende Ungeduld ließ sie nicht länger stille sitzen. Mit dem großen Schlüsselbund am Gürtel, die breite gestärkte Schürze vor dem behäbigen Leib, ging sie von einem Zimmer ins andere, hier noch etwas ordnend, dort eine Falte glättend, überall Staub witternd auf dem blanken Fußboden.

Sie wußte, daß sie eine Musterhausfrau war, aber die viele Hausarbeit fiel ihr doch jetzt auch schon oft recht schwer. Besonders das viele Treppensteigen, denn die alten Patrizierhäuser waren nur schmal gebaut und hatten stets mehrere Stockwerke übereinander, bis hoch in den spitzen, schön verschnörkelten Giebel hinauf, der immer auf die Gasse hinabsah. Sie merkte, daß sie nun doch älter wurde, und daß ihr das viele Steigen treppauf – treppab oft beschwerlich fiel. Da würde eine junge, frische Kraft von großem Nutzen sein und ihr sicherlich viel Arbeit abnehmen. Hoffentlich war das adlige Fräulein aus der fernen Burg nicht gar zu zimperlich. Frau Katharina hatte so ihre stillen Bedenken. Sie hatte einmal gehört, wie vornehm es dort hergehen sollte, und daß die Frauen, weil sie meist Langeweile hätten, sogar auf die Jagd gingen.

Aber das half nichts. Antje mußte hier tüchtig mit anfassen. Denn in einem soliden Bürgerhaus ging die Frau allen Mägden mit gutem Beispiel voran.

Jetzt stand Frau Katharina im großen Speisezimmer und überblickte noch einmal prüfend die lange Tafel. Es war sehr festlich gedeckt worden, den fremden Gästen zu Ehren. Denn auch Gerold und seine Begleiter, die hier übernachteten, mußte sie zu Tisch bitten.

Es war nun nach Sonnenuntergang so dämmrig geworden, daß sie auf großen Armleuchtern aus Messing Kerzen entzünden mußte. Die leuchteten festlich über der langen, schneeweißen Tafel.

Auch in Antje Borckes Zimmer ging Frau Katharina noch einmal. Es lag eine Treppe höher neben dem Schlafzimmer der Hausfrau. Ein schweres, gewaltiges Himmelbett mit buntgeblümter Gardine nahm die lange Wand ein. Schlohweiß und frisch war alles bezogen, daß es nur so leuchtete. Auf der anderen Seite stand neben dem kleinen Betpult die große, eichengeschnitzte Truhe und ein hölzerner Schemel. Aus dem breiten, niedrigen Fenster sah man ganz in der Nähe den dunklen Turm der Marienkirche.

Prüfenden Blickes überschaute Frau Katharina noch einmal alles. Dann hob sie lauschend den Kopf. Klang es nicht wie Pferdegetrappel auf der Straße? Sie raffte ihr langes, rauschendes Kleid und hastete die breite Treppe wieder hinunter.

*

Endlich war Antje allein. Der Kopf schmerzte ihr, und sie war müde, so todmüde. Ganz still saß sie auf der breiten, niedrigen Eichentruhe und lehnte den Kopf gegen die Wand. Die Kerze flackerte mit unsicherem Schein auf dem kleinen, hölzernen Betpult. Ein Lufthauch vom Fenster her ließ sie so aufzucken. Denn Antje hatte das Fenster weit aufgerissen, weil ihr so beklommen zumute war. Nun kam der milde Abendwind, der über die spitzen Dächer strich, und fächelte mitleidig ihr heißes Gesicht.

Eine Wirrnis war in ihrem Kopf von all den neuen Eindrücken, den fremden Gesichtern, dem vielen Fragen und Antwortenmüssen. Nach dem Abendessen hatte sie bescheiden gefragt, ob sie nun wohl zu Bett gehen dürfe, sie sei so müde nach dem langen, beschwerlichen Ritt. Da hatte Frau Katharina selbst die Kerze genommen und sie hinaufbegleitet. Ihr auch zur guten Nacht die heiße Stirn geküßt und über ihrem Kopf das Zeichen des heiligen Kreuzes gemacht.

„Schlafe dich lange aus nach dem anstrengenden Tag heute. Über alles andere reden wir dann morgen."

Antje hatte müde genickt, und der Frau Katharina ehrerbietig die Hand geküßt.

Und nun war sie allein und versuchte, ihre Gedanken zu sammeln. Wie steif und feierlich war es unten im Speisesaal zugegangen! So etwas kannte Antje gar nicht. Da hatten keine vier Kinder getollt und gejubelt und ihre Späße mit dem lächelnden, gütigen Vater gemacht.

Ob die Kinder wohl nun alle in ihren Bettchen lagen? Ach sicher, denn es war ja schon so spät geworden! Ob sie wohl von ihrer „söten Antje" gesprochen hatten? Und mit einemmal ging es wie ein Schluchzen durch des Mädchens Körper. Beide Hände schlug sie vor das Gesicht und weinte und weinte.

Dann hörte sie Schritte auf der Treppe, wischte sich rasch die Augen und trat ans offene Fenster. Die frische, kühle Nachtluft tat Antje gut, und sie beugte sich weit hinaus. Erst konnte sie nichts erkennen, weil das Dunkel schon zu tief war, aber allmählich gewöhnten sich ihre Augen daran. Sie unterschied bald im matten Schein des Mondes ein spitzes Dach neben dem anderen. Denn das Veldekehaus war eines der höchsten und größten Häuser der Stadt, und ragte weit über die anderen hinaus. Und da ihr Zimmer im dritten Stockwerk lag, hatte sie von hier oben einen weiten und freien Blick. Aber sie konnte sich gar nicht genug darüber wundern, daß sie nichts sah als nur Dächer und immer wieder Dächer. Und dann in verschwommenen Umrissen den gewaltigen Turm der Marienkirche.

Der junge Veldeke hatte ihn ihr schon vorhin beim Hereinreiten in die Stadt gezeigt. Sein wuchtiges und erhabenes Bild hatte sich tief in ihre Seele eingeprägt. Daß Menschen so gewaltige Kirchen bauen konnten! Sie mußte vor Bewunderung immer wieder den Kopf schütteln. Zwar hatte ihr der Vater schon viel von diesem Bau erzählt, aber so hatte sie ihn sich doch nicht vorgestellt.

Nun stand sie immer noch nachdenklich an ihrem kleinen Fenster und schaute und schaute. Sie konnte das Ende des Domes nicht sehen, da es sich in Nebel und Nacht verlor.

„Morgen früh, wenn es klar ist, werde ich seine Spitze wieder sehen können", dachte sie – „und dann sehe ich vielleicht auch von hier oben das große, weite Meer, das doch gar nicht weit von Danzig sein kann. Und nach dem ich solche Sehnsucht habe, weil hier in der Stadt kein Wasser ist, – gar kein rauschender Lebasee – nur Dächer und Dächer – und weiter nichts!"

Sie ließ das Fenster offen und kleidete sich aus.

*

Als der erste Sonnenstrahl die spitzen Dächer vergoldete, war Antje auch wieder wach. Sie hatte tief und traumlos geschlafen und fühlte sich nun erquickt und wie neu geboren. Mit beiden Füßen zugleich sprang sie aus dem Bett und lief ans offene Fenster. Goldene Dächer, so weit das Auge blickte, und blauer, blauer Himmel darüber. Die Marienkirche ragte so hoch, so wuchtig, so herrlich über die Dächer, wie sie es nie für möglich gehalten hätte. Antje wusch sich mit dem klaren Wasser aus dem großen, irdenen Krug. Und dann kämmte und flocht sie ihr langes, rehbraunes Haar und wand ein blaues Band in die dicken Zöpfe.

Sie wunderte sich selber darüber, daß ihr heute so licht und froh zumute war. Daß alle dunklen und trüben Gedanken von gestern abend verflogen und vergessen waren, wie ein Schwarm schwarzer Vögel, den ein Windstoß davonjagt.

Hatte das die lachende Morgensonne mit ihrem lichten Strahlengruß vollbracht? Oder der tiefe, gesunde Schlaf nach den beiden anstrengenden und aufregenden Tagen? Hatte ihr Vater den Schlaf nicht immer „Gottes Medizin" genannt? War nicht noch so viel zu entdecken und zu erkunden in dem alten, winkeligen Veldekehaus? Und in der stolzen und schönen Stadt Danzig erst? Ganz schnell warf sie sich ihr blaues Hauskleid über und eilte die große, breite Eichentreppe nach unten ins zweite Stockwerk, wo das Wohn- und Speisezimmer lag, das sie ja von gestern abend her noch kannte.

Es war wohl so früh am Tage, daß noch keine der Mägde zum Reinemachen da war. Oder doch, sie irrte sich wohl. Im Speisezimmer standen ja schon die Fenster weit offen, alles war aufgeräumt, kein Stäubchen auf der blanken Anrichte und auf den Regalen. Nur zum Frühstück hatte man noch nicht gedeckt. Noch lag das leinene Tischtuch aufgerollt an der Seite. Ganz leise schwankte im Lufthauch der offenen Fenster die große Hansekogge, die an einer langen Schnur von der Decke hing – mitten über dem Tisch. So ein zierliches, prächtiges Schiff hatte Antje noch niemals gesehen. Es kam ihr wie ein Spielzeug vor, und sie hätte es gern von nahem bewundert, denn es hing ziemlich hoch. Rasch entschlossen streifte sie ihre beiden, kleinen Lederschuhe von den Füßen und kletterte auf den schweren Eichentisch. Wenn sie sich jetzt auf die Fußspitzen stellte, konnte sie das Schiff gut betrachten. Und so stand sie, hochgereckt auf bloßen Strümpfen, ganz versunken in den nie zuvor gesehenen Anblick der alten Hansekogge, die sie mit all den Masten und der Takelage, den Ruderbänken und dem zierlichen Steuerrad gar nicht genug bewundern konnte. Sie hatte darüber gar nicht bemerkt, daß hinter ihr jemand durch die offenstehende Tür gekommen war.

Es war Klaus Veldeke, der zum Rathaus wollte und vorher noch nach einem Frühstück schaute. Er trug eine schlichte Lederjacke mit dem Schwertgurt, das kurze, blonde Haar war noch ohne Kopfbedeckung. Das kantige Gesicht war gebräunt vom Seewind und ein wenig übernächtigt, die Stirn in Falten. Die klaren, grauen Augen sahen erstaunt auf das sonnenumstrahlte Mädchen da oben auf dem Tisch, das so ganz in den Anblick der Hansekogge versunken war.

Aber als ob sie es fühlte, daß man sie ansah, wandte Antje plötzlich den Kopf. In großer Verlegenheit ließ sie die beiden erhobenen Arme, die das Schiff betastet hatten, herniedersinken, und eine Röte schoß in ihr rundes, weiches Gesicht. Da mußte Klaus Veldeke wider Willen lachen, und er trat einen Schritt näher.

„Ihr habt wohl so eine Hansekogge noch niemals gesehen, Jungfrau? Soll ich sie Euch erklären und Euch sagen, wie ihre Teile alle heißen?"

Sie war noch immer ein wenig rot und schüttelte hastig den Kopf.

„Die Magd kann gleich zurückkommen, um den Tisch zu decken. Da will ich ihr lieber helfen."

Und schon war sie vom Tisch gesprungen und in ihre Schuhe geschlüpft. Jetzt sah sie den Kaufherrn ein wenig unsicher an.

„Wenn Ihr mir sagen wolltet, wo die Küche ist, so könnte ich das Geschirr tragen helfen."

Er lächelte über ihre gespielte Geschäftigkeit und meinte:

„Das kann die Frau Mutter Euch später selber zeigen, Jungfrau. Sie wird wohl gleich kommen, denn sie ist auch gern früh auf dem Posten. Ich wundere mich, daß Ihr schon so erholt seid von der Reise! Es war doch ein weiter und scharfer Ritt für ein zartes Mädchen."

Sie begann, das aufgerollte Tischtuch fein säuberlich auszubreiten.

„Ich bin das Reiten ja von Burg Leba her gewohnt. Aber gestern abend war ich doch müde. Und sehr traurig."

Er sah sie erschrocken an.

„Traurig? Und warum denn, Jungfrau?"

Sie krauste die Stirn.

„Sagt nicht immer Jungfrau zu mir, sondern Antje. Denn Ihr seid doch sicherlich der Bruder von dem Veldeke, der mich gestern abgeholt hat?"

„Ja, ich bin der Bruder, Antje. Aber du hast mir noch keine Antwort gegeben, warum du gestern abend traurig warst?"

„Ja, seht, das wußte ich eigentlich selber kaum. Es wird wohl das Heimweh gewesen sein. Und dann all die vielen, spitzen, gräßlichen Dächer."

„Warum kannst du denn unsere Dächer nicht leiden?"

„Weil es so endlos viele sind. Und man sonst nichts weiter sehen kann aus seinem Fenster. Kein Wasser, keinen Lebasee, keinen grünen Wald."

Sie hatte den Kopf mit dem rehbraunen Haar tief gesenkt, und ihre Stimme zitterte ein wenig. Wie ein klagendes Kind stand sie vor ihm. Scheu und voll großer Lieblichkeit. Der Ratsherr nickte ihr zu.

„Das wird schon anders werden, kleine Antje. Ich werde mit dir nach Neufahrwasser gehen und dir das Meer zeigen. Wo all unsere großen Hansekoggen liegen. Und einen Garten haben wir auch, draußen vor dem Tor, da kannst du heute Äpfel sammeln, so viel du nur willst. Aber jetzt kommen die Mägde mit dem Geschirr, du kannst beim Tischdecken helfen."

Er ging noch einmal ins Kontor hinunter, ein Stockwerk tiefer, während Antje die Zinnteller verteilen half. Dabei dachte sie darüber nach, warum dieser Veldeke gestern abend gar nicht zu sehen gewesen war, und warum sein Platz bei Tisch die ganze Zeit leergeblieben war. Dann kam auch die Frau Katharina, und freute sich sehr darüber, daß Antje schon beim Tischdecken half. Verstohlen musterte sie die zukünftige Schwiegertochter, mit kritischem Blick, von oben bis unten.

Nein, nein, es schien doch nicht so ein zimperliches Schloßfräulein zu sein, wie sie zuerst gefürchtet hatte. Im Gegenteil, sie hatte ein einfaches, kurz geschürztes Hauskleid an, und ihre Hände zeigten, daß sie bei der Arbeit schon tüchtig angepackt hatte. Frau Katharina stellte dies schmunzelnd fest.

Als alles aufgetragen war, kamen auch die beiden Brüder, und man setzte sich zum Frühstück. Klaus warf einen schnellen Blick zu Bertie hinüber.

„Es ist gut, daß du da bist. Weil ich nachher gleich in die Stadt muß, sollst du mich im Kontor vertreten. Es liegen etliche wichtige Schriftstücke da, die beantwortet werden müssen. Sollte heute noch ein Bote nach Elbing reiten, dann kann er sie gleich mitnehmen. Ich möchte dir zuvor noch zeigen, worauf es ankommt. Du kommst wohl nachher mit hinunter?"

Bertie zog den Mund etwas schief.

„Große Lust habe ich freilich nicht, Bruderherz. Ich meine, der alte Keding weiß doch auch mit solchen Sachen Bescheid. Das Wetter ist so schön, da hätte ich der Antje gerne die Stadt gezeigt."

Klaus runzelte die Stirn.

„Und ich meine, daß die Arbeit jetzt wichtiger ist. Weil es in den kommenden Monaten bitter ernst um Danzig stehen wird."

Frau Katharina sah fragend zu ihrem Ältesten hinüber.

„Sind wieder schlechte Nachrichten aus Polen gekommen?"

Klaus nickte.

„Stephan Bathory hat die Acht über unsere Stadt erklärt. Er soll mit einem Heer nach Dirschau vorgerückt sein. Es kann nicht mehr lange dauern, dann vertreibt er unsere schwache Besatzung aus dem kleinen Werder und marschiert auf Danzig los."

Entsetzt schlug Frau Katharina beide Hände zusammen.

„Gott beschütze uns! Die Polen werden doch nicht mächtiger sein als wir?"

Klaus Veldeke hatte sich erhoben und wischte sich den Mund.

„Die Stadt stellt sich auf eine lange Belagerung ein. Wir haben eine Machtordnung der Bürgerwehr erlassen, die Befestigungsanlage neu verstärkt und noch mehr fremde Söldner, besonders auch Dänen, in Dienst genommen. Kommandant der Stadt soll der Obrist Winkelburg von Kölle werden. Ich fürchte, wenn Stephan Bathory es wagen wird, Danzig zu belagern, dann wird die Volkswut losbrechen. Man munkelt ohnehin, daß die Bischöflichen hier und in Stolzenberg es mit den Polen halten."

Er sah zu Bertie hinüber, der noch immer behaglich kauend an seinem Platz saß.

„Also, ich erwarte dich sofort im Kontor. In einer halben Stunde muß ich zum Rathaus. Die Bürgerschaft soll in Wehrverbände eingeteilt werden, und zwar 77 rechtsstädtische, 42 altstädtische und 30 vorstädtische. Wir Ratsherren und Schöffen bilden die Führer. Ich weiß nicht, ob es sich bewähren wird."

Er strich sich mit der Hand über die Stirn, atmete schwer und ging aus der Tür, die er ein wenig unsanft ins Schloß fallen ließ, so daß Frau Katharina erschreckt zusammenzuckte.

Antje hatte dem allem still und erstaunt zugehört. Ein Verwundern war in ihr, daß der eine Bruder so bestimmend mit dem anderen sprach, und daß es noch dazu der Jüngere war. Jetzt stand auch Bertie auf, wischte sich den Bart und ging dem Bruder nach.

Antje hob ihre großen, dunklen Augen und sah Frau Katharina fragend an:

„Was ist los mit den Polen? Und was wollen sie von Danzig?"

„Ach", sagte Frau Katharina, seufzte und faltete die Hände über dem behäbigen Leib – „das ist eine böse Sache. Wir haben verbriefte Privilegien, die der König von Polen uns nehmen will. Der Streit darum geht schon seit Monaten hin und her. Als der neue Polenkönig Stephan Bathory in Krakau gekrönt wurde, huldigten ihm Preußen, Elbing und Thorn. Danzig blieb fern, weil er uns erst unsere alten Rechte bestätigen sollte und unsere Religionsfreiheit. Das will der König nicht, darum ist nun der Streit entbrannt. Und es heißt ja, es soll noch viel schlimmer kommen. Womöglich sogar Belagerung und Hungersnot, was Gott verhüten wolle! Aber die Männer sind auch immer gleich so erregt und lassen nicht mit sich reden. Bald kann keiner mehr in Ruhe und Frieden in seinen vier Wänden leben!"

Der schwarze Kater rieb sich schnurrend an ihrem langen, faltenreichen Tuchrock, und sie strich ihm gnädig zweimal über das Fell.

Antje schüttelt erstaunt den Kopf.

„Solche Dinge habe ich in Leba noch nie zu hören bekommen. Da merkten wir nichts von Streit oder Krieg. Wohl auch deshalb, weil der Vater krank ist und nicht mehr fortreiten konnte, um uns Nachrichten zu bringen. Vielleicht hätte er mich sonst auch nicht hierher nach Danzig gelassen."

Frau Katharina hob ein wenig das weiße Doppelkinn und krauste die Stirn.

„Hier bist du doch sicher, mein Kind. Im Veldekehaus und in Danzig überhaupt. Hast du die Mauern gesehen und die Türme? Die bieten jedem Feinde Trotz. Aber ich sehe, du hast deine Suppe ausgegessen. Nachher wollen wir miteinander auf den Markt gehen. Ich habe etliches einzukaufen, und du kannst dir die Stände und Buden gleich dabei merken. Komm mit mir in die Küche, wo wir uns einen Einkaufskorb holen."

Jetzt griff Frau Katharina nach ihrem Geldtäschchen.

„Ach, es ist schon wieder leer! Und mein Schlüssel hängt unten im Kontor. Lauf doch bitte hinunter, Antje, und sage einem meiner Söhne, sie möchten dir den Schlüssel geben. Sie wissen schon Bescheid."

Antje sprang auf und lief die breite Treppe ganz nach unten, zum Kontor. Als auf ihr Anklopfen ein undeutliches Knurren ertönte, trat sie neugierig über die

Schwelle. Blieb aber dann etwas verdutzt und enttäuscht stehen. Denn ein großer, kahler Raum öffnete sich ihren Blicken. Nur an den Wänden stapelten sich einige Warenballen bis zur Decke. An einem hochbeinigen Pult am Fenster stand Bertie Veldeke und kaute am Gänsekiel. Auch hier hing von der Decke ein Schiffsmodell der Hansekogge. Nur plumper und ungefüger als das oben im Eßzimmer.

Jetzt mußte Antje laut auflachen.

Ganz verdutzt flog der Rotkopf des jungen Veldeke herum, bis seine Augen mit unverhohlener Freude an Antjes schlanker Gestalt hängenblieben. Er legte den Gänsekiel rasch aufs Pult zurück und kam ihr entgegen.

„Warum lacht Ihr denn so, Jungfrau Antje?"

Sie hatte sich gegen den Türpfosten gelehnt und lachte noch immer.

„Daß Ihr auch in all Euren Zimmern diese Spielzeug-Schiffe hängen habt! Ich wollte nur, ich könnt' sie daheim unseren Kindern zeigen!"

Bertie lachte mit und rieb sich die Hände.

„Daß Ihr auch so lustig sein könnt, Jungfrau, hätt' ich nicht gedacht. Wollt Ihr mich hier im Kontor besuchen?"

Sie fuhr hoch und wurde ernst.

„Ach nein, nun hätt' ich mich beinah verplaudert. Frau Katharina schickt mich, weil ich ihr einen Schlüssel holen soll. Ihr wüßtet schon welchen."

Er nickte und ging zum Schlüsselbrett an der anderen Wand hinüber. Dabei sagte er fröhlich:

„Diese Schiffe, über die Ihr so lachen müßt, Jungfrau, werdet Ihr in allen Patrizier- und Kaufhäusern Danzigs finden. Sie gehören wie ein Wahrzeichen zu uns. Denn durch Handel und Seefahrt ist Danzig groß und reich geworden."

Sie nahm den Schlüssel und sagte:

„Ihr sollt nicht immer Jungfrau zu mir sagen. Das klingt so steif, und ich bin in Leba nicht so genannt worden. Antje heiß ich, und so soll man mich auch rufen."

„Schön, Antje, wenn du das lieber willst. Ist ja auch vernünftiger, weil du doch einmal ganz zu uns gehören wirst."

„Ja", sagte sie ernsthaft, „in einem Jahr als Eure Ehefrau. Das kann ich mir noch gar nicht vorstellen."

„Warum nicht?" meinte er keck und beugte sich ein wenig vor, um ihr tiefer in die Augen zu sehen.

Sie trat einen Schritt zurück und sagte ruhig:

„Warum ich mir das nicht vorstellen kann? Das will ich Euch sagen. Weil Ihr mir vorkommt wie eines meiner Geschwister daheim. Wie ein Knabe, für den man sorgen und denken muß, weil er immer nur Närrisches im Sinn hat."

Jetzt schlug er sich etwas ärgerlich aufs Knie.

„Oho, Jungfrau – wollt' sagen, Antje – da seid Ihr – da bist du wohl gar nicht froh darüber, meine Braut zu sein?"

Sie zuckte die Achseln.

„Das kann ich heut' noch nicht sagen, Ihr könnt Euch ja in einem ganzen Jahr noch kräftig ändern. Aber es wunderte mich vorhin beim Frühstück, daß Euer Bruder so ganz anders ist und Ihr Euch von ihm alles sagen laßt. Wo Ihr doch der Ältere sein sollt."

Er lachte und es klang etwas gezwungen und verlegen.

„Nur ein Jahr Unterschied. Was ist das viel? Es ist

auch nicht immer gesagt, daß die Älteren die Gescheiteren sind. Aber nichts für ungut, Antje – du bist nun einmal meine Braut, daran ist nichts zu ändern."

Er kam ein wenig näher und streckte die Hand nach ihr aus.

„Und da darf ich dich wohl züchtig um ein Küßlein bitten?"

Er wollte den Arm um sie legen und spitzte zierlich den Mund. Aber Antje hob abwehrend beide Hände und trat noch einen Schritt rückwärts.

„Dazu ist es wohl noch zu früh, mein lieber. Wir kennen uns ja erst seit einigen Stunden, es käme mir lächerlich vor, wenn ich mich jetzt schon von dir küssen ließe. Und ein Kuß zwischen Brautleuten ist ein großes und ernstes Ding. Aber nicht so ein Spiel oder eine Tändelei zwischen Tür und Angel."

Sie griff nach der Klinke und ging rasch hinaus.

Bertie Veldeke war mitten im Kontor stehengeblieben und rieb sich die Stirn. Draußen hörte er ihren leichten Schritt im Treppenhaus verhallen. Er war ärgerlich auf sich selbst, daß er nicht noch ein wenig gewartet hatte. Daß er zu voreilig gehandelt hatte. Kopfschüttelnd ging er wieder an sein Schreibpult zurück und griff zerstreut nach seinem Gänsekiel.

*

Frau Katharina Veldeke war aus der breiten, eichenen Haustür getreten, gefolgt von Antje Borcke, die den Einkaufskorb trug. Frau Katharina sah sehr stattlich und würdevoll aus. Antje schaute sich mit großen, neugierigen Augen rings um und kam aus dem Staunen gar nicht heraus. Das Gewirr der Straßen und Gassen, die vielen Menschen, die so eilig aneinander vorüberhasteten, es kam ihr alles zu wunderbar und eigenartig vor.

„Sieh", sagte Frau Katharina stolz, vorm stattlichen Veldekehaus stehenbleibend und mit der Hand nach oben weisend – „sieh, mehr als drei Fenster nebeneinander nach der Straße hinaus darf ein Danziger Bürgerhaus nicht aufweisen, aber dafür um so mehr Stockwerke übereinander. Und einen so schön verzierten und verschnörkelten Giebel wie unseren da oben hat wohl kaum ein anderes Haus in der Stadt. Und auch nicht so stattliche Löwenköpfe an den Beischlägen, rechts und links der breiten Steintreppe. Es ist ein altes Haus, Antje, und stammt noch aus der Zeit, als die Ordensritter Herren von Danzig waren. Es ist sicherlich so alt wie eure Burg Leba in Pommern. Und die Veldekes sind hier eine ebenso angesehene Familie wie die Borckes bei euch."

Antje stand in stummer Ehrfurcht mitten auf der Gasse und legte den Kopf mit den langen Zöpfen tief in den Nacken, um den ganzen Giebel bis oben hin besser bewundern zu können.

Frau Katharina beobachtete Antjes Staunen mit stiller Genugtuung und erzählte fleißig weiter, während sie langsam zum Markt gingen.

„Dies Haus in der Langgasse ist nur ein Teil vom Besitz der Veldeke, Antje. Die Waren und unser großes Schiff, das immer nach Schweden und Dänemark hinüberfährt, sind unser Reichtum. Wenn wir Zeit haben, gehen wir einmal an den Hafen hinunter, und dann zeige ich dir auch unseren gewaltigen Kran."

Antje hörte aufmerksam zu.

„Und sind Eure Buben auch schon einmal mit auf See gefahren, Frau Katharina?"

„Gewiß, mein Kind. Der Ratsherr war auch schon öfters in Schweden drüben. Ist mit Wind und Wetter wohl vertraut und liebt die wilde See."

Frau Katharina betonte den „Ratsherren", denn es behagte ihr nicht, daß Antje eben von den „Buben" sprach.

Sie waren nun auf den Markt gekommen, wo ein emsiges Leben und Treiben herrschte, und wo mit lautem Rufen und Schreien feilgeboten wurde, was man sich nur denken konnte. Wieder kam Antje aus dem Staunen nicht heraus. So etwas hatte sie noch nie gesehen.

Als die Frauen ihren Korb gefüllt hatten, ging die Ratsherrin zu einem der mächtigen Tore und wollte Antje gerade Namen und Himmelsrichtung erklären, als plötzlich ein lautes Schreien sie aufhorchen ließ. Immer stärker wurde das Geschrei, und jetzt sah man vom Klosterberge Rauch und Flammen emporschlagen. Und nun hoben sich auch schwarze Rauchwolken unmittelbar vor den Toren der Stadt. Sie reckten sich wie Fäuste in den sonnenklaren, blauen Herbstmorgen.

„Bei allen Heiligen! Was soll das bedeuten?" rief Frau Katharina und griff mit beiden Händen entsetzt in die Luft. Ihre Knie zitterten so, daß sie kaum weitergehen konnte. Auf dem Markt war ein wildes Durcheinander entstanden, alles hastete auf die lodernden Flammen und dunklen Rauchwolken zu. Vom Grünen Tor her kam ein Reiter gejagt. Kurz vor den beiden Frauen brachte er sein Pferd zum Stehen und beugte sich tief aus dem Sattel.

„Ihr müßt rasch nach Hause, Frau Mutter. Ich würde Euch gern begleiten, habe aber keine Zeit. Die Polen sind im Anmarsch und zünden überall unter Plünderungen die Danziger Dörfer an. Stephan Bathory hat uns zur Übergabe aufgefordert. Nun sind die Danziger Bürger empört, und die Volkswut ist losgebrochen. Man hat die drei Klöster der Stadt gestürmt, weil man glaubt, daß ihre Mönche zu den Polen halten."

Frau Katharina lehnte sich gegen eine Hauswand und rang die Hände.

„O, mein Gott! Unser armes Danzig!"

Kerzengerade stand Klaus Veldeke in den Bügeln. Er hatte die Augen mit der Hand beschattet und spähte scharf in die Ferne. Jetzt, wo er die Worte der Mutter hörte, drehte er jäh den Kopf.

„Danzig ist stark, Frau Mutter. Und bietet jedem Feinde Trutz. Wir haben keine Furcht. Der Pole soll nur kommen. Der Löwe von Danzig hat starke Klauen. Oho! Jetzt haben sie auch die bischöflichen Güter in Schottland und Stolzenberg angezündet. Ich kann nicht länger bleiben. Lebt wohl!"

Und Roß und Reiter verschwanden im Gewühl der Straße. Mit großen, frohen Augen hatte Antje zu ihm emporgesehen. Wie klar und voll Kraft war sein Blick! Wie voll Zuversicht und Stolz sein Wort! Wo hatte er beim galoppieren seine Kappe gelassen? Und wie hing ihm das blonde Haar so naß in die kantige, hohe Stirn. Wie rauchgeschwärzt war sein Gesicht, aber voll unterdrückter Freude. War es, weil nun endlich der Würfel gefallen war und das Abwarten ein Ende hatte?

Sie reckte sich auf den Fußspitzen und strengte sich an, um ihm nachzusehen. Aber da packte sie schon Frau Katharinas weiße, fleischige Hand.

„Um Gottes Willen, Kind, was träumst du hier? Wir müssen eilends nach Hause, denn das Getümmel wird ja immer ärger."

Antje lächelte und atmete tief.

„Wie schön, daß ich dies hier in Danzig miterleben kann. Aber ich will Euch beschützen, Frau Katharina, Ihr zittert ja am ganzen Leibe."

Sie faßte die Ratsherrin unter den Arm und führte sie durch das Gewirr der Gassen und Menschen. Frau Katharina aber schimpfte unwillig vor sich hin.

„Törichtes Kind! Schön nennst du eine solche Zeit? Es kann böse werden, sage ich dir, bitterböse für uns alle hier. Weißt du, was eine Belagerung bedeutet? Und womöglich eine Hungersnot später im Winter? Ach, daß die Männer auch immer so hart denken müssen in allem! Warum besteht Danzig so auf seinen alten Privilegien und auf der Religionsfreiheit? Mir ist es einerlei, ob ich katholisch oder protestantisch bin. Nur in Frieden sollen sie mich lassen. Ach Gott, ach Gott, nun bin ich ganz außer Atem, so schnell sind wir gegangen. Aber da ist ja auch schon das Veldekehaus, Antje. Und die Mägde stehen vor der Tür, als gäb's nichts zu schaffen im Haus."

Am Beischlag stand auch Bertie und kam jetzt der Mutter entgegen.

„Schlimme Zeiten, Frau Mutter. Man weiß nicht, was man dazu sagen soll. Ich soll an Euch, Frau Mutter, und an Antje noch viele Grüße vom Ritter Gerold und seinen Männern ausrichten. Sie sind jetzt schon aufgebrochen und heimgeritten statt am Abend, wie erst geplant. Wegen der großen Unsicherheit auf den Straßen, und weil sie später womöglich nicht mehr nach Leba durchgekommen wären."

Antje sprang die Stufen hoch und sah suchend nach allen Seiten.

„Sind sie wirklich schon fort? Ist nichts mehr zu sehen von ihnen? Ach, und ich wollte dem alten Gerold noch so viele, viele Grüße für den Vater und die Kinder mitgeben, und –"

Jetzt wurde ihre Stimme leiser, und ihre Augen füllten sich langsam mit Tränen.

Frau Katharina krauste die Stirn.

„Laß dies kindische Verhalten auf der Gasse, Antje. Was sollen die Leute denken. Du sollst nun eine Bürgerin von Danzig werden und darfst nicht mehr so viel an Leba zurückdenken. Es war ganz gescheit von Herrn Gerold, daß er so handelte. Man weiß nicht, was in der Luft liegt. Aber nun komme mit mir in die Vorratskammer. Wir müssen zählen, wägen und beraten, ob wir auch für die nächste Zeit reichlich Nahrungsvorräte haben. Wenn der Pole uns wirklich belagern sollte, dann kann's noch knapp werden in Danzig."

Antje und die Mägde mußten der ängstlichen Frau Katharina helfen, Schinken und Würste zu zählen und zu verstecken, Säcke mit Mehl und Grütze abzuwiegen und in dunklen, winkligen Kellerräumen zu verstecken. Damit ging der ganze Vormittag hin, und zur Essenszeit hatten alle tüchtigen Hunger von der vielen Arbeit treppauf und treppab. Nur Klaus Veldeke war nicht zu Tisch gekommen, sein Platz blieb wieder leer wie am ersten Abend.

„Sollte man nicht für Euren Sohn, der noch in der Stadt ist, das Essen warm stellen, Frau Katharina? Er hat heute früh auch nur wenige Bissen zu sich genommen. Und die Mittagsstunde ist längst vorüber."

Bertie lachte.

„Der hat sich noch nie lange beim Essen aufgehalten. Ging immer schon in Hast bei ihm. Auch weiß man nie, wann er heim kommt und wie lange er Zeit hat."

Bertie sagte das so recht gemächlich, den vollen Löffel schöner, warmer Suppe zum Munde führend. Auch die Ratsherrin aß einen Teller nach dem anderen und ließ es sich trotz der Aufregungen wohl schmecken. Antje fand in diesem Augenblick, daß Mutter und Sohn sich doch recht ähnlich sahen, und daß der Klaus da draußen ihnen so gar nicht glich – so ganz aus der Art geschlagen war.

Nach dem Essen meinte die Ratsherrin gähnend:

„Heute werde ich nicht meinen gewohnten Mittagsschlaf machen, weil die Vaterstadt in Not ist. Wir gehen am Abend dafür um so früher ins Bett. Komm, Antje, wir wollen miteinander die Leinenvorräte durchsehen. Und was etwas schadhaft ist, für Verbandzeug zurücklegen. Es kann kommen, daß wir viele Verwundete haben werden, da ist es ratsam, in allem vorbereitet zu sein."

Antje folgte ihr zu den gewaltigen Schränken, die unten in der großen Diele standen. Sie sortierten den ganzen Nachmittag. Als der Abend kam, wurde Frau Katharina so müde, daß sie in ihrem hohen Lehnstuhl am Fenster einnickte, und sogar laut zu schnarchen begann.

Antje hatte das Leinen so geordnet, wie Frau Katharina es ihr gezeigt hatte. Nun war sie mit der Arbeit fertig und schlüpfte hinauf in ihr Zimmer, um sich das Gesicht und die Hände zu waschen und die Haare zu kämmen. Dann stand sie an ihrem Fenster und atmete die frische Abendluft ein.

Eine weiche, dunkelblaue Dämmerung war unter die

spitzen Dächer und verschnörkelten Giebel gekrochen. In der Ferne sah man noch hier und da Flammen aufzucken und feine dunkle Rauchwolken. Antje hatte sich auf die Fensterbank gesetzt, und die Hände um die Knie gelegt. Ihre dunklen Augen hingen versonnen an dem Farbenspiel der verglimmenden Feuersbrunst.

Sie hatte dies alte, graue Kloster gestern noch so deutlich gesehen, als sie im Abendschein daran vorüberritten. Nun sollte es ein Trümmerhaufen sein. Das konnte sie sich gar nicht vorstellen.

Überhaupt, was war Krieg? Was war Belagerung? Welchen Sinn hatte das alles? Es war für sie etwas so Dunkles, Unfaßbares, das sie immer nur aus den Erzählungen anderer gehört hatte.

Ob Gerold und seine Männer wohl gut vorwärts kamen? Ob sie ohne Gefahr und Hindernis nach Leba kämen? Aber im Westen war ja der Weg frei gewesen, die Polen belagerten die Stadt vorläufig erst vom Süden her.

Und plötzlich überkam Antje von neuem der große Kummer, daß sie nicht mehr hatte Abschied nehmen können vom alten Gerold und von den Pferden. Ach, von ihrer schwarzen Stute, die sie so gern hierbehalten hätte! Aber Frau Katharina hatte ja gestern schon zu verstehen gegeben, daß die Stallplätze hier in der Stadt so beschränkt wären, und daß eine solide Danziger Bürgersfrau auch keine Zeit hätte, einfach so wie ein junges Edelfräulein spazieren zu reiten. Und daß es besser wäre, die Männer von Leba würden die Stute gleich wieder mit zurücknehmen.

Heute den ganzen Tag in all der Aufregung und Arbeit war Antje dies alles gar nicht so zum Bewußtsein gekommen. Sie hatte einfach gar keine Zeit zum Nachdenken gehabt. Aber nun in der Stille des Abends, als es wie ein Ausruhen und eine Müdigkeit über alle kam, wurde auch plötzlich die Erinnerung an die Ihren und das Heimweh wieder wach.

Und noch ehe sie sich selbst Rechenschaft geben konnte von dem, was sie tat, war sie die drei breiten, gewundenen Eichentreppen herunter und hinten durch die tiefe, dämmrige Diele aus den Hof hinaus geeilt. Im Pferdestall standen nur noch zwei derbe Arbeitspferde des Kaufhauses Veldeke, die Stelle, wo ihre Stute heute Nacht angepflockt gewesen war, stand leer. Gestern abend hatte Antje ihr hier noch den Hals geklopft und sie gestreichelt.

Das Mädchen legte beide Arme um einen der Balken und preßte ihr heißes Gesicht fest gegen das alte, morsche Holz. O, hier roch es gut nach Heu und nach Pferden! Hier war ihr beinah heimatlich zumute. Nur gedämpft fiel das letzte Tageslicht in den tiefen Stall. Der schwarze Kater war von oben mit herunter gehuscht und suchte im Stroh nach Mäusen. Manchmal klirrte eins der schweren Pferde mit seiner Kette, oder schnob den Häcksel pustend mit seinen Nüstern aus der Krippe. Dann bekam der Kater jedesmal einen Schreck und hob lauschend Kopf und Vorderpfote.

Antje setzte sich auf die niedrige Futterkiste und faltete die Hände im Schoß. Ihren Kopf lehnte sie weit zurück gegen die weiße Kalkwand, denn sie war nun auch müde geworden. Und all ihre Herzgedanken wanderten voll großer Sehnsucht heim nach Leba.

Nun hatten sie in der Burg wohl schon zu Abend gegessen, und die Kinder schliefen in ihren Bettchen. Der Vater saß einsam am Bogenfenster und sah über den weiten, weiten See im Abendschein und dachte an sein Kind in der Ferne. Und der Lebasee raunte und rauschte, und das goldgelbe Laub raschelte an seinem Ufer. Oder waren es die Pferde vom Kaufhaus Veldeke in ihrem harten Stroh?

Antje wußte es nicht. Denn Antje war fest eingeschlafen. Nach all der Unruhe des Tages hatte sie eine große Müdigkeit überfallen.

*

Auf dem Pflaster des Hofes hörte man Getrappel. Klaus Veldeke führte sein schweißtriefendes Pferd in den Stall und rieb es mit Stroh ab. Die Knechte waren noch unten an der Mottlau, wo die großen Speicher der Familie Veldeke standen. Es gab heute mehr zu tun als sonst, weil man für die Zukunft sorgen mußte.

Als Klaus Veldeke zur Futterkiste kam, prallte er ein wenig erschrocken zurück. Dann ging ein Lächeln über sein Gesicht. War das Mädchen so müde gewesen, daß es hier im Roßstall einschlief? Was hatte es hier überhaupt zu suchen? Und er mußte doch so notwendig und schnell an die Futterkiste. Natürlich mußte er sie wecken. Das hungrige Pferd sollte nicht warten.

Er beugte sich ein wenig zu ihr herab und überlegte, wie er sie wohl am ehesten wach bekäme. Ihre Augenlider waren fest geschlossen, und die langen, dunklen Wimpern lagen wie Seide auf den rosigen Wangen. Sie atmete so regelmäßig und ruhig, als läge sie daheim in ihrem weichen Bett und nicht auf der harten Futterkiste im Pferdestall. Aber waren da nicht Spuren von

Tränen auf ihrer Wange? Ganz deutlich und glitzernd, wie zwei große Tautropfen auf einem Blumenblatt.

Er furchte die Stirn. Hatte sie geweint? Und warum? Hier im Veldekehaus durfte ihr niemand ein Leid tun.

Da scharrte sein Pferd ungeduldig mit dem Huf und drehte fragend den Kopf. Es half nichts, das Tier mußte sein Futter haben. Klaus Veldeke bückte sich tiefer und hob sie behutsam empor, um sie ja nicht zu wecken. Er wollte sie in den Heuhaufen am Ende des Stallganges legen, da konnte sie ja dann weiterschlafen. Es durchflutete ihn weich und warm, als er die leichte Last in Armen hielt. Und es kam ihm plötzlich so vor, als trage er da eine unendliche Kostbarkeit, die ihm niemand in der Welt entreißen durfte. Er beugte den Kopf, so tief er konnte, um ihren warmen Atem an seiner Wange zu spüren.

Da schlug Antje die Augen auf und sah ihn abwesend und verständnislos an. Sie war mit ihren Gedanken wohl noch zu tief im Traumland, um sich so schnell in die Gegenwart zurückfinden zu können. Sie atmete tief und fragte:

„Was soll das hier? Und wo bin ich nur?"

Da ließ er sie langsam ins Heu gleiten, aber sie stand sofort steil und hoch auf ihren Füßen. Er lachte.

„Du warst auf meiner Futterkiste eingeschlafen, Antje. Und mein Pferd hat doch solchen Hunger. Da habe ich dich heruntergehoben."

Jetzt sprang eine flammende Röte über ihr ganzes Gesicht, und sie trat einen Schritt zurück.

„Warum habt Ihr mich nicht sofort geweckt? Und ich lasse mich nicht anfassen, und erst recht nicht im Schlaf. In Leba hat das niemand tun dürfen, und in Danzig halt ich's genau so."

Sie hatte die Hände geballt und stampfte mit dem Fuß. Ihre dunklen Augen flammten, und die feinen, rehbraunen Härchen zitterten an den Schläfen. Er zwang sich, ernst zu bleiben und sagte begütigend:

„Aber Antje, ich kann doch nichts dafür, wenn du hier einschläfst! Und warum sagst du mit einmal Ihr zu mir? Ich soll doch auch Antje sagen?"

Sie schluckte.

„Ihr seid mir hier alle noch viel zu fremd, als daß ich gleich du sagen könnte. – Und das Anfassen verbitte ich mir. Von Euch und Eurem Bruder."

Die Furche auf seiner Stirn wurde tief.

„Hat mein Bruder dich denn auch schon angefaßt, Antje?"

Es war etwas Drohendes in seiner Stimme, als er so fragte. Antje glättete mit beiden Händen die unordentlich gewordenen Haare.

„Gewollt hat er's. Aber ich hab's nicht gelitten. Sogar einen Kuß wollte er mir geben, weil ich doch seine Braut bin. Aber ich hab ihn ausgelacht. Und so lang er noch so ein kindischer Bub ist, heirat' ich ihn auch nicht."

Sie wollte an ihm vorbei aus der Stalltür, aber Klaus Veldeke trat ihr in den Weg.

„Nur noch eins, Antje. Warum hast du vorhin geweint, und was hast du überhaupt hier unten im Pferdestall gewollt?"

Sie legte den Kopf ein wenig auf die Seite und sah ihn ernst und gedankenvoll an.

„Sie waren heute morgen alle nach Leba heimgeritten, ohne sich von mir zu verabschieden. Da wollt ich die Stelle noch einmal sehen, wo ich den Nickel gestern abend zum letzten Mal küßte."

„Wen? Wen hast du gestern abend hier geküßt?" Und er griff hart nach ihrem Handgelenk.

„Den Nickel doch, meine schwarze Stute. Die Kinder haben sie so genannt, weil sie immer mit dem Kopf nickt, wenn man ihr Brotrinden bringt. Und nun war sie fort, und ich hab ihr nicht mehr Lebewohl sagen können. Da mußte ich rasch hierher, weil die Frau Katharina in ihrem Lehnstuhl eingeschlafen war. Aber daß ich geweint habe – weiß ich nicht. Ich meine, da habt Ihr Euch geirrt."

Er schüttelte den Kopf.

„Du hattest Tränen an der Wange, Antje. Ich habe sie ganz deutlich gesehen."

Sie sah an ihm vorüber aus der offenen Tür.

„Wenn man an Leba und den Vater und die Kinder denkt, dann würgt's oft im Halse, und dann kommen die Tränen wohl, ohne daß man es selber weiß."

Er beugte sich zu ihr hinunter.

„Du darfst hier kein Heimweh haben, kleine Antje. Ach, wie hübsch und froh würden wir dir's hier machen, wenn's nicht so ernst um Danzigs Zukunft stünde. Und wenn wir nicht Tag und Nacht den Kopf so voll hätten von hundert anderen Dingen."

Jetzt lachte sie laut auf und klatschte in beide Hände.

„O, seht, Euer Pferd ist gescheiter als wir alle zusammen. Hat sich ganz allein aufgemacht, ist hinter Eurem Rücken zur Futterkiste gegangen und sucht nun selbst nach seinem Hafer, weil Ihr es ganz vergessen habt."

Sie drängte sich rasch an ihm vorüber und lief zur Futterkiste, schlug den Deckel hoch und ließ das Pferd im Hafer wühlen. Klaus Veldeke war ihr nachgekommen.

„Oho, Antje, so ohne Maß und Ziel? Das könnt' meinem Pferd gerade passen. Aber da kommen die Knechte, die mögen das Weitere besorgen. Vielleicht ist die Frau Mutter inzwischen aufgewacht und sucht dich, Antje."

Sie gingen beide nebeneinander quer über den Hof zum Wohnhaus. Auf der großen Diele, unter der schwankenden Hansekogge, blieb er stehen.

„Hast du vorhin aus Furcht geweint, Antje?"

Sie sah ihn erstaunt an.

„Furcht? Wovor?"

„Nun, ich meine, weil uns doch allem Anschein nach ein Angriff der Polen bevorsteht. Und weil Danzig vielleicht viel und lange wird leiden müssen. Es kann Hunger und Not über die Stadt kommen, Antje. Und ich mache mir Gedanken darüber, daß wir dich gerade in diesen Tagen hierherkommen ließen. Ich wollte es nicht, und ich hätte die ganze Sache lieber aufgeschoben."

Sie sah ihn fest an.

„Es ist nun so, wie es ist. Da ich doch einmal Danziger Bürgerin werden soll, so ist's gut, wenn ich auch das Schwere gleich am Anfang kennenlerne. Und Ihr meint ja, Danzig sei fest und stark und könne manchen Sturm aushalten. Wo die Männer auf dem Posten sein müssen, da sollen's die Frauen auch."

„Bist ja noch ein halbes Kind", dachte er – „mit deinem runden Gesichtlein und den großen, reinen Augen." Laut sagte er: „Nun lauf hinauf in dein Zimmer, Antje. Die Frau Mutter wird warten. Ich will mich auch schnell ein wenig richten für's Abendbrot."

Beim Nachtessen sprach Frau Katharina nur von den Polen und war immer noch sehr aufgeregt.

„Nun wirst du unseren Garten vorm Tor gar nicht mehr zu sehen bekommen, Antje“, meinte Bertie, der in einem fein gepufften, hellen Anzug zu Tisch erschienen war.

„Warum?“ Antje sah ihn fragend an und wunderte sich über seine festliche Kleidung an so einem ernsten Tage.

„Weil alles vor den Toren zu Verteidigungszwecken niedergerissen werden soll. Auch die übrigen Vorstädte. Man hat heute bereits damit begonnen.“

Wieder schlug Frau Katharina entsetzt die Hände zusammen.

„O, meine Äpfel! All meine guten Äpfel und Birnen, die draußen noch an den Bäumen hängen! Gerade die großen Spätsorten, die ich immer erst im Oktober abnehmen ließ. Wie mögen sie jetzt bei der schönen Herbstsonne noch gereift sein!“

„Frau Katharina, ich gehe gleich morgen mit den Mägden hin, und hol' sie Euch alle herunter! Das Äpfelpflücken war auch in Leba immer meine größte Freude!“

Antje sah mit leuchtenden Augen von ihrem Teller auf. Klaus wiegte bedächtig den Kopf.

„Morgen ganz früh mag es noch gehen. Im Laufe des Tages soll aber alles Gelände dort herum gesperrt werden. Wer sich aus den Gärten noch etwas holen will, muß sehr früh aufstehen, Antje.“

Sie nickte froh.

„Das bin ich gewohnt. Mich braucht auch niemand zu wecken. Nur den Weg weiß ich nicht, den muß mir einer zeigen.“

Jetzt lachte Klaus Veldeke hell auf.

„So ganz allein werden wir dich nicht gehen lassen,

Antje. Die beiden Mägde kommen mit, und ein Knecht mit Körben und einer Leiter. Und vielleicht kann mein Bruder dich auch begleiten. Ich hab' leider in der Stadt zu tun und muß zur Bürgerwehr."

Er wandte sich jetzt an die Mutter.

„Die Bürgerschaft wird zu hohen Abgaben herangezogen werden. Denn vor allem braucht Danzig Geld – und immer wieder Geld. Man spricht davon, daß alles Gold und Silber aus Privatbesitz, ja sogar die alten, wertvollen Kirchenschätze aus der Marienkirche eingeschmolzen und zu Notmünzen verarbeitet werden sollen. Auf diesen Talern, Groschen und Dukaten soll aber nicht wie sonst auf der Vorderseite unserer Münzen das Brustbild des polnischen Königs stehen, sondern der segnende Heiland mit der Weltkugel, und die Umschrift:

‚DEFENDE NOS, CHRISTE SALVATOR!'"

„Was heißt das?" fragte Antje leise.

„Verteidige uns, Christus, unser Retter!" sagte Klaus Veldeke ernst und legte seine beiden starken Hände wie zum Gebet zusammen. Frau Katharina aber ließ ihre Augen unruhig durch den ganzen Saal gehen.

„Wir haben viele goldene und silberne Geräte. Hier an den Wänden und auch im Schrein. Die will ich morgen gut verstecken, daß man sie nicht so leicht findet."

Klaus Veldeke brauste auf.

„Das ist nicht Euer Ernst, Frau Mutter. Wo jeder Danziger sich glücklich schätzt, wenn er seiner Vaterstadt in der Not helfen kann. Da wollten wir heimlich unser Hab und Gut verstecken und unseren Reichtum behalten, während die anderen arm werden?"

Eine heiße Röte war dabei in sein Gesicht gestiegen. War es Zorn oder Scham, daß seine Mutter so dachte?

Frau Katharina sah ärgerlich aus und legte den Kopf ein wenig zurück, daß das breite Doppelkinn auf dem harten, gestärkten Haubenrand zu ruhen kam.

„Natürlich will ich auch manches abgeben, mein Sohn. Aber mit Maß und Ziel. Der Hausrat der Veldeke ist alt und sehr kostbar, und seit Jahrhunderten im Familienbesitz. Wir müssen ihn hüten und haben die Verantwortung."

In Klaus' Stimme war es immer noch wie leises Grollen.

„Älter als Haus Veldeke ist die Stadt Danzig. Und wenn die Vaterstadt in Not ist, so ist es jedes Bürgers Pflicht, wegzugeben, was er nur zu geben hat. Wer mag da noch an die Familie denken und an sein Erbteil?"

Er stellte seinen Becher etwas unwirsch auf den Tisch. Bertie rümpfte die Nase.

„Du hast wohl heut schon die Art und Weise eines Kriegsmannes angenommen, Bruderherz? Was soll Antje von dir denken?"

Antjes Augen sahen warm zu dem Gescholtenen.

„Ich meine, daß Euer Bruder recht hat. Für die Vaterstadt muß man doch alles hergeben können. Auch das Letzte."

Frau Katharinas Lippen wurden spitz. Und ihre Augen noch mehr.

„Das ist leicht daher zu sagen für einen, der nichts zu geben und zu verlieren hat. Aber was unsere Väter und Urväter seit Jahrhunderten ersparten, und was sie im Schweiße ihres Angesichts für Kind und Kindeskind aufbewahrten – das darf der Enkel nicht in einer plötzlichen Laune an einem Tage einer Stadt hinwerfen, nur weil's bald Krieg geben wird und die Söldner Lohn brauchen."

Klaus Veldeke stand auf. Das Gespräch war ihm zuwider und er wollte doch seiner Mutter nicht immer widersprechen. Er nickte allen zu.

„Ich hab' unten noch zu tun und wünsche allen eine geruhsame Nacht."

Sprach's und war aus der Tür. Sie hörten ihn draußen die knarrenden Stufen nach unten in sein Arbeitszimmer gehen. Dort stand er eine Weile reglos am Fenster. Und langsam ebbte sein Zorn ab und er atmete ruhiger. Daß die Mutter ihn auch nie verstehen konnte! Überhaupt keiner hier im Veldekehaus, seit Vater tot war. Er war ihnen wohl zu rauh, zu schroff, zu ehrlich. Konnte nicht so lieblich tun und schmeicheln wie der Bertie. Mutter und Bruder hatten immer etwas auszusetzen an ihm, wohl weil sie seine Überlegenheit fühlten, und sein rastloser Fleiß auf jedem Gebiet dem jüngeren Bruder oft ein Dorn im Auge war. Denn Klaus Veldeke stand beim Rat und bei der Bürgerschaft in hohem Ansehen, und man hatte ihn, trotz seiner Jugend, schon mit manchem Ehrenamt betraut. Bei alledem war er ernst, still und bescheiden geblieben. Und es war ihm selber nicht bewußt in seiner Arbeit, daß sein Herz oft Hunger hatte nach ein wenig Liebe und Freundlichkeit daheim. Frau Katharina ging ganz in ihrem Haushalt auf und setzte sich für alles ein, was Veldeke hieß.

Am meisten aber für ihren Liebling Bertie. Der gewann durch sein lustiges, liebenswürdiges Wesen viel eher alle Herzen als sein ernster, schweigsamer Bruder. Aber das war schon immer so gewesen, und Klaus Veldeke hatte sich mit der Zeit daran gewöhnt.

Da war es nun wie ein stilles Verwundern über ihn gekommen, daß Antje Borcke gerade zu ihm zu halten schien und den anderen zum Trotz an seiner Seite stand. Das erfüllte ihn mit einer großen, starken Freude, über die er sich heute noch gar keine Rechenschaft geben konnte. Aber das düstere, alte Veldekehaus kam ihm auf einmal viel lichter und sonniger vor, und das Herz wollte ihm warm werden, wenn er daran dachte, daß diese frohen, reinen Mädchenaugen ihm nun immer und immer entgegenlachen würden und flinke Hände immer bereit waren, ihm zu helfen.

Klaus Veldeke reckte sich und griff mit beiden Armen am Fensterkreuz hoch. Es war etwas Starkes und Zuversichtliches über ihn gekommen. Und er fühlte eine Kraft, die er früher noch gar nicht gekannt hatte. Woher kam das nur? Der ernste Ratsherr schüttelte den blonden Kopf und setzte sich tief atmend an seinen Arbeitstisch.

*

Zu derselben Zeit stand Antje oben in ihrem Stübchen und sah stirnrunzelnd zum stumpfen Turm der Marienkirche hinüber, den die schwarzen Dohlen tagsüber so wild und kreischend umflogen. Ihre Gedanken wollten heute abend nicht zur Ruhe kommen und sie mußte fortwährend über das eine nachdenken: Warum waren die beiden Brüder nur so verschieden? Und warum war der eine, dessen Braut sie jetzt sein sollte, so gar nicht nach ihrem Sinn – so fein und zimperlich – so unmännlich und geziert? Hatte sie schon jemals so weiße Hände bei einem Mann gesehen? Und so rötliches, gekräuseltes Haar, das sicher nicht auf natürlichem Wege so kraus sein konnte? Antje legte beide Hände vors Gesicht und schüttelte sich. Und sagte ganz laut, als hätte sie vergessen, daß sie doch nur allein in ihrem Stübchen war:

„Nein, herzliebster Herr Vater, den kann und werde ich nie – niemals heiraten! Und wenn Ihr ihn gesehen hättet, Herr Vater, so würdet Ihr das auch meinen. Denn Ihr seid immer für das Gerade, Offene, Ehrliche gewesen. Und wenn ich zu Fuß von hier nach Leba gehen sollt', um Euch das zu sagen. Ich kann nicht! Ich kann es nie!"

Und dann saß sie wieder auf der kleinen Fensterbank und sah in den klaren Sternenhimmel. Warum ist der Bruder so anders? Warum hat er harte braune Fäuste, die von Arbeit zeugen zu Schiff und am Schwert? Warum sind seine Augen wie Stahl und seine Lippen voll und fest, daß man von ihnen eisernen Manneswillen ablesen kann? Warum hat er eine Stimme im Rat und die Führerschaft bei der Bürgerwehr und kann ein Schiff allein bis nach Dänemark hinauf führen? Er ist der einzige hier, mit dem ich über alles sprechen kann. Und ihm will ich es auch gleich sagen, daß es mit mir und seinem Bruder nie etwas werden darf. Lieber gehe ich in den Tod. Damit sie im Veldekehaus wissen, woran sie sind und mir nicht Falschheit vorwerfen, gehe ich gleich morgen hin und sage alles. Sie werden mir vergeben und mich in Frieden wieder nach Leba heimlassen."

Antje ging spät ins Bett und konnte lange keinen Schlaf finden.

*

Die Sonne war noch nicht aufgegangen, als Antje am anderen Morgen aus den Federn schlüpfte. Sie war so voll Ungeduld, daß sie auch ja das Obst noch rechtzeitig von den gefährdeten Bäumen bekäme. Sie gönnte sich kaum Zeit zum Frühstücken, stieg schon bald die steinernen Stufen zur Straße hinunter. Zwei Mägde und ein Knecht begleiteten sie. Körbe und Leitern hatten sie auf einen Karren geladen.

Trotz der frühen Morgenstunde war schon viel Leben auf allen Gassen. Denn in die Bürger von Danzig war eine große Unruhe gekommen, und jeder, der draußen vor den Stadttoren ein Feld oder einen Garten hatte, suchte noch schnell zu retten, was irgend zu retten war. Denn es sollte ja alles niedergerissen werden jenseits der gewaltigen Stadtmauer, und man sah schon wieder neue Rauchwolken im Umkreis von Danzig aufsteigen. Da galt es, flink zu sein und keine Zeit zu verlieren.

Antje und die drei anderen schritten rasch vorwärts, die Augen voll Neugier und Verwunderung überall umherschickend. Bertie war nicht mitgekommen, wie er versprochen hatte. Er schlief wohl noch und Antje war es auch lieber so.

Sie fühlte sich heute froh und leicht, seit ihrem gestrigen Entschluß, offen mit den Veldekes von ihrer Abneigung zu sprechen. Es war ihr wie ein Stein vom Herzen gefallen, denn je länger sie darüber nachdachte, um so klarer wurde es ihr, daß sie niemals dieses Rothaarigen Frau werden konnte. Und sicher würde man sie verstehen, und alles würde noch gut werden.

Am Garten der Veldeke angelangt, machte sich Antje mit ihren drei Begleitern gleich and die Arbeit, obwohl der Morgentau noch in großen Silberperlen auf allen

Gräsern lag und ihnen Schuhe und Kleidersaum benetzte. Aber Antje raffte ihren Rock ein wenig empor, und die Mägde machten es ihr nach. Der Garten war groß, mit vielen schönen, alten Obstbäumen bestanden. Ein gut Teil war schon abgeerntet, aber etliche späte Sorten hingen noch lockend an den Zweigen.

Der Knecht stellte die Leiter fest, und Antje war die erste, die mit lachenden Augen hinaufstieg.

„Nicht doch, Antje Borcke, laßt das unsere Arbeit sein! So etwas ist nichts für ein adliges Fräulein, und Frau Katharina könnte schelten", riefen die Mägde ängstlich durcheinander.

Aber Antje war schon hoch oben und hängte ihren Korb mit dem gebogenen Haken an den nächsten Zweig.

„Nein, nein, wir müssen uns beeilen. Der Knecht soll schon die Leiter an andere Bäume legen, daß wir alle noch pflücken können. Seht, der da drüben hängt auch noch so voll! Und jener am Zaun erst mit den graugrünen Spätäpfeln. Ihr müßt alle pflücken, damit die Frau Katharina uns lobt. Ach, es ist hier ja fast wie daheim in Leba, wenn ich mit den Kindern beim Birnenpflücken war."

Sie schwang sich sicher von Ast zu Ast und konnte gar nicht hoch genug hinauf steigen. Als ihr Korb bis zum Rande mit den herrlichen, rotbackigen Früchten gefüllt war, hörte sie einen Augenblick auf mit Pflücken und sah sich neugierig rings um. O, war das ein schöner und weiter Blick von hier oben! Überall waren die weißen Nebel zerrissen, überall blinkte goldene Morgensonne – auf den spitzen Dächern der Stadt und auf der leise und sanft dahinfließenden Mottlau und den Weichselarmen.

Wie eine goldene Stadt, die sich aus weißen Schleiern träumend löst und hebt, so lag das alte Danzig im milchigen, duftigen Dunst dieses Herbstmorgens. Um den Turm der Marienkirche kreisten unermüdlich – in ewigem Auf und Nieder – die unzähligen Dohlen und Möwen.

Wie unsagbar schön war alles! Und da ganz, ganz hinten am Horizont der hellblaue feine Streifen – war das nicht die See? Das große, unendliche Meer, nach dem man Sehnsucht hatte? Man hatte ihr schon erzählt, daß es noch nicht die offene Ostsee ist, sondern erst die große Danziger Bucht. Aber doch – aber doch! Es war wie ein Gruß von zu Hause, und es schien Antje, als spürte sie schon deutlich den herben Salzgeruch, der auch immer von Norden her über den Lebasee kam.

Wieder ging ihr Blick zurück zu dem Häusermeer Danzigs, das sich vor ihr auftürmte. Weil Antje von Zuhause her nur an die einsame Burg und kleine Fischerhütten gewöhnt war, schien es ihr unermeßlich. Nein, wahrlich, da mußte man ja lachen, wenn man an den Polen dachte, der hier so einfach eindringen wollte. Der Danzig zwingen wollte, ihm bedingungslos zu gehorchen, ihm die Tore zu öffnen und sich kampflos zu ergeben.

Und plötzlich wuchs in der kleinen Antje oben auf dem Apfelbaum ein so stolzes und jubelndes Gefühl, wenn sie daran dachte, daß sie ja nun selber eine Bürgerin dieses herrlichen Danzigs werden sollte. Daß es ihr vergönnt sein würde, schwere und heiße Tage, vielleicht Kampftage und Hungermonate in den Mauern dieser Stadt, zu Ehren und zum Trutze dieser Stadt, miterleben zu dürfen.

Die Stimmen der Mägde von unten her rissen sie plötzlich aus ihrem Traum.

„Unsere Körbe sind voll, Antje."

Da besann sie sich auf ihre Arbeit, schüttete ihren Korb aus und begann von neuem zu pflücken. Als endlich alle Bäume und Büsche im Garten geleert waren und der Knecht die vollen Körbe kunstvoll auf dem Karren verstaute, war die Sonne am Himmel schon ein beträchtliches Stück höhergestiegen, und sie beeilten sich, heimzukommen. Denn das Getümmel vor der Stadt hatte zugenommen, Holzschuppen und Gartenhäuser wurden niedergerissen oder in Brand gesteckt, große, alte Bäume mit der Axt gefällt, daß der heranziehende Pole nichts fände, wo er sich verbergen könnte.

Die vier standen im nassen Gras und sahen stolz auf ihre reiche Obsternte. Sie wollten sich gerade mit Ziehen und Schieben des Karrens auf den Heimweg machen, als Antjes Blick auf die vielen goldgelben Sonnenblumen und violetten Astern fiel, die in schimmernder Farbenpracht den Wegrand säumten.

„Von den Blumen muß ich noch welche mitnehmen, eh' sie zertreten und vernichtet werden! Geht ihr solange schon voraus. Ich komme dann gleich nach."

Sie beugte sich zu der Farbenpracht und brach mit leuchtenden Augen Stiel um Stiel. Sie liebte ja Blumen so sehr, so sehr! Und hatte sie hier im dunklen Veldekehaus schon arg vermißt. Daheim auf Burg Leba hatte man zu jeder Jahreszeit andere. Am schönsten waren immer die bunten Frühlingsblumen gewesen, deren Zwiebeln die Mutter einst aus Holland mit herübergebracht hatte. Die leuchtend roten Tulpen und die goldgelben Narzissen, und wie sie alle hießen. Ob man die in Danzig auch kannte?

Mit diesen Gedanken pflückte sie von den Herbstblumen so viele, als sie nur irgend halten und tragen konnte. Dann sah sie sich noch mit einem langen Blick rings im Garten um. Würde er nun auch dem Erdboden gleichgemacht werden? Sie preßte ihre Blumen an sich, die in großen, goldgelben Büscheln weit über ihre Schultern ragten und eilte den anderen nach. Aber die waren schon so weit voraus, daß sie sie nicht mehr sehen konnte. Doch sie kannte ja den Weg, den sie vorhin gekommen waren. Durch ein Gewirr von Gärten mußte sie laufen, und sich den Weg durch allerlei Menschengetümmel bahnen. Da waren flüchtende Vorstädter, beladen mit Hab und Gut – marschierende Söldner und Männer von der Bürgerwehr, die sich auf freiem Felde in allerhand Waffenwerk übten. Von den Weiden und Wiesen wurde alles Vieh in die Stadt getrieben, und von Süden her, von Praust und Werder, wurden die schwarzen Rauchwolken dichter und dichter. Viel Jammern und Klagen mischte sich mit neugierigen Fragen, und vertriebene Landleute erzählten weinend von dem Rauben, Plündern und Vorwärtsdringen der Polen.

In diesem Hin und Her hatte jeder genug mit sich selbst zu tun. So kam Antje unbehelligt im Veldekehaus an. Die Mägde hatten schon ihre Apfelkörbe abgeladen und ins Haus gebracht, wo Frau Katharina mit ihrer gefältelten, weißen Schürze stand und ihre Befehle erteilte. Als Antje mit erhitzten Wangen und zerzaustem Haar in die Haustür trat, den ganzen Arm voll leuchtender Herbstblumen, krauste die Ratsherrin unwillig die Stirn.

„Was soll das, Kind, daß du so ganz allein hintennach kommst? Ich war schon in Sorge um dich, als mir die

Mägde sagten, daß du noch Blumen pflücken wolltest. Jetzt Blumen, wo man in Danzig an ganz andere Dinge zu denken hat! Und weißt du nicht, daß es unzüchtig ist, als Mädchen so allein und unbeschützt durch die Straßen zu gehen?"

Antje lehnte sich gegen den Türpfosten und atmete rasch. Ihr war von dem schnellen Laufen warm geworden.

„Entschuldigt, Frau Katharina, aber das habe ich nicht gewußt. In Leba durfte ich ganz allein gehen, wohin ich nur wollte."

„Wir sind hier nicht in Leba, sondern in Danzig. Und hier schickt sich so etwas nicht für eine ehrsame Bürgerin", sagte Frau Katharina spitz und wandte sich wieder den Äpfeln zu.

Antje nahm ihre Blumen fester in den Arm und ging langsam die Treppe hinauf. Sie wollte ihr Haar etwas kämmen und ihr Kleid wieder in Ordnung bringen. Und einen Happen essen, denn heute früh war alles so sehr schnell gegangen. Dann half sie den Mägden, die Äpfel und Birnen in den großen Kellerräumen zu lagern, bis die Glocke zum Mittagessen rief.

Die beiden Brüder waren bei der Mahlzeit nicht da. Sie hatten an der Mottlau bei den großen Speichern zu tun, wo ein Schiff der Veldeke gelöscht wurde. Antje mußte mehrere Male verstohlen gähnen, denn sie war nach dem so frühen Aufstehen heute morgen recht müde geworden.

„Lege dich ein halbes Stündchen in dein Zimmer, Kind, weil auch ich mein Mittagsschläfchen halten will. Die Augen fallen dir ja fast zu vor Schlaf. Obwohl ich für so junge Mädchen den Schlaf am Tage sonst nicht billige. In meiner Jugend hat es meine Mutter niemals erlaubt. Aber heutzutage ist man ja zarter und lange nicht so leistungsfähig wie früher."

Kaum hatte sich Antje nach dem Essen auf ihr breites Himmelbett gelegt, so war sie auch schon fest eingeschlafen. Und als sie sich endlich die Augen wieder wach rieb, war doch schon ein wenig mehr als ein halbes Stündchen vergangen. Sie sprang rasch auf die Füße, reckte sich und begann dann ihre Blumen zu ordnen. Von der Ratsherrin hatte sie vorhin schon etliche Krüge bekommen, die sie mit frischem Wasser füllte. Nun stellte sie den größten Strauß goldgelber Sonnenblumen mitten auf den schweren Eichentisch im Eßsaal. Ein Sträußlein violetter Astern behielt sie für ihr kleines Zimmer zurück.

Mit dem dritten Krug, in dem sie Astern und kleinere Sonnenblumen gemischt hatte, stand sie einen Augenblick zögernd in der Tür und überlegte. Dann stieg sie die Stufen hinunter zum Arbeitszimmer des Ratsherrn, denn sie wußte ja, daß sie ihn jetzt dort nicht störte, weil die Brüder im Hafen waren.

Aber als sie die Klinke niederdrückte und hineingehen wollte, blieb sie erschrocken stehen. Denn da saß Klaus Veldeke an seinem Schreibtisch, den Kopf über ein gelbes Pergament gebeugt. Sie zögerte und wußte nicht, ob sie näherkommen sollte. Da wandte er sein Gesicht zur Tür.

„O Antje, du bringst mir so einen herrlichen Blumengruß in mein dunkles Zimmer?"

Er legte den Gänsekiel zur Seite und stand auf. Sie war ein wenig verlegen.

„Verzeiht, daß ich störe. Aber ich dachte, Ihr seid noch unten an der Mottlau bei den Schiffen. Sonst wäre ich nicht hereingekommen."

Klaus Veldeke hatte sich an seinen Schreibtisch gelehnt und dachte, daß es doch ein unendlich liebliches Bild wäre, wie sie da so im Rahmen der Türe stand, den großen Blumenkrug vorsichtig in beiden Händen. Und die ernsten, dunklen Augen so fragend auf ihn gerichtet. Langsam trat sie einen Schritt vor.

„Darf ich die Blumen auf Euren Schreibtisch stellen, oder stören sie Euch da?"

„Ja, Antje, stelle sie auf meinen Tisch. Sie sind ein letzter Gruß aus unserem Garten vorm Tore."

Er schloß die Tür hinter ihr, weil sie mit beiden Händen den Krug hielt. Sie stellte die Blumen neben sein eng beschriebenes Pergament und wischte sich die feucht gewordenen Hände an ihrer gekrausten Schürze, die sie über dem dunklen Hauskleid trug. Dann sah sie sich einen Augenblick neugierig ringsum.

„Hier bin ich noch gar nicht gewesen. Es ist traulicher als die anderen Zimmer. Aber auch ein wenig düster – wie das ganze Veldekehaus."

„Deshalb mußt du Licht hineinbringen, Antje. Mit deinen Blumen und deiner Jugend."

Er sah sie ernst und tief an, als er das sagte. Und sie wußte selbst nicht, warum dabei eine feine Röte in ihre Schläfen stieg. Sie fühlte, wie ihr Herz zu klopfen begann, aber sie nahm all ihren Mut zusammen.

„Ich weiß nicht, ob ich Euch jetzt störe, aber ich muß Euch etwas sagen."

Sie hatte die Handflächen zusammengelegt und sah auf den Fußboden.

„O, kleine Antje, für dich hab ich doch immer Zeit. Was hast du auf dem Herzen?"

Jetzt hob sie die Augen und sah ihn groß und ernst an.

„Ich muß wieder nach Leba zurück zu meinem Vater."

Klaus Veldeke verschränkte die Arme und lächelte ein ganz klein wenig.

„Hast du Heimweh bekommen? Ist es darum, Antje?"

Sie schüttelte langsam den Kopf.

„Das ist es nicht. Denn ich habe ja dem Vater versprochen, tapfer zu sein und treu."

Sie stockte wieder und sah sich wie hilfesuchend um. Da tat sie ihm leid, und er wollte ihr gern helfen.

„Kleine Antje, es hat dir doch niemand etwas zuleide getan?"

„Nein, nein", stieß sie hastig vor – „das ist es ja alles nicht. Aber wenn ich es sage, könnt ich die Veldekes damit kränken."

Jetzt lachte er und strich sich über das Kinn.

„Also gefallen wir dir wohl nicht? Aber wenn du eine Scheu hast, es mir zu sagen, so sag's doch meiner Mutter."

Wieder schüttelte sie den Kopf.

„Der Frau Katharina möcht ich's am allerwenigsten sagen. Sie würde es mir übelnehmen. Ihr werdet mir helfen und mir raten, was ich tun soll. Denn ich habe großes Vertrauen zu Euch."

Und wieder sahen ihn ihre Augen so klar und rein an, als gäb's in ganz Danzig nur diesen einen, zu dem man in seiner Not kommen konnte. Wie eine heiße, gewaltige Freude durchfuhr es den rauhen und harten Kaufherrn, um den sich sonst keiner gekümmert hatte, es sei denn um Geschäfte oder um Rat. Und er trat näher zu ihr heran, beugte sich ein wenig tiefer, daß sein Gesicht dicht über ihrem Kopf war, und faßte weich ihre Hand.

„Du hast recht, Antje. Vor mir brauchst du keine Furcht zu haben. Sag's frei heraus."

Da sagte sie leise und mit einem tiefen Seufzer:

„Ich kann Euren Bruder ganz gewiß nicht heiraten."

Klaus Veldeke stutzte. Hob sich mit einem Ruck und furchte die Stirn. Dann biß er die Zähne zusammen und wußte nicht, was er antworten sollte. Ihre Augen hingen unverwandt an seinem Gesicht. Und alles in ihr war voll ängstlicher Erwartung, was er wohl sagen würde. Aber Klaus Veldeke sagte nichts. Er ging im Zimmer auf und ab, die Hände auf dem Rücken. Da fiel sein Blick auf das Mädchen, das da so still und vertrauensvoll am Schreibtisch stand. Das in seiner Not zu ihm gekommen war – zu keinem anderen sonst. Und das er mit einem einzigen Wörtlein von seiner Not befreien konnte.

Aber er durfte es nicht. Er durfte es ja nicht! Einen ganzen Monat mußte er schweigen und sie in einem falschen Glauben lassen. Denn er hatte Bertie sein Wort gegeben. Voreilig – in Gleichgültigkeit – Gedankenlosigkeit. Und er erkannte erst in dieser Stunde, was er damit angerichtet hatte.

Antje trat ein Schrittlein vorwärts und atmete schwer.

„Ihr seid mir böse, weil ich das gesagt habe, nicht wahr? Aber ich dachte, es sei besser, ich sagte es bald, als wenn ich alle im Glauben ließe, daß ich wirklich übers Jahr seine Ehefrau werden wollte."

Jetzt wandte er ihr rasch den Kopf zu. Denn er hatte sie fast vergessen, so war er in seine Gedanken vertieft gewesen.

„Nein, nein, Antje, es ist gut, daß du es mir so offen gesagt hast. Aber du mußt jetzt noch gar nicht so viel darüber nachdenken, hörst du? Kommt Zeit, kommt

Rat. Und wenn ich dich auch wirklich zu deinem Vater zurückbringen wollte, ich könnte es jetzt gar nicht wegen der großen Unsicherheit auf allen Landstraßen. Denn die Polen rücken täglich näher. So mußt du es schon bei uns ein Weilchen aushalten. Vielleicht sieht in einem Monat alles schon ganz anders aus. Magst du noch so lange warten und geduldig sein?"

Er hatte ihre beiden Hände, die ineinander lagen, zwischen seine großen genommen und sprach voll Güte auf sie ein. Sie sah ihn an.

„Muß ich denn so lange Euers Bruders Braut sein?"

„Nur einen Monat, Antje, dann bringe ich dich nach Leba zurück."

„Warum nicht schon eher?"

„Jetzt habe ich keine Zeit."

Sie seufzte und dachte nach.

„Und wenn er mich dann nicht heim lassen will? Wenn er auf seine Rechte besteht und auf das alte Pergament verweist?"

„Das wird er nicht tun, Antje. Darauf gebe ich dir mein Wort."

Sie sah ängstlich aus.

„Ich weiß nicht, er hat einen eigenwilligen Kopf. Und seine Mutter steht auf seiner Seite."

Da faßte Klaus Veldeke die kleine Antje Borcke an beiden Schultern – ganz zart – ganz vorsichtig.

„Und ich stehe dir bei, Antje!"

Sie nickte ihm zu, und ein Lächeln ging wieder über ihr Gesicht.

„Nun muß ich aber nach oben gehen. Die Frau Katharina wird warten."

Und damit war sie auch schon aus der Tür.

Klaus Veldeke konnte sich noch nicht so schnell

beruhigen. Er ärgerte sich über sich selbst. Daß er Antje hatte belügen müssen. Daß er schweigen mußte, wo sie doch das heilige Recht hatte, die Wahrheit zu wissen. Er verstand sich selber nicht, daß er vor drei Tagen seine Einwilligung zu diesem törichten Scherz gegeben hatte. Er schämte sich vor Antje, weil er sie so hinterging. Und daneben war eine starke Freude in seiner Seele, daß sie Bertie so schroff und bestimmt ablehnte. Daß sie mit ihrer Not zu ihm gekommen war und zu keinem anderen.

*

In hohen Reiterstiefeln, die ihm weit über die Knie gingen, Lederhosen und Lederjacke, unter der die Maschen des Kettenhemdes deutlich zu sehen waren, den zerbeulten Eisenhut unter dem Arm, so stand Klaus Veldeke im Rathaus vor dem Bürgermeister Konstantin Farber. Der saß in seinem tiefen Stuhl vor dem mit Schriftstücken aller Art bedeckten Tisch und strich sich stirnrunzelnd mit der Linken durch den langen, grauen Bart.

„Ihr habt Euch freiwillig gemeldet, Klaus Veldeke, und ich habe es von dem Sohn meines alten Freundes auch nicht anders erwartet. Ich sehe an Eurer Kleidung, daß Ihr für die Gefahren dieses Rittes ausgerüstet seid. Ich kann keinen einfachen Söldner schicken, weil ich keine schriftliche Nachricht mitgeben darf. Die Polen könnten sie abfangen. Sie muß mündlich überbracht werden. Der Abt weiß, worum es sich handelt. Das Kloster ist reich und hat Danzig schon vor einigen Monaten ein Darlehen zugesagt. Wir brauchen Geld. Wenn wir es in Oliva nicht bekommen, so müssen wir zum König von Dänemark gehen. Ihr wißt alles Nähere. Nun reitet mit Gott und kommt ungefährdet ans Ziel. Unsere Späher haben berichtet, daß der Weg nach Oliva noch frei ist. Aber Ihr müßt sehr auf der Hut sein, und alleine reiten, denn mehrere Reiter würden leichter entdeckt werden. Wenn die Dämmerung sinkt, wird die beste Zeit sein."

Klaus Veldeke ging die breite Rathaustreppe hinunter. Er wußte, daß es sich um wichtige Gelder für Danzig handelte, die die Stadt jetzt zur Anwerbung und Besoldung der vielen fremden Söldner bitter nötig hatte. Er wußte aber auch, daß man vor drei Tagen Hinrich Bardewiek, den man ebenfalls zum Abt nach Oliva sandte, erschossen im Wald aufgefunden hatte.

Der Herbststurm, der ächzend durch die Gassen fuhr, riß ihm fast die schwere Eichentür aus der Hand. Die Nachmittagssonne stand fahl und gelb am Himmel und wurde immer wieder von jagenden Wolken überschattet. Man sah Söldner und die Bürgerwehr in gleichmäßigem Schritt truppweise durch die Straßen ziehen.

Klaus Veldeke hatte den Helm wieder übergestülpt und ging hart gegen den Sturmwind. Dohlen kreisten mit unsicherem, wirrem Flügelschlag um den Turm der Marienkirche. Das hohe Portal war nur angelehnt. Der junge Kaufherr zögerte einen Augenblick. Er kannte die alte, fromme Sitte, daß jeder Kriegsmann vor der Schlacht die Knie beugt und seine Seele Gott befiehlt. Und wenn es auch heute noch nicht in die Schlacht ging, so konnte der Tod doch an jedem Wegrain stehen, denn der Wald von hier bis Oliva war lang und finster, und die Polen hatten viele Späher. Die wuchtige Kirchentür knarrte ganz leise in ihren Angeln, als Klaus Veldeke hinein ging. Den Helm hielt er mit seiner rechten Hand gegen die Brust. Mit der Linken hob er sein Schwert ein wenig höher, daß es auf den steinernen Fliesen und Grabplatten nicht klirrte und die heilige Ruhe des Gotteshauses störte. So ging er gerade und aufrecht mit festen Schritten durch das ganze gewaltige Schiff der Kirche, bis hart an die Stufen des Hochaltars. Dort beugte er das Knie und senkte das Haupt zum Gebet.

Noch leuchteten die letzten Strahlen der fahlen Oktobersonne durch die hohen, bunten Glasfenster. Aber um den Fuß der gewaltigen Backsteinsäulen und um die eingemauerten Grabplatten an den Wänden geisterte schon die frühe Dämmerung. Fast ins Unendliche verloren sich die Gründe der drei Schiffe. Und die Pfeiler hoben sich und strebten nach oben – höher – höher hinauf – wie betende Arme, die in den Himmel griffen.

Klaus kniete immer noch am Altar. Ihm war heute so seltsam ernst zumute. Vergangenes und Zukünftiges flutete durch seine Seele. Dabei hatte er nicht bemerkt, daß hier und da in der Dämmerung des gewaltigen Mittelschiffes noch etliche Beter tiefgebeugt in den Bänken saßen. Er stand auf, machte das Zeichen des heiligen Kreuzes und ging langsam wieder zurück. Den Helm vor der Brust, das blonde Haupt erhoben, die stählernen Augen in weite Fernen gerichtet. Er wußte in diesen Minuten nichts von der Welt um ihn her. Und hatte auch niemanden erkannt.

Aber Antje Borcke hatte ihn gesehen. Sie saß in einer der hintersten Bänke im tiefen Schatten. Mit großen, staunenden Augen hatte sie die himmlische Herrlichkeit der Marienkirche in sich aufgenommen. Denn so etwas Großes, Gewaltiges und Erhabenes hatte sie noch nie gesehen. Sie war ja nie zuvor in ihrem Leben aus Burg Leba herausgekommen. Es war schon seit ihrer Ankunft in Danzig ihr Wunsch, die königliche und trutzige Kirche, deren Turm sie immer von ihrem Fenster aus betrachtete, auch einmal von innen ansehen zu dürfen. Und als Frau Katharina sie am Spätnachmittag mit der Magd in die Brotbänkengasse schickte, konnte sie es auf dem Rückweg nicht lassen, durch das offenstehende Portal hier hereinzukommen.

Als Klaus Veldeke die Kirche wieder verlassen hatte, erwachte sie wie aus einer Erstarrung. Was bedeutete das? War das nicht der Ratsherr selber? In der einfachen Rüstung eines Kriegsmannes? Und es war etwas in seinem Gesicht gewesen, das sie mit Scheu und Ehrfurcht erfüllte. Aber auch mit einer plötzlichen Angst.

Sie bekreuzigte sich und trat leise aus der Bank, gefolgt von der Magd. Als sie am Veldekehaus ankamen, war es fast dunkel geworden. Einer der Knechte stand mit der Fackel an der Haustür und leuchtete. Denn Klaus Veldeke hatte gerade den Fuß im Steigbügel und schwang sich auf sein Pferd. Er hatte den Helm tief ins Gesicht gezogen. Nun redete er dem Rappen gut zu, dem das Reiten an diesem rauhen und düsteren Herbstabend nicht so recht zu gefallen schien, sondern der sich vielmehr zurücksehnte nach seinem warmen Stall.

Die Magd ging ins Haus, aber Antje trat nahe an das Pferd und sah zu Klaus Veldeke hinauf. Ein froher Schein flog über sein Gesicht.

„Daß ich dich doch noch sehe, Antje! Gute Nacht."

Er beugte sich aus dem Sattel und reichte ihr die Hand. In ihren Augen war immer noch die stille Angst.

„Müßt Ihr denn noch so spät davonreiten? Es ist ja schon fast dunkel."

Er lächelte.

„Meinst du, kleine Antje, ich wäre noch nie im Leben in der Dunkelheit geritten? Frag deinen Vater, ob ein Kriegsmann sich um Tag oder Nacht kümmern darf."

Sie nickte ernsthaft.

„Und wohin reitet Ihr?"

„Ich darf dir's nicht sagen, Antje, weil's im Dienste der Stadt Danzig ist. Aber" – und jetzt beugte er sich tiefer aus dem Sattel herab, daß ihn der Knecht mit der Fackel nicht hören konnte – „aber, nicht wahr, Antje, das versprichst du mir: Daß du niemals Schlechtes von mir denkst, wenn ich fort bin?"

Sie sah ihn groß an.

„Schlechtes? Von Euch? Der Ihr wie der Erzengel Michael selber aussaht – vorhin in der Marienkirche."

Langsam füllten zwei große Tränen ihre Augen. Da hob er sich in den Bügeln, grüßte noch einmal und trabte die Gasse hinunter. Erst noch im roten, zitternden Schein der lodernden Pechfackel, dann untertauchend in das völlige Dunkel der undurchdringlichen Ferne.

Da stieg Antje ganz langsam die steinernen Stufen zum Veldekehaus hinauf.

*

In den alten, fast entlaubten Eichen zwischen Danzig und Oliva orgelte der Herbststurm in gewaltigen Akkorden ein klagendes Nachtlied. Er kam von der See her und wurde von kalten, prasselnden Regenschauern begleitet. Ein ununterbrochenes Brausen lag in den Wipfeln, und es war, als hörte man zwischendurch alte Weisen trutziger Sterbelieder seefahrender Wikinger. Am Horizont vom Süden her säumte roter Flammenschein den Nachthimmel. Das war der heranziehende Feind, der Höfe und Dörfer in Schutt und Asche legte.

Klaus Veldeke ritt mit spähenden Augen und hellwachen Sinnen durch den nächtlichen Wald. Den Kopf hart über der Mähne seines Pferdes. Jeder Muskel gestrafft, jedes Geräusch auffangend, das aus der Tiefe der Nacht zu ihm drang. Denn diese Nacht schlief nicht. Sie war so hell wach, wie der lichteste Tag. Eine Nacht, die hundert Augen hatte und hundert Ohren. Und einen Mund, der beredter sprach als alle Stimmen des Tages. Sie sang vom ewigen Haß der Menschen untereinander, die sich ihren kurzen, armseligen Frieden gegenseitig stören müssen mit Raub und Brand, mit Habgier und Mißgunst, die sich ihr kurzes, armseliges Leben gegenseitig noch verkürzen müssen mit Feuer und Schwert, mit Krieg und Hungersnot. Daß sie wie die wilden Tiere scheu umeinander hergehen und keiner mehr dem andern trauen kann, der seinen Weg kreuzt.

Es war ein Klagen in der Nacht. Ein schweres Anklagen. Daß die Liebe aus der Welt gegangen ist und Haß und Selbstsucht Könige wurden. Denen alles zu Füßen liegt, denen alles huldigt.

Warum müßte er sonst so schwer bewaffnet in dieser

Nachtstunde durch den Wald reiten? Jeden Augenblick damit rechnend, daß der Tod zwischen den dunklen, knorrigen Eichenstämmen hervortrat. In Klaus Veldeke war keine Unruhe. Seit er in St. Marien vor dem Altar kniete, war alles stark und still in ihm geworden. Er hatte auch keinen Gedanken mehr frei für Antje und die Abmachung mit seinem Bruder. Er dachte nur noch an Danzig. An den Ruhm und die Freiheit seiner Vaterstadt. Die man schon wieder mit habgieriger Räuberhand bedrohte.

Danzig, diese Königin des Nordens. Deren Schiffe bis an die Küsten von England und Frankreich hinausfahren. Die schon seit Jahrhunderten die Beherrscherin der gewaltigen Weichselmündung ist. Die einst das stärkste Bollwerk der Deutsch-Ordensritter im Osten war.

Klaus Veldeke hatte es noch nie so gefühlt wie in dieser Nachtstunde, wie stolz er war, ein Sohn Danzigs zu sein. Und wie froh und gläubig er alles für diese Heimat opfern konnte. All die kostbaren Schätze und Reichtümer, die das Kaufhaus Veldeke seit Jahrzehnten besaß. Und auch das Leben.

Jetzt hob er sich im Sattel und spähte nach vorne. Blinkten da nicht Lichter durch das Dunkel? Eingebettet zwischen Gärten und herrlichen Waldhängen lag das Kloster Oliva vor ihm. Er war am Ziel, sprang vom Rappen und warf einem der diensthabenden Mönche die Zügel zu. Dann meldete er dem Bruder Pförtner, daß er den Abt sprechen müßte.

„Heute noch?" gähnte der Pförtner verstohlen hinter seiner großen, fetten Hand.

„Heute Abend noch. Denn ich komme als Bote vom Bürgermeister von Danzig."

Klaus Veldeke wurde durch einen langen Kreuzgang geführt. Am Refektorium vorbei, wo die Brüder in ihren weißen Kutten gerade beim Abendessen saßen. Er hörte deutlich das Klappern der Zinnteller und das eintönige Murmeln des Vorlesers an der langen Tafel. In einer kleinen Zelle mußte er warten. Denn der Abt hatte noch hohen Besuch.

Klaus Veldeke war müde auf einen Holzschemel gesunken und hatte den Kopf in beide Hände gestützt. Der Helm lag neben ihm auf dem groben Tisch. Er ärgerte sich, daß er warten mußte, denn er wußte, Danzigs Sache litt keinen Aufschub. Endlich kam ein alter Klosterbruder und bat ihn zum Abt Gaeschke.

Er wurde schöne, hochgewölbte Gänge entlanggeführt, vorbei an der herrlichen Bibliothek, die in jenen Jahren weltberühmt war. Vorbei an vielen wertvollen Kunstschätzen, die das reiche Kloster hier Jahr um Jahr angesammelt hatte. Oliva war in jener Zeit das schönste und gewaltigste der Klöster im Osten. Sein Reichtum ging schier ins Sagenhafte.

An einer schweren, eichengeschnitzten Tür machte der Klosterbruder halt. Sie traten in das warme, holzgetäfelte Zimmer des Abtes, das über und über mit kostbaren Teppichen behangen war. In dem marmornen Kamin brannte ein helles Feuer. Abt Gaeschke saß in seinem ledergepolsterten Stuhl, und neben ihm auf einem kleinen Beistelltisch stand eine silberne Platte mit einer Flasche alten, edlen Weines und kristallenen Gläsern aus Venedig. In beiden Gläsern blinkte noch ein Rest Weines, als wäre man soeben im Trinken gestört worden.

Klaus Veldeke sah das alles nicht. Er sah nur auf den Abt, zu dem ihn die Stadt Danzig heute nacht geschickt hatte. Abt Gaeschke legte die weißen, beringten Hände ineinander und sah auf den Besucher.

„Und welches Begehren hat man in Danzig zu so später Stunde noch an mich?"

„Dies habe ich Euer Hochwürden unter vier Augen allein zu unterbreiten, so wie mein Auftrag lautet."

Der Abt machte eine Bewegung mit seiner Hand und entließ den wartenden Klosterbruder, der schon ganz neugierig die Ohren gespitzt hatte.

„Wir sind allein. Ihr könnt reden."

„Die Stadt Danzig entbietet dem hochwürdigen Abt zu Oliva ihren schwesterlichen Gruß. Und bittet ihn, sich des Versprechens zu erinnern, der Stadt in ihrer jetzigen Lage mit einem Darlehen beizustehen, wie es bereits vor etlicher Zeit versprochen und vereinbart wurde."

Der Abt strich sich mit der wohlgepflegten Hand über das glatte, gepolsterte Doppelkinn.

„Die Stadt Danzig hat wohl vergessen, daß sie selbst vor einigen Tagen die drei Klöster innerhalb ihrer Mauern gestürmt und ausgeplündert hat? Oliva ist dadurch aufs Tiefste betrübt worden und kann sich noch nicht so schnell entscheiden."

Klaus Veldeke furchte die Stirn. Seine Augen waren wie Stahl.

„Die drei Klöster hielten zu den Polen, Euer Hochwürden."

„Und Schottland und Stolzenberg?"

„Die bischöflichen Güter in Schottland und Stolzenberg waren ebenfalls polnisch gesinnt, Euer Hochwürden."

„Nach unserer Ansicht ist die Stadt Danzig aber reichlich schnell und rücksichtslos vorgegangen. Man hätte erst verhandeln und urteilen sollen, ehe man richtet."

„Not kennt kein Gebot, Euer Hochwürden. Es geht jetzt alles nur um das eine: Um Danzigs Freiheit. Und deshalb bittet der Bürgermeister, Euch bald zu entscheiden. Ich soll ihm gleich Eure Antwort zurückbringen."

„Ich will die Sache in Erwägung ziehen und brauche dazu einige Stunden reiflicher Überlegung. Man wird Euch ein Gastzimmer und ein Abendbrot reichen, junger Freund. Laßt Euch von Bruder Bertram führen, er weiß Bescheid."

Der Abt griff nach dem Elfenbeinstiel einer silbernen Klingel, und ein heller Ton läutete durch das Zimmer. Der alte Klosterbruder stand wieder in der Tür. Klaus Veldeke war entlassen.

Minutenlang noch saß der Abt und lauschte auf die verhallenden Schritte im Kreuzgang. Dann stand er auf, ging mit schweren, wuchtigen Schritten auf eine Nische zu, die von einem kostbaren Teppich verhangen war, und zog diesen Teppich beiseite. Ein hagerer Mann mit schwarzem Knebelbart trat aus dem Versteck mitten ins Zimmer. Er rieb sich lächelnd die Hände und sah sich ringsum.

„Ausgezeichnet, Hochwürden. So habe ich es mit eigenen Ohren hören können, wie schlecht es um Danzigs Geldverhältnisse bestellt ist. Haltet sie nur hin und laßt sie zappeln. Solange gewinnen wir Zeit."

Der Abt nickte und deutete mit der Hand auf den Polsterstuhl auf der anderen Seite des Beistelltisches.

„Setzt Euch, Zborowski. Es freut mich, daß Ihr alles mitgehört habt. Ihr könnt es dem König weiter melden."

Er nahm in seinem Lederstuhl Platz und goß beide Gläser wieder voll. Johann von Zborowski, Kastellan von Gnesen, hob sein Glas: „Auf Polens Sieg und Größe!" Und trank es mit einem Zuge leer.

Der Abt lächelte böse.

„Ich wäre ein Narr, wollte ich unser schönes Geld diesem sinkenden Schiffe anvertrauen. Denn Danzig ist ein sinkendes Schiff. Man ist dabei, es von allen Seiten einzuschließen und der Hungersnot preiszugeben."

Der Kastellan von Gnesen nickte.

„Stephan Bathory will den Lagerplatz der polnischen Waren von Danzig nach Elbing verlegen und jeden Handelsverkehr mit Danzig verbieten. Auf dem polnischen Reichstag soll der Krieg mit Danzig förmlich beschlossen werden. Sogar die preußischen Stände haben dem König 2000 Mann zur Verfügung gestellt. Ernst von Weyher soll Hela überfallen, und ich bleibe mit 3000 Mann vor Dirschau und Werder."

„Dann wird Danzigs letztes Stündlein bald geschlagen haben", lächelte der Abt, stand auf und holte eine zweite Flasche aus dem Wandschrank.

Zborowski wischte sich den schwarzen Knebelbart.

„Und was werdet Ihr dem Danziger Boten morgen sagen, Hochwürden?"

Der Abt zuckte die Achseln.

„Wahrscheinlich werde ich ihm gar nichts ausrichten, sondern ich lasse ihn einfach nicht wieder zurückreiten."

„Wird das in Danzig nicht Verdacht erregen?"

Jetzt lachte der Abt.

„Es kann ihm ja unterwegs ein Unfall zugestoßen sein. Wer ahnt denn überhaupt, daß er glücklich bis nach Oliva gekommen ist? Die Nacht ist dunkel und um die Stadt schwärmen polnische Späher."

Er hielt sein venetianisches Glas gegen die flackernde Kerze und freute sich an der rotgoldenen Farbe des alten Klosterweins.

*

Das große Zimmer, in das man Klaus Veldeke geführt hatte, war prunkvoll und üppig ausgestattet. Ein breites Himmelbett mit seidenen Vorhängen füllte die eine Wand. Die Tapete war golddurchwirkt. Klaus Veldeke hatte zwar schon Wunderbares über die Gastzimmer im Kloster Oliva gehört, es aber nie geglaubt. Nun konnte er sich mit eigenen Augen davon überzeugen. Man merkte, daß hier oft Fürsten und Könige zu Gast gewesen waren. Bunte, steife Gemälde einstiger Äbte schmückten die Wände. Das eine war fast lebensgroß und hängte gerade gegenüber dem Himmelbett.

Ein blasser Mönch in schneeweißer Kutte brachte auf einer silbernen Platte das Abendessen. Er sah sich scheu nach allen Seiten um und trat dann ganz dicht an Klaus Veldeke heran.

„Hütet Euch, Herr. Dies Zimmer brachte allen, die darin schliefen, Unheil."

Und auf lautlosen Sandalen ging er wieder aus der Tür. Der Ratsherr stutzte. Bis jetzt hatte er noch keinerlei Zweifel an der guten Gesinnung des Abtes gehabt. Was sollte er auch gegen ihn haben? Sah der junge Mönch Gespenster?

War er, Klaus Veldeke, nicht als Bote der Stadt Danzig

gekommen? Und waren Oliva und Danzig nicht stets miteinander befreundet gewesen?

Er legte den Helm auf den Tisch, machte es sich bequem und begann tüchtig zu essen, denn er hatte mittlerweile großen Hunger bekommen. Man hatte ihm auch einen guten Wein hereingebracht, dem er tüchtig zusprach. In der Ecke des Zimmers stand ein breiter Kamin, in dem ein lustiges Feuer brannte. Das tat gut, nach dem langen und kalten Ritt. Er rieb sich die Hände und fuhr sich durch das blonde Haar.

Was sie daheim jetzt wohl alle machten? Sie waren gewiß schon längst zur Ruhe gegangen. Denn es mußte jetzt kurz vor Mitternacht sein.

Auch er begann allmählich müde zu werden und schnallte sein Schwert ab. Da war es ihm plötzlich, als sähe ihm jemand dabei zu. Wie man es oft deutlich spürt, wenn man von jemandem angesehen wird. Er drehte rasch den Kopf und sah sich suchend im Zimmer um. Aber da war niemand. Er ging noch einmal zur Tür und vergewisserte sich, daß er auch den Riegel vorgeschoben hatte. Und eine andere Tür als die, durch welche er gekommen war, gab es hier nicht.

Er ging an die schmalen und hohen Fenster und rüttelte an den hölzernen Läden. Auch sie waren von innen mit eisernen Haken befestigt, und kein Spalt war zu entdecken. Jetzt mußte er über sich selber lächeln, und strich sich über die Stirn. War er ein ängstliches Weib geworden oder hatte der starke Klosterwein es ihm angetan? Oder jene eigentümlichen Worte des blassen, jungen Mönches vorhin?

Er war viel zu müde, um jetzt noch lange darüber nachzudenken. Aber er beschloß, sich doch lieber nicht auszukleiden, sondern sich so, wie er war, aufs

Bett zu legen. Die hohen Stulpenstiefel mit den Sporen ruhten quer über einem Holzschemel, um die seidene Decke nicht zu beschmutzen.

Aber noch im Einschlafen hatte er immer das unangenehme Gefühl, als sähe ihn jemand an. Doch die Müdigkeit war zu groß, so mischten sich bald seine tiefen regelmäßigen Atemzüge mit dem leisen Knistern der Flammen im Kamin.

Bevor er sich niederlegte, hatte Klaus Veldeke die Kerzen gelöscht, die in einem hohen, silbernen Armleuchter auf dem Tisch standen. Aber das Kaminfeuer brannte so hell, daß man alles im Zimmer deutlich erkennen konnte. Nur in die tiefsten Ecken und Möbel konnte sein Schein nicht so dringen. Die blieben in tiefem Schatten.

Draußen riß der Sturm an Dachziegeln und losen Sparren und fuhr ächzend durch die tiefen Schornsteine, daß die Flammen im Kamin sich duckten. Dann aber loderten sie wieder mit doppelter Helligkeit empor, und es sah aus, als flösse leuchtendes Blut über die weiße Decke des Zimmers. Nun war es, als bekäme das lebensgroße Bild des Abtes da oben plötzlich Leben. Kam das von dem Auf- und Niederzucken der tanzenden Flammen? Aber der Sturm hielt minutenlang den Atem an, und das Feuer brannte still und ruhig. Und trotzdem lebte irgend etwas da oben.

Und nun sah man ganz deutlich, daß es die Augen waren. Die Augen des steifen, bunten Ölbildes bewegten sich hin und her. Es waren schwarze, stechende Augen, die so unruhig rollten, daß das Weiße um die Pupillen herum oft zu verschwinden schien. Und jetzt starrten sie lange und unverwandt auf den Schläfer dort im Himmelbett.

Und nun bewegte sich das ganze, mannshohe Ölbild und tat sich plötzlich auseinander, wie eine Tür.

Jemand in einer dunklen Kutte trat lautlos auf den dichten Teppich am Boden. Er hatte eine schwarze Maske vorgebunden, durch die nur die stechenden Augen sahen. In den gelben, knöchernen Händen blitzte ein Messer. Und wie ein Raubtier, das sich zum Sprung duckt, schlich der Schwarze näher.

Lauter und gellender pfiff der Nachtwind um die Mauern des Klosters. Blutrot züngelten die Flammen im marmornen Kamin.

*

Antje hatte in dieser Nacht nicht viel schlafen können. Der Wind war so stark, daß das ständige Rütteln und Klappern an Fenstern und Bodenluken sie wach hielten. Und immer mußte sie denken:

„Wo mag er nur hingeritten sein – in dieser wilden Nacht? Es mußte ein böser Weg sein, voll Not und Gefahr, weil er zuvor in St. Marien um Schutz gefleht hatte."

Jetzt mußte sie selber die Hände falten und in die tobende Nacht hinausstarren, und immer wieder weckten sie ungute, unruhige Träume.

Am nächsten Tag gegen Mittag kam ein Bote vom Rathaus und wollte Frau Katharina sprechen. Die Ratsherrin war gerade in der Küche, und Antje sollte den Boten in das Wohnzimmer führen.

Der schüttelte aber hastig den Kopf.

„Hab' keinerlei Zeit zu verlieren. Der Bürgermeister

läßt nur eben fragen, ob Klaus Veldeke noch nicht von seinem Ritt zurück ist?"

Sie sah ihn groß an.

„Klaus Veldeke? Der sitzt schon den ganzen Morgen unten im Kontor am Schreibpult."

Der Bote hastete an ihr vorüber.

„Dann muß ich zu ihm. Der Bürgermeister wartet dringend auf Bescheid."

Ohne einen Gruß eilte er ins Kontor. Antje war zögernd auf der Diele stehengeblieben und wußte nicht, ob sie ihm nachgehen sollte. Drinnen hatte Bertie schon die Stimmen gehört und kam dem Ratsboten entgegen.

„Guten Morgen, Bertie, ist Euer Bruder schon zurück?"

„Nein, Rudhart Kölzer, er war die ganze Nacht nicht daheim und ich sah ihn bis jetzt nicht."

„Das Mädchen meinte, er sei im Kontor am Schreibpult."

Mit großen Augen war Antje nähergetreten.

„Verzeiht, Herr. Aber ich dachte, Ihr suchtet diesen hier, den Klaus Veldeke."

Bertie wurde feuerrot und der Ratsbote lachte.

„Ihr scheint noch nicht lange hier zu sein, weil Ihr die beiden Brüder verwechselt. Der Kaufherr und Ratsmann Klaus Veldeke ist heute nacht im Auftrag der Stadt Danzig fortgeritten. Und nun wartet man im Rathaus dringend auf seine Rückkehr. Sendet sofort einen Boten, Bertie, wenn Euer Bruder wieder daheim ist."

Und schon war er die steinernen Stufen des Beischlags wieder hinuntergestiegen und eilte zum Rathaus zurück.

Regungslos stand Antje auf der großen Diele und

starrte ihm nach. Bertie kraulte sich hinter den Ohren und suchte nach Worten. Jetzt legte Antje die Hände ineinander und sah ihn hilflos an.

„Wie soll ich das alles verstehen? Könnt Ihr es mir nicht erklären?"

Bertie hatte sich schon wieder gefaßt.

„Ich komme gleich zu dir, Antje, und erkläre dir alles. Es ist nur ein kleines Mißverständnis. Ich will zuvor das Hauptbuch im Kontor schließen, dann habe ich Zeit."

Langsam und schwer stieg Antje die Treppe hinauf. In ihrem Kopf brauste es. Und tausend Gedanken fluteten wie eine Sturzwelle über sie hin. Im Wohnzimmer der Ratsherrin setzte sie sich an ihr Spinnrad und wollte arbeiten. Aber der Faden glitt aus ihren Fingern, und sie mußte beide Hände gegen die Stirn pressen, so sehr hämmerte es darin.

Das war also gar nicht wahr gewesen? Und der Rothaarige war Bertie und der Jüngere – und kein Ratsherr und – O, wie konnte das nur angehen? Und warum hatte man sie so hintergangen?

Aber über all dem war ein grenzenloser, unsagbarer Jubel in ihr. Daß sie den nun nicht zu heiraten brauchte, vor dem sie sich so entsetzt hatte. Und daß der andere – o Gott – der andere – der „heilige Michael von St. Marien", wie sie ihn heute die ganze Nacht vor sich gesehen hatte – daß dieser es sein sollte, der von ihr Besitz ergreifen durfte, der ihrer Seele Herr sein sollte in alle Ewigkeit!

Antje überkam es, als müßte sie in die Knie sinken und danken – danken. Und plötzlich war ihr so, als hätte sie es von Anfang an gewußt – seit sie zum erstenmal seine stählernen Augen auf ihrem Gesicht fühlte – als hätte sie es schon damals genau gewußt:

„Zu dir gehöre ich! Und nicht zu jenem."

Wie war das Veldekehaus auf einmal so licht geworden und so sonnenhell! Und wie sehnte sie die Stunde herbei, in der sie seinen Schritt wieder draußen auf der Diele hörte. Damit sie ihm entgegenfliegen und ihn fragen konnte, was das alles zu bedeuten hatte. Und ob er – wirklich er – nun ihr Verlobter sei?

Da stieg eine Glutwelle bis an ihre Haare, und sie beugte tief den Kopf und schlug beide Hände vor das Gesicht.

*

Bertie ging unten im Kontor in eifrigem, angestrengtem Nachdenken auf und nieder. Dieser dumme Zwischenfall vorhin paßte ihm gar nicht. Er mußte die Sache wieder in Ordnung bringen, ehe Klaus nach Hause kam. Denn hatte er nicht nach ihrer Abmachung noch über zwei Wochen Zeit vor sich, um der kleinen Antje näherzukommen? Und war sie nicht ein frisches und liebes Mädchen, dem jeder gut sein mußte? Warum sollte er sich diesen Vorteil entgehen lassen? Hatte er ihn nicht sauer und redlich verdient? Er würde die Sache schon wieder zurecht rücken.

Wenige Minuten später trat Bertie in Frau Katharinas Wohnzimmer, wo Antje am Spinnrad saß.

„Jetzt will ich dir Rede und Antwort stehen, Antje. Ich hatte unten erst noch einiges zu erledigen. In deinem Köpfchen ist nun ein großer Wirrwarr, wie? Und du möchtest gerne eine Aufklärung haben."

Er kam nahe zu ihr heran und wollte ihre Hände tätscheln. Sie entzog sie ihm mit einem Ruck und krauste die Stirn.

„Ihr habt mich nicht anzurühren. Vor allem: wo es für mich ja nicht einmal feststeht, wer von euch Brüdern denn nun eigentlich mein Verlobter ist."

Er rieb sich die Hände, die nach einem süßlichen Duftwasser rochen.

„Hätte ich dich denn sonst abgeholt, liebwerte Antje, wenn ich es nicht wäre? Ich meine, das hätte ich dir doch schon einmal gesagt."

Ihr Blick flammte voll Zorn zu ihm hinüber.

„Seid Ihr Klaus oder Bertie?"

Er wiegte den Kopf.

„Das ist nicht so leicht zu beantworten, kleine Antje. Weil alle Veldekes in der heiligen Taufe den Namen Klaus bekommen, haben auch wir ihn beide, Antje."

Jetzt stampfte sie vor Zorn mit dem Fuß auf den Boden.

„Ihr geht wie eine Katze um den heißen Brei. Aber Euer Bruder ist doch Ratsherr im hohen Rat. Seit wann ist der Jüngere denn der Gescheitere?"

Er zuckte die Achseln.

„Das hängt nicht vom Alter ab, kleine Antje. Auch versteht der eine das Vordrängen und Sichbreitmachen besser als der andere. Mir hat es nie gelegen."

Jetzt lachte sie hell heraus.

„Das glaub' ich wohl, daß Euch die Arbeit mit Kopf und Schwert nie gelegen hat. Und ich meine, ich hole mir die richtigste Antwort von Euerm Bruder selber. Er wird mir die Wahrheit nicht weigern. Und ich habe ein Recht darauf."

Sprach's und begann ihr Rädlein zu treten, daß der Faden nur so durch ihre Finger glitt. Bertie ging auf und ab. Die Hände auf dem Rücken. Es wurmte ihn, daß sie so voll Spott zu ihm sprach. Und daß er kein einziges Schrittlein weiter kam mit ihr. Und es wuchs ein Zorn in ihm, der ihn würgte.

Nun, sollte sie doch seinen Bruder nach der Wahrheit fragen. Klaus würde auch nichts anderes aussagen können, als er selber. Vor allem, nichts anderes sagen dürfen. Denn sein Wort gehörte ihm, Bertie Veldeke. Und vor dem fünfzehnten Oktober gab er es nicht frei. Dann erst war der vereinbarte Monat verstrichen.

Wieder sah er zu Antje hinüber. Sie beachtete ihn gar nicht. Saß und spann, als gäb's in der ganzen Welt nichts Besseres für sie zu tun. Verstohlen mußte er sie beobachten, immer so heimlich im Auf- und Abgehen. Wie ihre Zöpfe so seidig glänzten, die ihr lang über die schlanken Schultern bis in den Schoß fielen. Und wie ihre Wangen von der emsigen Arbeit glühten. Oder war's noch von etwas anderem? Weil sie auf ihn zornig war und ihm mißtraute? Aber der Zorn stand ihr gut.

Jetzt kam Frau Katharina herein.

„Der Ratsherr scheint noch immer nicht von seinem Ritt zurück. Und man hat schon zweimal nach ihm gefragt. Was soll man nur darüber denken?"

Sie ging ein wenig unruhig im Zimmer hin und her.

„Wo es etwas Gefährliches zu erkunden gibt, müssen sie immer ihn schicken. Vor etlichen Tagen wurde Bardewiek bei einem wichtigen Ritt nach Oliva draußen erschlagen. Der Wald dort ist so düster und unwirtlich, und überall lauern die Feinde!"

Sie seufzte und sah durchs Fenster zum Himmel.

„Und dann das Wetter heute Nacht! Und der wilde Sturm. Die Fenster und Türen nach Norden hat er schier aus den Angeln gehoben."

Bertie gähnte.

„Hab nichts davon gehört, Frau Mutter. Weil ich einen guten und festen Schlaf habe. Und jetzt plagt mich der Hunger. Sollte es noch nicht Essenszeit sein?"

„Geh, Antje, die Magd soll das Essen auftragen", sagte Frau Katharina schnell und sah besorgt zu Bertie hinüber, denn er war es gewohnt, immer pünktlich zu essen.

Antje gab unten in der Küche Bescheid. Auf der Diele blieb sie einen Augenblick lang stehen und lauschte zur großen Haustür hinüber, ob denn noch nichts von dem Ratsherrn zu hören sei. Aber es war alles still. Nur der Wind ging wie gestern in harten Stößen durch die Gassen.

Da stieg sie langsam wieder nach oben. Ihre Knie waren schwer und zitterten so sehr, daß sie sich am Treppengeländer festhalten mußte. Was hatte Frau Katharina gesagt? Daß man vor einigen Tagen einen Danziger Bürger draußen erschlagen gefunden hatte? – War das der Krieg? – Und würde es nun immer schlimmer kommen?

Sie konnte bei Tisch nur wenige Bissen hinunterwürgen und wunderte sich, wie gut der Rothaarige es sich schmecken ließ.

*

Der Sturm hatte sich gelegt. Die Nacht war so still und ruhig, daß man die Mäuse im Gebälk rascheln hören konnte. Im Veldekehaus schliefen alle schon. Nur Antje lag wach – mit großen, fragenden Augen –

und konnte keinen Schlaf finden. Immer wieder hörte sie die Turmuhr von St. Marien schlagen, immer weiter rückte der Schein des blassen Mondes, der über die hohen, spitzen Dächer stieg. Antje hatte sich im Bett aufrecht hingesetzt, die gefalteten Hände gegen die Brust gepreßt. Sie lauschte, und wußte doch selbst nicht auf was.

O, die Wahrheit! Die Wahrheit!

Warum spielte man so grausam mit ihr? Warum hatten die Brüder vor ihr etwas zu verheimlichen? Welcher von beiden war es, mit dem sie über's Jahr durch dies lange, herrliche, mühselige Erdenleben gehen sollte? Wenn der Vater wüßte, daß man ihr die Wahrheit so vorenthielt, würde er entschlossen für die Rechte seines Kindes einstehen. Wenn sie doch jetzt zu ihm könnte! Ihm ihren Kummer klagen und ihre große Herzensnot. Er verstand sie ja am besten von allen Menschen auf der weiten Welt. Warum mußte Leba so weit von Danzig sein?

Aber wenn der andere wiederkam, der „Erzengel Michael von St. Marien" – der mußte ihr die Wahrheit sagen. Denn er log nicht. Aber der Rothaarige, der log. Sie hätte ja Frau Katharina fragen können, aber sie schämte sich. Und sie hatte immer ein wenig Scheu vor Frau Katharina, weil sie wußte, daß der Rothaarige ihr Liebling war. Und daß sie ihm sicherlich beistehen würde.

Sie ließ den müden Kopf in die Kissen zurücksinken und sah noch einmal in den Mond. Dann fielen ihr die Augen zu.

Sie wußte nicht, wie lange sie geschlafen hatte, als sie plötzlich hochfuhr. Hatte es nicht geklopft? – Irgendwo? – Immerzu? – Oder war das im Traum gewesen?

Aber nein – nein – jetzt hörte sie es wieder deutlich. Dann wurde es langsamer – schwächer – und verhallte. Ob es sonst niemand gehört hatte? Ob alle im Haus so fest schliefen? Es ließ ihr keine Ruhe.

Sie sprang hastig auf und warf den langen, blauen Mantel über das Nachthemd. Der Mond stand jetzt groß und hell über den Dächern, daß es im Zimmer fast taghell war. Leise öffnete sie die Tür und schlüpfte auf die Treppe hinaus.

Ob sie Frau Katharina wecken sollte – oder die Mägde? Aber da klopfte es schon wieder. Und jetzt hörte sie deutlich, daß es unten an der großen Haustür war.

Auch das Treppenhaus und die Diele waren vom Mond hell erleuchtet. Da stieg sie eilig die Stufen hinunter, ohne sich die Zeit zu lassen, irgend jemand zu Hilfe zu rufen. Bevor sie den Riegel von der Eichentür schob, fragte sie mit lauter Stimme, wer da wäre.

Und sie wußte doch so gewiß in ihrer Seele, daß es nur ein einziger sein konnte.

„Mache mir auf, Antje. Ich habe keine Zeit."

Als sie den Riegel zurückschob, schrie sie auf. Gegen den Pfosten gelehnt stand im weißen Mondlicht der Ratsherr – Blut im Gesicht – Blut an den Händen – zu Tode erschöpft. Er tastete nach ihr und hielt sich an ihren Schultern fest. Dann brach er in die Knie.

„Hilf mir, Antje!"

Da schrie und zitterte sie nicht mehr. Da kam es wie eine heilige Kraft über sie. Mit beiden Armen stützte sie ihn und führte ihn Schritt für Schritt nebenan ins Kontor. Dort knickte er wieder zusammen, und sie bettete ihn auf die harte Erde. Beugte sich tief über ihn und sagte leise:

„Bleibt ruhig liegen, ich wecke inzwischen die Frau Katharina."

Er wischte sich das Blut aus den Augen.

„Niemand wecken, Antje, niemand wecken. Das gibt gleich soviel Geschrei und Aufruhr. Und ich möcht' jetzt nur Stille. Bring mir Wasser und ein Tuch. Es ist ja weiter nichts."

Sie flog die Treppe hinauf und kramte ein altes Leintuch aus der Truhe. Warf ihren blauen Mantel ab und zog ein Kleid über, damit sie die Hände zum Verbinden frei hätte.

Als sie wieder bei ihm war, bettete sie seinen Kopf auf weiche Decken und wusch ihm mit reinem, klarem Wasser das Blut vom Gesicht. Da fand sie eine große, klaffende Wunde an der Stirn, um die sie mehrmals einen Leinenverband wickelte, um das Blut zu stillen. Mit weichen, behutsamen Fingern öffnete sie seine Lederjacke – und strich ihm das nasse, verklebte Haar aus den Schläfen. Fragte nichts und jammerte nicht. Fühlte nur, daß es ihm gut tat, und war in ihrer Seele erschrocken über sein todweißes Aussehen. Holte von dem starken Wein, der auf der Anrichte stand, und goß ihm einen Becher voll. Mit dem linken Arm mußte sie ihn stützen und ihm mit der Rechten den Becher an den Mund halten. So matt war er. Aber nach dem Wein wurde ihm besser, und er bat um einen zweiten Becher.

Er sah nach den Fenstern, durch die der Mondschein wie Schnee flutete.

„Wenn der Tag graut, muß ich zum Rathaus. Sie warten dort auf mich."

„Ihr könnt es nicht. Sollen wir nicht eine Botschaft schicken, daß man zu Euch kommt?"

Er machte eine schwache, abwehrende Bewegung mit der Hand.

„Ich muß hin. Weil ich den Bürgermeister selbst sprechen muß. Mein Reiten und mein Auftrag waren geheim. Ein Dritter, der darum wüßte, wäre schon zuviel. Denn es ist so viel Falschheit und Spähertum in und um Danzig."

„Solange müßt Ihr Euch aber ausruhen. Ihr liegt so hart hier auf der Diele."

Er versuchte zu lächeln.

„Ich liege gut, Antje. Du hast mir ja weiche Decken unter den Kopf gepackt."

Jetzt, wo sie einen Augenblick zur Ruhe kam und nachdenken konnte, wurde ihr plötzlich bewußt, daß sie nur ein kurzes Kleidchen trug und bloße Arme hatte. Wie eine Blutwelle schoß es ihr ins Gesicht und sie drängte zur Tür.

„Wenn Ihr mich jetzt nicht mehr braucht, gehe ich in mein Zimmer, um mir ein ordentliches Kleid anzuziehen."

Da sah auch er erst, wie notdürftig sie bekleidet war, und daß sie mit bloßen Füßen auf der kalten Diele stand. Aber ehe er noch etwas sagen konnte, war sie schon aus der Tür.

*

Über Danzig graute ein trüber Oktobermorgen. Trotz der frühen Stunde waren im Rathaus schon alle Ratsherren versammelt. Denn der Bürgermeister hatte sie zu einer wichtigen Beratung gerufen.

Am Kopf des langen Tisches, wo er seinen Ehrenplatz hatte, stand der Bürgermeister Konstantin Ferber. Sein Gesicht war ernst und zerfurcht. Der schneeweiße Bart hing ihm bis tief auf die breite Brust.

„Nun ist heute der dritte Tag, ihr Herrn, daß Klaus Veldeke nicht aus Oliva zurück ist. Und ihr wißt alle, wie bitter nötig unsere Stadt das Geld braucht, das Abt Gaeschke ihr schon im vorigen Monat versprochen hatte. Was sollen wir tun? Ist auch diesem zweiten Boten ein Unglück zugestoßen? Soll ich einen Dritten senden? Ins Ungewisse? In den sicheren Tod? Klaus Veldeke ist zuverlässig wie meine rechte Hand. Er weiß, worum es sich handelt. Wir müssen und müssen Geld haben, damit wir die Söldner bezahlen können."

Er hielt plötzlich im Sprechen inne und hob lauschend den Kopf.

„Kommt da nicht einer die Treppe herauf? Sollte es doch noch –"

Er kam nicht weiter. Die Tür wurde aufgestoßen. Auf der Schwelle stand Klaus Veldeke. Er stand sehr gerade und tastete nach dem Türpfosten. Sein Verband über der Stirn war wieder voll Blut.

Da riefen sie froh durcheinander und sprangen von ihren Stühlen auf. Führten ihn zum Sitzplatz, denn sie sahen, daß er nicht mehr stehen konnte. Konstantin Ferber trat auf ihn zu.

„Mann, was haben sie mit Euch gemacht? Aber dem Himmel sei Dank, daß Ihr wenigstens da seid."

Die anderen steckten die Köpfe zusammen.

„Sind die Polen wahrhaftig schon so nah, daß man nicht mehr sicher vor die Tore gehen kann?"

„Ruhe!" herrschte Ferber, „laßt ihn reden. Klaus Veldeke hat das Wort. Bleibt sitzen, Klaus, wir sehen alle, daß Ihr fast nicht mehr stehen könnt! Am wichtigsten ist mir jetzt, was Gaeschke wegen des Geldes gesagt hat."

Klaus Veldeke hob den Kopf. Seine Augen waren noch so klar und durchdringend wie zuvor.

„Von Oliva könnt Ihr nichts Gutes mehr erhoffen, Konstantin Ferber. Ich wurde nicht außerhalb der Tore unserer Stadt überfallen, sondern im Kloster selbst – sie wollten mich meuchlings ermorden."

Ein Schrei der Entrüstung – des ungläubigen Staunens ging durch den Saal. Alle scharten sich um den Verwundeten, der nur mit Anstrengung sprach.

„Alles Nähere kann ich erst berichten, wenn es mir wieder ein wenig besser geht. Mein Kopf schmerzt, als müßte er bersten. Ich habe mich in der Nacht von Oliva durch den Wald hierher durchgeschlagen. Oft bin ich vor Schwäche auf allen Vieren gekrochen, wie ein Tier. Ohne Roß, ohne Schwert. Nur das eine sollt ihr heute wissen, ihr Herren. Und das ist für Danzig die Hauptsache: Wir haben nicht einen armseligen Heller von Oliva zu erwarten. Der Abt hält zum polnischen König. Johann von Zborowski, Kastellan von Gnesen, ist bei ihm zu Gast. Ich habe ihn mit eigenen Augen gesehen."

Er schwieg und preßte die Faust gegen die Brust. Das Sprechen fiel ihm immer schwerer. Langsam sickerte das rote Blut unter dem Verband vor, so daß er es immer wieder mit dem Handrücken fortwischen mußte. Alle Ratsherren standen in betretenem, ratlosem Schweigen. Der Bürgermeister hatte den Kopf in die Hand gestützt, die Stirn war gerunzelt.

„Wenn Oliva es mit den Polen hält, so steht es schlimm für uns. Denn das Kloster kann für den Feind ein guter Stützpunkt werden. Aber sie haben es bis jetzt ganz geheim gehalten. Das muß man sagen."

Konstantin Ferber sah sich schweratmend im Kreise um.

„Alles Gold und Silber muß eingeschmolzen werden. Auch die alten, wertvollen Kirchenschätze aus St. Marien müssen wir zu Notmünzen verarbeiten. Nur daß wir Geld schaffen. Wer kein Geld hat, kann auch keinen Krieg führen."

Jetzt hob Klaus Veldeke den Kopf. In seinen Augen war der alte Glanz.

„Laßt mir noch ein paar Tage Zeit, ihr Herren, bis ich meine alte Kraft wieder beisammen habe. Dann rüste ich euch die ‚Eva Maria' und fahre zum König von Dänemark. Er hat dem Rat schon einmal Geld versprochen."

Sie horchten auf und murmelten:

„Könnt' mein Schiff ja auch dazugeben. Aber es liegt noch ungelöscht an der Mottlau."

„Wer hat jetzt Zeit, ans Löschen zu denken, wo man nur noch Gedanken fürs Mauerwerk und die Bürgerwehr hat!"

„Jetzt nach Dänemark zu fahren, ist gefährlich. Es ist Oktober, und der Winter steht vor der Tür."

So schwirrte es durcheinander. Bis Konstantin Ferber Ruhe gebot.

„Wir müssen das alles reiflich überlegen, Klaus Veldeke. Und vor allem müßt Ihr jetzt ausruhen. Einer der Herren wird Euch nach Hause begleiten. Laßt Euch dort gut pflegen und den Doktor Feldscher nach Eurer Wunde sehen. Danzig braucht jetzt gesunde Männer. Ich komme in einigen Tagen zu Euch, damit wir alles besprechen können. Guten Morgen, Ihr Herren."

Er wollte gerade aufstehen, als sie alle zusammenfuhren und sich ansahen.

Ein Krachen ging durch die Luft. Und dann ein Splittern und Bersten direkt über ihnen. Eine Steinkugel war in das Rathausdach gefahren. Die Gesichter waren ein wenig bleich geworden.

„Das ist der erste Gruß der Polen. Gott helfe Danzig!"

Und der Bürgermeister griff nach seiner Kappe.

*

Klaus Veldeke lag nun schon seit Tagen mit hohem Fieber im Bett und redete irre und wirre Dinge. Frau Katharina klagte und jammerte, daß sie gar so viel Arbeit mit seiner Pflege habe und so wenig Ruhe in der Nacht. Sie jammerte aber auch darüber, daß ein Bote vom Großen Rat gekommen war, und für Danzigs Notlage um Gold- und Silbergerätschaften gebeten hatte. O, ihr Heiligen! Was war es nur für eine böse, böse Zeit. Dicht vor der Stadt lag König Stephan Bathory und forderte von Danzig die sofortige Entlassung der Söldner und demütige Abbitte.

Man konnte nun nicht mehr ungeschützt durch die Straßen gehen, denn ab und zu flog ein schweres Geschoß mit sausendem Ton durch die Luft und richtete Schaden und Unheil an.

In der Stadt war die Stimmung geteilt. Einige Ängstliche rieten zum Nachgeben und zur Abbitte, aber die Handwerksstände und Ratsherren ließen das nicht zu. Die meisten im Volk waren so empört, daß sie Durchhalten bis zum Äußersten verlangten und nichts von

Übergabe wissen wollten. Zumal man sah, daß der König von Polen noch zu wenig Truppen hier hatte, um ernstlich etwas ausrichten zu können.

So gingen die Verhandlungen hin und her, und Danzig kam nicht zur Ruhe. Auch im Veldekehaus kam man nicht zur Ruhe. Der Doktor war wieder da gewesen und hatte neue Anordnungen gemacht. Frau Katharina stöhnte darüber. Sie konnte das Auswaschen der Wunde nicht mehr mit ansehen und ließ Antje rufen. Sie ging dem Arzt geschickt zur Hand, hielt die Schüssel und das Verbandszeug und verlor kein Wort dabei. Der Doktor nickte wohlgefällig.

„Habt Ihr bei den Nonnen im Kloster die Krankenpflege gelernt? Es geht Euch alles so leicht von der Hand, und Ihr stellt Euch überhaupt nicht zimperlich dabei an. Ihr könnt Frau Katharina eine gute Hilfe sein."

„Ich habe daheim in Leba einen kranken Vater, Herr Doktor. Dem mußte ich oft die schlimme Wunde am Bein verbinden. Da lernt man die Krankenpflege."

Frau Katharina sank erschöpft in einen Stuhl.

„Ich kann ihn nicht alleine weiterpflegen. Und die Mägde sind zu töricht dazu. Hätte das Volk die Klöster nicht gestürmt, hätte ich längst eine der Nonnen um Hilfe gebeten. Aber nun sind sie alle geflohen. Ich habe ja immer gesagt, der Bub macht mir am meisten Sorgen. Warum muß er sich auch immer vordrängen und die gefährlichsten Aufgaben für sich aussuchen. Hätte ja auch ein anderer nach Oliva reiten können."

Der Doktor stand draußen auf der Diele mit ihr, und wollte sich verabschieden.

„Dennoch könnt Ihr stolz sein auf Klaus, Frau Katharina. Er ist ein ganzer Mann, und alle in Danzig sind stolz auf ihn."

Aber Frau Katharina war verdrießlich und wollte nichts mehr hören.

„Ihr müßt Euch ein wenig ausruhen, Frau. Habt die letzten Nächte kaum geschlafen. Das schlägt auf Laune und Verdauung", sagte der Medikus und griff nach der Türklinke, denn er hatte es ein wenig eilig, um zu seinem Frühstück zu kommen.

„Laßt doch Antje Borcke beim Kranken wachen. Sie ist klug und umsichtig und wird nichts falsch machen."

Frau Katharinas Gesicht wurde noch saurer.

„Ich weiß nicht, ob sich das gehören würde – ein lediges Mädchen –"

Jetzt schnitt er ihr ärgerlich die Rede ab.

„Wenn's ans Sterben geht, soll man keine kleinlichen Bedenken haben. Und es steht ernst um Euern Sohn. Da gönnt ihm die beste Pflege, die er haben kann. Das Wundfieber ist dazugekommen, und er liegt ohne Besinnung. Da merkt er nicht viel davon, wer ihn betreut."

Die Ratsherrin fügte sich murrend, denn sie war todmüde. Und so löste Antje sie von jetzt an stundenweise bei der Pflege ab.

*

So saß Antje nun Tag um Tag, wenn Frau Katharina schlief, mit dem feinen Leintuch, an dem sie nähte, im Krankenzimmer am Fenster und lauschte auf seine heißen unregelmäßigen Atemzüge, die so stoßweise und kurz von den fiebertrockenen Lippen kamen.

Tag um Tag sah sie, wie sein Gesicht schmaler und

eingefallener wurde und seine Augen immer größer und glanzloser. Wie er jede Speise verweigerte und nur immer trinken – trinken wollte. Dann stand sie leise auf, schob ihren Arm unter seinen müden Kopf und hielt ihm den Becher mit Wasser an die heißen, durstigen Lippen. Aber er kannte sie nicht. Er kannte keinen von ihnen mehr. Dann tat Antje das Herz so weh, und sie mußte sich die Tränen verstohlen aus den Augen wischen.

Auch heute saß sie wieder hier in der stillen Nachmittagsstunde, den Kopf über ihre Arbeit gebeugt. Sie dachte daran, wie sie ihn immer wieder nach der Wahrheit hatte fragen wollen – und wie dies nun plötzlich unmöglich geworden war.

Sie hob den Kopf und sah zum großen Himmelbett hinüber, denn es war ihr, als hätte er gerufen. Er warf sich voll Unruhe hin und her, und seine heißen Hände tasteten suchend über die Decke. Sie stand auf und ging zu ihm, denn sie meinte, er wollte etwas. Aber er erkannte sie nicht und sprach im Fieber.

„Antje, söte Antje – nun mußt du schon seine Braut sein, denn er hat das Recht auf seiner Seite! Ach, Antje, sieh, das Bild vom Abt ist lebendig geworden und sticht nach mir! Antje, Antje – hilf mir doch!"

Und er fuhr hoch und klammerte sich mit beiden Händen an sie fest. Weich legte sie ihn in die Kissen zurück und redete ihm gut zu.

Aber ihr Herz zitterte. Denn obwohl er schon seit Tagen in Fieberträumen redete, so hatte er doch noch niemals von ihr gesprochen, und daß sie Braut sei. O Gott, ob sie nun doch wohl des anderen Braut war – „denn er hat das Recht auf seiner Seite!" Was sollte das heißen?

Sie schalt sich selbst. Wußte er denn, was er sprach? Lag er nicht im Fieberwahn und redete irre Dinge? Sie wollte ja auch gar nicht an sich denken und welches Schicksal ihr denn nun eigentlich bestimmt war – sie wollte ja nur das eine, einzige erflehen, Tag und Nacht: Daß er wieder gesund würde!

Sie stand noch immer neben ihm. Ihre kühlen Hände über seinen heißen, unruhigen Fingern. Das schien ihn zu beruhigen. Die großen Augen, die immer in weiten Fernen waren, schlossen sich langsam.

Und dann – dann kam der langentbehrte, heißersehnte Schlaf. Ja, er schlief wirklich. Nicht unruhig und jede Minute hochschreckend wie sonst – sondern tief und fest.

Sie schlich an ihren Fensterplatz zurück und wagte kaum, sich zu rühren. So hielt sie Wache, damit niemand ihn störte, bis der Abend sank.

*

Eine Woche später saß Klaus Veldeke in Decken gepackt am Kamin in Frau Katharinas Wohnzimmer. Die hager gewordenen Hände, die wie durchgeistigt schienen, wenn er sie gegen das Feuer hielt, hatten ein Schriftstück hin und hergedreht, das er nun seufzend neben sich auf den kleinen Tisch legte.

„Es geht doch noch nicht so, wie ich möchte. Verflixt, daß mir die kleine Schramme soviel Beschwerden gemacht hat."

Antje hob die Augen nicht von ihrem Spinnrad.

„Der Doktor hatte große Sorge, Euch durchzubekommen durch das böse Fieber, und Ihr dürft Euren

Kopf noch gar nicht anstrengen. Ihr müßt weiterhin Ruhe haben, vor allem auch in den Gedanken."

Er lächelte.

„Die Wunde heilt, und das Fieber ist lange vorüber. Und Arbeit liegt bergehoch überall um mich her. Danzig braucht jetzt keine Männer, die im Schlafrock am Kamin sitzen und sich wie ein kleines Kind päppeln lassen; morgen gehe ich wieder zum Rathaus."

„Damit Ihr auf der untersten Stufe liegen bleibt, und man Euch wieder aufsammeln muß", sagte sie ruhig und befeuchtete den Faden.

In seine Augen kam ein weiches, tiefes Licht, als er zu ihr hinübersah.

„Du hast so treu für mich gesorgt, Antje, wie soll ich es dir danken?"

Sie sah immer noch nicht auf.

„Hättet Ihr an mir nicht genauso gehandelt, wenn ich in Not gewesen wäre?"

Da warf er die Decke beiseite, die über seinen Knien lag, stand auf und ging zu ihr hinüber. Der pelzverzierte Morgenmantel hing lose um seine hagere Gestalt. Er beugte sich über das Mädchen und sagte leise:

„Das hätte ich getan, Antje, weiß Gott im Himmel."

„Und nun sage mir die Wahrheit, die Wahrheit!" schrie es in Antjes Seele. „Weil ich danach hungere, bei Tag und Nacht."

Aber ihr Mund konnte es nicht sagen – konnte nicht fragen. Denn sie hatte so große, große Furcht vor der Antwort. Er hob mit der Rechten ihr Kinn und strich mit der Linken über ihren Kopf.

„Es ist eine Not in deinen Augen, Antje, kannst du es mir nicht sagen?"

Ihre Augen füllten sich langsam mit Tränen.

Es war ein Kampf in ihm. O Gott, wenn er sie jetzt an seine Brust reißen dürfte, wie es sein heiliges Recht war, vor Gott und den Menschen! Aber – hatte er sich nicht selber die Hände gebunden?

Er sah sie an. Schmerzvoll – schweratmend. Dann straffte er sich und nahm langsam und zögernd die Hand von ihrem Kopf.

Die Tür wurde aufgerissen. Bertie stand auf der Schwelle. Sein unruhiger Blick flog mißtrauisch von einem zum anderen. Mit drei Schritten war er bei dem Bruder.

„Was hast du mit ihr? Weißt du nicht, daß du keinerlei Recht auf sie hast?"

Klaus Veldeke wich keinen Schritt und maß ihn kalt von oben bis unten.

„Seit wann darf ich nicht mehr mit Antje Borcke sprechen? Ich meine, das kannst mir weder du noch irgend jemand sonst verwehren!"

Er ging langsam zu seinem Stuhl am Kamin zurück. Aber er setzte sich nicht. Streng herrschte er Bertie an:

„Wie kannst du das Mädchen durch dein wildes Gebaren so erschrecken? Ganz weiß ist ihr Gesicht geworden."

Bertie lachte spöttisch auf.

„Sie hat schon lange keine Farbe mehr, seit du krank bist. Bei so schwerer Pflege mußte sie ja schmal werden und ihre roten Wangen verlieren, die sie aus Pommern mitgebracht hat. Sie mußte dich ja fast alleine betreuen."

Klaus ging langsam im Zimmer auf und ab.

„Und ihr hab ich's auch zu verdanken, daß ich wieder so geworden bin. Was lag euch anderen hier im Veldekehaus an meinem Leben?"

„Es ist Undank gegen die Mutter", rief Bertie feindlich und krauste die Lippen, „wenn du so sprichst. Sie hat viel Schlaf für dich geopfert."

Langsam nickte Klaus vor sich hin.

„Das hat sie und ich bin ihr auch dankbar dafür. Aber trotzdem hatte ich auf meinem Krankenlager immer das Gefühl, daß nicht die Mutter und auch nicht der Bruder mich sehr vermissen würden, wenn ich an meiner Verletzung sterben müßte. Ich bin immer ein wenig abseits von euch gestanden. Vielleicht war ich euch zu wortkarg – zu schroff – ich weiß es nicht. Ich kann nicht so schön tun und viele Worte machen. Bin im Grunde wohl überhaupt so ganz anderen Wesens als ihr beide. War schon von Kind an mehr von Vaters Blut. Da zieht einer sich tiefer und tiefer in sich selbst zurück und wird einsam. Und sucht Vergessen in der Arbeit. In jeglicher Arbeit von früh bis spät."

Er setzte sich wieder in seinen Stuhl und legte die Decke über die Knie. Ihn fror. Als er die Augen hob, sah er, wie Antjes Blick an ihm hing. Groß und ernst und voll Liebe. Als wollte sie ihn trösten und sagen: „Du bist nicht einsam. Und wenn dich keiner versteht – ich verstehe dich wohl."

Als sie merkte, daß er die Augen hob und ihre Blicke sich trafen, stieg eine feine Röte bis in ihre Schläfe, und sie senkte den Kopf wieder auf ihr Spinnrad. Da trat Frau Katharina herein. Sie hatte ihren Mittagsschlaf beendet und war nun erfrischt und wohlgelaunt.

„Find' ich hier alle beisammen? Das ist schön, und eine gute Gelegenheit, daß du, Klaus, uns genau berichtest, wie du damals aus Oliva entkommen konntest. Du hattest bisher noch nichts erzählt."

Sie setzte sich behaglich an ihren gewohnten Fensterplatz und zog das Spinnrad zu sich heran. Klaus' Gesicht war sehr ernst geworden.

„Es ist eine trübe und unliebsame Geschichte, Frau Mutter, und ich weiß nicht, ob sie Euch nicht sehr belasten würde."

Er strich sich über die Stirn, wo die frisch verheilte Wunde jetzt ohne Verband war. Antje sah ihn besorgt an. Er hatte nie gern davon sprechen mögen. Hatte es bisher auch noch niemals getan. Jetzt stützte er den Kopf in die Hand und sagte schwer:

„Da Ihr es gern wissen wollt, Frau Mutter, muß ich es Euch wohl berichten. Aber es war eine so böse Nacht, daß ich nicht gern daran zurückdenken mag. Man hatte mich in ein Gastzimmer geführt, und da ich sehr müde war, warf ich mich aufs Bett und war bald eingeschlafen. Weiß nicht mehr, wie lange ich schon geschlafen hatte, als ich deutlich träumte, Antje stehe neben mir und rufe mich. Ich fahre hoch. Da sehe ich einen mit einer schwarzen Maske, der ein Messer gegen mich richtet. Hochschnellen und ihm das Messer aus der Hand reißen, war eins. Und dann begann ein Ringen auf Leben und Tod. Er muß wohl noch irgendeine Waffe zu fassen bekommen haben, womit er mir die Wunde auf der Stirn beibrachte. Ich weiß nur noch, daß ich ihn würgte und daß er röchelnd hintenüberfiel. Ich konnte nur schlecht sehen, weil mir das Blut in die Augen rann, und ich es immer wegwischen mußte. Ich stolperte zur Tür, denn ich hatte nur den einen Gedanken, bald ins Freie zu kommen. Denn wer wußte, wie viele Meuchelmörder noch überall verborgen waren. Auch dröhnte mein Kopf so sehr, daß ich keinen klaren Gedanken fassen konnte. Als ich mich im Mondschein durch den langen Kreuzgang tastete, öffnete sich leise eine schmale Zellentür, und der junge blasse Mönch, der mir erst mein Essen gebracht hatte, stand vor mir und zog mich in seine Zelle. Er verriegelte hastig die Tür und führte mich zu einem Schemel. – ‚Hab ich's Euch nicht gesagt, daß das Prunkgemach Unheil bringt? Danket den Heiligen, daß Ihr noch am Leben seid. Ich hab nicht schlafen können und immer auf Euer Kommen gewartet, weil ich es ahnte.' – Dann wusch er das Blut von meiner Stirn und wickelte ein Tuch darum. – ‚Aber, warum' – fragte ich ihn – ‚warum geschieht das alles? Was habe ich dem Kloster zuleide getan?' – Er zuckte die Achseln. – ‚Oliva ist Danzigs Feind und die Polen sind Herren bei uns. Wollt Ihr's nicht glauben, so seht selbst.' – Er schob ein schmales Brett in der Tür zurück, nachdem er das Licht gelöscht hatte, und ließ mich durch ein feines Gitter in den Kreuzgang sehen. Da kam in seiner schneeweißen Kutte ein Mönch, der in der hochgehobenen Hand einen silbernen Armleuchter hielt, in dem drei Kerzen brannten. Er zeigte einem fremden Gast den Weg zum Schlafgemach. Neben dem Gast, der einen wertvollen, pelzverzierten Mantel trug, ging der Abt selber, um ihn zu begleiten. Als sie vorüber waren, schloß mein junger Mönch wieder lautlos die Klappe und flüsterte: ‚Wißt Ihr, wer das war? Das war Johann Zborowski, der Kastellan von Gnesen.' – Ich wußte nicht, was ich dazu sagen sollte. ‚Nun will ich Euch auf Schleichwegen ins Freie begleiten, Herr,' – sagte der Mönch – ‚denn wenn der Morgen graut, dürft Ihr nicht mehr in meiner Zelle sein. Sie würden Euch nie nach Danzig zurückkehren lassen, weil sie fürchten, Ihr habt zuviel vom Kloster und seinem festen Mauerwall gesehen. Und das könnte

Danzig vielleicht einmal von Nutzen sein.' – Heimlich und ganz im Dunkeln führte er mich dann durch viele Gänge und Treppen, bis wir endlich durch ein Mauerpförtlein ins Freie kamen. ‚Ihr müßt Euer Pferd hier lassen, Herr, es hilft nichts. Sie würden Eure Flucht sonst merken, denn überall stehen Wachen. Aber Euer Leben muß Euch lieber sein. Nutzt es im Dienste von Danzig.' – Ich drückte ihm die Hand. – ‚Wie kommt es, Bruder, daß Ihr hier inmitten aller polnisch Gesinnten so um mein Wohl besorgt seid?' – Da schossen dem jungen Mönch die Tränen in die Augen. ‚Ich bin ein Danziger Kind, Herr, und mein ganzes Herz hängt an der Vaterstadt, aber nun beeilt Euch. Denn im Osten beginnt es schon zu tagen.' – Lautlos schloß er das Pförtlein und war verschwunden."

Klaus Veldeke hörte auf zu erzählen und atmete tief. Das lange Sprechen war ihm schwer gefallen.

Jetzt fragte Antje mit nachdenklichem Gesicht:

„Aber Ihr seid doch erst einen ganzen Tag später hier angekommen? Der Rat hatte schon mehrmals nach Euch gefragt."

Klaus nickte.

„Als ich mich etwa eine gute Stunde im Morgengrauen durch den Wald geschleppt hatte, mußte ich wohl ohnmächtig geworden sein. Und ich weiß nicht mehr, wie lange ich im Dickicht gelegen habe. Auch hatte die Wunde so sehr geblutet, daß ich danach ganz kraftlos war. Als ich endlich wieder erwachte, mochte wohl ein ganzer Tag darüber hingegangen sein. Und erst in der Nacht erreichte ich Danzig und pochte hier ans Tor."

Er lehnte sich zurück, und ein froher Schein ging über sein Gesicht.

„Nun hat aber die Faulheit ein Ende, und ich kann

wieder auf Posten sein. Ihr könnt Euch nicht vorstellen, wie ich mich nach Arbeit sehne!"

Er reckte die Arme und atmete tief. Frau Katharina machte ein weinerliches Gesicht.

„Und dann such dir nicht immer das Schwerste und Gefahrvollste aus, mein Sohn. Wir haben immer nur die Müh' und Unbequemlichkeit davon. Es gibt doch noch mehr Männer in der Stadt."

„Ich muß da stehen, wo Danzig mich braucht, Frau Mutter."

Er biß die Zähne zusammen, stand auf und ging langsam aus der Stube.

*

Es war etliche Tage später. Das graue, diesige Herbstwetter hatte klarem, goldenem Sonnenschein Platz gemacht. Goldgelb und purpurn leuchtete das letzte Laub an den Bäumen. Es war eine Klarheit und Durchsichtigkeit in der Luft, wie sie uns nur die Spätherbsttage bringen können. Wildgänse flogen in stillen Nächten mit ihrem sonderbaren, märchenhaften Schrei hoch aus den Lüften, unbeirrt und zielbewußt in spitzem Keil gen Süden. Und wenn die Nächte gingen, dann kamen silbertauüberschüttete Morgen, denen an Reinheit und Unberührtheit nichts auf dieser Erde gleichen konnte. Je höher die Sonne stieg, desto mehr fielen die goldenen Blätter lautlos zu Boden. Und immer nackter und kahler hoben sich die Wipfel in den wolkenlosen Himmel.

An so einem klaren, durchsichtigen Morgen, der einen weit, weit hineinsehen ließ ins Land, stiegen zwei Männer die steilen Treppen zum Turm von St. Marien empor. Es waren die Ratsherren Johann Sidinghausen und Klaus Veldeke. Sie wollten oben vom Turm auf das feindliche Lager rings um die Stadt Danzig sehen, denn es ging das Gerücht um, König Stephan Bathory wollte wieder abziehen, da er zu wenig Truppen habe, um zum Angriff übergehen zu können.

Die beiden Männer stiegen langsam, denn die Treppen waren steil. Im Vorübergehen prüfte Johann Sidinghausen den Inhalt der großen Wasserbottiche, die zum Schutz gegen Feuersgefahr bei einschlagenden Brandkugeln der Belagerer wohlgefüllt dastanden. Reglos hingen die Seile der großen Glocken – der Gratia Dei und der Sturmglocke Osanna –, die in letzter Zeit so viel, so viel zu läuten gehabt hatten, so daß sich die hölzernen Wellen wegen der Reibung fast entzündeten. Neben den Glockenseilen saßen die beiden Blinden, die sie zu läuten hatten. Als sie an der Wachtstube vorüberkamen, sah Klaus Veldeke hinein.

„Nichts Neues?" fragte er.

Die Wache im Turm, die alle drei Stunden abgelöst wurde, zuckte die Achseln.

„Es ist nichts neues zu vermelden, die Belagerer stehen immer noch vor unserer Stadt und üben ihre Kanoniere und Gewehrschützen ein."

Die Ratsherren nickten und traten an die große Turmluke. Goldene Morgensonne lag über der Stadt. Um den Turm kreisten schwarze Dohlen und bunte Tauben. Wie Kinderspielzeug lagen tief, tief unten die spitzen Giebel und Türme von St. Katharinen und St. Nikolai.

Drüben sah man den Hagelsberg und die Reihen der polnischen Bastionen, aus denen es ab und zu aufblitzte. Lanzen funkelten in der goldenen Morgensonne, weiße Zelte leuchteten. Von Zeit zu Zeit sah man Reiter über das Feld sprengen. Am Horizont quollen dicke, schwarze Rauchwolken. Aber jetzt machte sich eine starke Bewegung da unten deutlich bemerkbar. Man sah, wie Zelte abgebrochen wurden und ganze Kolonnen von Fußvolk sich marschbereit aufstellten.

„Es ist richtig, was die Bürger munkelten", sagte Johann Sidinghausen, „sie bereiten sich zum Abzug vor. Sie merken, daß sie mit dem Häuflein doch nichts ausrichten können. Morgen wird das Lager leer sein."

Klaus Veldeke beschattete die Augen mit der Hand, um besser sehen zu können.

„Ihr habt recht, Sidinghausen. Aber wir werden uns der Ruhe nicht lange erfreuen können. Der Polenkönig holt nur Verstärkung. Und diese Zeit müssen wir nutzen. Sie ist jetzt kostbarer als alles andere."

„Sie wimmeln da unten durcheinander wie die Ameisen", sagte Sidinghausen, „aber ich will auch noch auf die andere Seite des Turmes gehen."

Klaus Veldeke blieb allein. Er sah über das weite Land, das seine Heimat war, und atmete tief und schwer. Die Polen, die es bedrohten, waren im Abziehen. Aber jedes Kind in Danzig wußte, daß sie wiederkommen würden. Wann? Das wußte niemand. Wahrscheinlich sehr bald, wenn sie nur erst Verstärkung bekommen hatten. Und in dieser kurzen Zwischenzeit galt es unermüdlich zu rüsten.

Wie die Sonne auf den perlmuttfarbenen Flügeln der Tauben am Turmgebälk flimmerte. Und wie der silbergraue Dunst dort in der Ferne das Wasser ahnen ließ – das weite, blaue Meer! Er stützte den Kopf in die Hand und konnte sich nicht sattsehen.

Doch plötzlich flog in all das ernste Nachdenken über Krieg, Belagerung und Verteidigung wie ein blauer, schwirrender Schmetterling der Gedanke an Antje. Ach, was wollte dieser blaue Schmetterling zwischen Brandkugeln und Pulverdampf hier oben bei der Wachtstube auf St. Marien? Klaus Veldekes Augen bekamen einen stillen, versonnenen Glanz. Und es war, als ob die klare Herbstluft, die um den wuchtigen Turm ging, nur immerzu das eine raunte:

„Söte Antje!"

Wieder holte er tief, tief Atem. Wie war die Luft so rein und frisch hier oben, wie ein herber Gruß von der nahen, salzigen See.

„In drei Tagen steht keine Lüge mehr zwischen uns, Antje", läutete es in seiner Seele wie von einer fernen, heiligen Glocke. „In drei Tagen darf ich dir sagen, wie süß du mir bist. Und dann will ich dich fragen, ob du nun noch immer heim willst nach Leba zu deinem Vater. Oder ob du lieber bei mir bleiben willst im alten, grauen Veldekehaus. Immer, Antje – immer! Als meine Braut – als meine Frau. Ach, Antje, ich habe nie viel nach Frauen gesehen, weil mir die Arbeit wichtiger war. Bis ich dein süßes, weiches Gesichtlein lachen sah, an jenem Morgen, als du da oben ohne Schuhe auf dem Tisch standest und dir die Hansekogge anschautest. Wie waren deine Rehaugen so voll Lachen und Wißbegier, und voller Schelm die Grübchen in deinen Wangen. O Antje! Und dann kam ein Tag zum anderen, und du wurdest mir immer lieber. Die Zähne mußte ich zusammenbeißen, um dir nicht alles, alles zu sagen. Und ich bin ein Narr gewesen, daß ich Bertie ein solches Versprechen gab."

„In drei Tagen", dachte er, „in drei Tagen!"

*

In seinem schwarzen Mantelrock und dem weißen, gefältelten Kragen saß der Bürgermeister in seinem Amtszimmer im Rathaus, als Klaus Veldeke zu ihm kam.

„Ihr habt mich rufen lassen, Konstantin Ferber."

Der Bürgermeister lehnte sich in seinen Stuhl zurück und strich sich den langen, weißen Bart.

„Setzt Euch, Klaus, denn Ihr seht immer noch schmal und angegriffen aus. Aber ich mußte Euch rufen lassen, weil ich Euch brauchte."

Klaus Veldeke lachte.

„Ich bin wieder ganz gesund, Konstantin Ferber. War eben schon mit Johann Sidinghausen oben auf dem Turm von St. Marien. Die Polen rüsten zum Abzug."

„Ich weiß, ich weiß. Aus diesem Grund habe ich Euch holen lassen. Weil wir jetzt jede Minute nützen müssen, solange sie fort sind, denn sie werden wiederkommen mit starker Übermacht. Sie werden Hela besetzen und uns die Weichselmündung versperren, um Danzigs Schiffahrt und Handel lahmzulegen. Stephan Bathory hat geglaubt, uns durch sein bloßes Erscheinen zur Unterwerfung zu bringen. Er hat sich geirrt. Gestern war noch einmal der Unterhändler bei mir und forderte wieder die sofortige Entlassung der Söldner und demütige Abbitte."

Der Bürgermeister lachte hart auf.

„Ich gab ihm dieselbe Antwort wie das erstemal. Nun ziehen sie ab. Jetzt müssen wir rüsten, Klaus Veldeke, wie wir noch nie gerüstet haben. Die ganze Bürgerschaft muß zu hohen Abgaben herangezogen werden. Und vom König von Dänemark müssen wir Geld haben. Ist Euer Schiff fahrtbereit, Klaus Veldeke?"

„Schon seit Tagen, Konstantin Ferber."

„Und fühlt Ihr Euch selber stark genug, es zu führen?"

Klaus reckte sich hoch, und seine Stahlaugen lachten.

„Alle Zeit, Konstantin Ferber."

„So richtet es ein, daß Ihr morgen abend in See stechen könnt. Jeder Tag früher ist der Stadt von Nutzen. Denn jetzt im Herbst, bei widrigen Windverhältnissen, dauert eine Fahrt nach Norden oft lange und kann beschwerlich werden. Drum müssen wir die Tage nutzen, ehe Eis und Schnee den Schiffen die Wege versperren. So könnt Ihr in einigen Wochen zurück sein, wenn der Wind günstig steht. Ich setze gleich das Schreiben an den König Friedrich auf. Er ist uns wohlgesinnt und hat immer viel für Danzig übrig gehabt."

Klaus Veldeke stand kerzengerade am Tisch. In seinem kantigen Gesicht hatte keine Muskel gezuckt. Nur in seinen Augen war ein Leuchten – wegen des wichtigen Auftrags und der langersehnten Seefahrt. Denn noch lieber als Gänsekiel und Schwert führte Klaus Veldeke das Steuer.

„Die ‚Eva-Maria' ist seefertig. Ich gehe gleich zum Hafen und gebe alle nötigen Anordnungen. Heute abend hole ich mir Euern Brief an den König, und morgen können wir in See stechen."

Der Bürgermeister nickte befriedigt.

„Es ist gut. Ich gebe Euch noch einige erfahrene Männer mit, denn auf der Rückfahrt müßt Ihr auf der Hut sein. Es gibt viele Piratenschiffe auf der Ostsee, die unser Geld gut brauchen könnten. Nun geht und bereitet alles vor, Klaus Veldeke. Ich verlasse mich auf Euch."

Als Klaus zum Mottlauhafen ging, war ein froher Stolz in seiner Seele. Sein Schritt wurde fester und sein Aussehen frischer. Nun hatte er wieder ein Ziel vor Augen, ein großes! Nun brauchte er nicht mehr zu sitzen und abzuwarten, was der Feind sich wohl zu tun bequemte – und täglich dieselben Dinge mit der Bürgerwehr und den Söldnern üben, wo die Hand am Schwertknauf brannte, endlich für die Rechte seiner Vaterstadt kämpfen zu dürfen! Oder am Schreibtisch zu sitzen und den Gänsekiel zu zerbeißen, weil es immer mehr an Aufträgen und Arbeit fehlte und alle Geschäfte wegen der drohenden Kriegsgefahr lahmlagen. Nun kam endlich das Handeln – die Tat! Und er fühlte schon das Steuer zwischen seinen Händen und den herben, herrlichen Seewind um die Schläfen.

Als er im Hafen auf sein Schiff stieg und mit prüfenden Blicken alles musterte, als er die schwankenden Planken unter den Füßen fühlte und das Knarren der Taue und Maste im Wind hörte – als der herbe, kräftige Teergeruch von Bohlen und Holzwerk aufstieg – da durchfuhr es ihn plötzlich wie eine wehe Erkenntnis:

„Morgen sollst du in See stechen, und in drei Tagen darfst du Antje die Wahrheit sagen!"

Daß er eben beim Bürgermeister so gar nicht daran gedacht hatte! Ob sich die Fahrt noch zwei Tage verschieben ließ? Aber wie hatte er gesagt?

„Es kommt für Danzig jetzt auf jede Minute an. Wir müssen die Zeit nützen. Denn wir wissen nicht, wann die Polen uns erneut belagern werden."

Klaus Veldeke griff sich mit der Hand an den Kopf.

„Wegen zwei Tagen! O Gott – wegen zwei Tagen! Und ich soll die weite Fahrt mit der Lüge zwischen mir und ihr antreten. Die Fahrt wird Wochen – kann Monate dauern! Und wenn ich Bertie befehle, ihr in zwei Tagen die Wahrheit zu sagen, wie wird sie es aufnehmen? Was mag sie von mir denken? Und wäre es nicht gerade so unsagbar schön gewesen, ihr selber alles zu sagen? Ihr selber dabei ins Gesicht zu sehen, wenn sie die Wahrheit erfuhr?"

Er biß sich auf die Lippe und ging mit großen Schritten über seines Schiffes eichene Planken. Überall waren seine Leute fleißig bei der Arbeit. Hier wurde noch etwas ausgebessert und dort geteert. Hier kreischten schwere Ankerketten beim Hochwinden – dort bauschten und flatterten rotbraune Segel, die kräftige Hände auf ihre Haltbarkeit zur langen Fahrt prüften. Klaus Veldeke gab noch einige kurze Anordnungen und Befehle, nachdem er selbst nach dem Wichtigsten gesehen hatte, und ging dann raschen Schrittes dem Veldekehaus zu. Sekundenlang kam ihm der Gedanke:

„Du brauchst ja Konstantin Ferber nur zu sagen, daß die ‚Eva-Maria' wegen eines kleinen Schadens erst in drei Tagen auslaufen könne. Dann wird er die Achseln zucken und sich zufrieden geben müssen."

Er ballte die Fäuste in den weiten Taschen seiner pelzverzierten Jacke, und war zornig auf sich selber:

„Pfui über dich, Klaus Veldeke! Daß du dich so vergessen konntest! Willst zur ersten Lüge noch eine zweite bringen. – Dein Schiff ist fix und fertig. Und Danzig ist in Not. Geht die Heimat nicht über alles? Auch über Liebe und Herzensnot?"

Er sah zum Turm von St. Marien empor. Die Fäuste in den Taschen.

„Ich bin ein Danziger Kind und weiß, was ich zu tun habe. Ich fahre morgen."

Im Veldekehaus ging er sogleich links ins Kontor, wo Bertie am Schreibpult saß. Er zog die Tür fest hinter sich ins Schloß und ging auf den Bruder zu.

„Ich habe mit dir zu reden, Bertie. Sind wir allein?"

Bertie legte den Gänsekiel beiseite und sah sich um.

„Wie du siehst, Bruderherz. Der alte Steffen ist eben zum Speicher hinübergegangen. Du siehst so feierlich aus?"

Klaus nickte und faßte den Bruder, der viel kleiner war, bei den Schultern.

„Bertie, du weißt, wie ernst die Zeiten sind und wie groß Danzigs Not. So laß uns miteinander reden wie Männer, die wissen, daß es um alles geht."

Er schwieg einen Augenblick und atmete tief, als müsse er darüber nachdenken, was er nun zu sagen hatte. Bertie wollte gleichgültig scheinen. Aber sein Blick hatte etwas Lauerndes bekommen.

Klaus Veldeke ließ die Hände von den Schultern des Bruders sinken und ging ans Fenster. Lehnte sich mit dem Rücken gegen die Fensterbank und sah Bertie fest an.

„Du weißt, daß in drei Tagen unsere Frist abgelaufen ist?"

„Das weiß ich, Bruderherz."

„Und du weißt auch, daß diese Lüge, auf die ich damals in Dummheit und Unüberlegtheit einging – daß sie mir viel zu schaffen machte?"

Bertie kicherte.

„Besonders seit du Antje zu tief in die dunklen Rehaugen gesehen hast."

Klaus blieb ganz ruhig.

„Nun habe ich heute vom Bürgermeister den Auftrag bekommen, schon morgen mit der ‚Eva-Maria' nach Dänemark zu fahren."

Bertie schnellte hoch.

„Jetzt? Wo der Winter vor der Tür steht? Hat unser strenger Herr Bürgermeister es denn so eilig?"

„Wir stehen im Krieg, Bertie, und Danzig braucht uns. Da dürfen wir nicht nach Sommer und Winter fragen. Er hat mein Wort, daß ich morgen fahre. Und nun wirst du auch wissen, warum ich zu dir gekommen bin. Ein Mann zum Mann. Ein Bruder zum Bruder."

Er schwieg.

Bertie spielte mit seinem Gänsekiel. Er sah nicht auf. Es war etwas Böses in seinen Augen, das aber Klaus nicht sehen konnte.

„Du meinst wegen Antje?" sagte er dann leichthin. Machte eine Pause und zuckte die Achseln. „Das ist nun Pech für dich, daß du gerade zwei Tage vorher fort mußt, aber nicht zu ändern."

Er blätterte mit wichtigem Gesicht in seinem großen Buch, das auf dem Pult lag. Dann lachte er häßlich.

„Oder soll ich vielleicht zum Bürgermeister gehen und ihn bitten, die Ausfahrt zu verschieben?"

Klaus Veldekes Gesicht war hart geworden. Hart und ohne jede Farbe. Er sagte kein Wort. Drehte sich um und schritt zur Tür. Als er den Drücker schon in der Hand hatte, rief Bertie:

„Halt – du kannst ihr morgen die volle Wahrheit sagen – meinetwegen auch heute schon – unter einer Bedingung."

Klaus Veldeke kämpfte, ob er stehenbleiben sollte. Aber Antjes süßes Gesicht war zu mächtig in seiner Seele.

Er ließ die Hand nicht von der Tür, aber er drehte sich halb zurück.

„Welche Bedingung?"

„Daß du mir vor deiner Seefahrt schriftlich bestätigst, daß Antje im Falle deines Todes meine Frau wird. Daß somit alle deine Rechte für immer auf mich übergehen."

Jetzt ließ Klaus die Türklinke fahren und drehte sich ganz zu seinem Bruder herum.

„Meinst du vielleicht, Antje Borcke sei eine Sklavin, die man verhandeln und verschachern könnte, wie es einem beliebt?"

Bertie krauste spöttisch die Lippen.

„Hat man sie nicht schon in der Wiege verschachert? Und sogar noch früher, schon im Mutterleib? Das kommt nun schließlich alles auf eins heraus. Sieh, hier ist Feder und Pergament. Du brauchst nur zu schreiben, daß es dein Wunsch sei, wenn Antje nach deinem Tode meine Frau würde. Gar nicht als Befehl. Gar kein Verschachern, wie du denkst. Aber ich bin sicher, Antje würde sich deinen Wünschen immer fügen. Und dir kann's doch gleich sein, wem sie einmal gehört, wenn du nicht mehr am Leben bist. Hier, Klaus – nimm und schreib. Dann kannst du ihr heute noch alles sagen. Jetzt gleich, die volle Wahrheit."

In Klaus Stahlaugen flammte ein heiliger Zorn.

„Wenn ich im Kampf oder auf der See fallen sollte, was allein bei Gott dem Allmächtigen steht – so ist Antje frei. Ich habe kein Recht, auch nach meinem Tode über sie zu bestimmen."

Bertie zerknitterte das Pergament zwischen seinen Fingern.

„Wie du willst. Ich wollte dir nur die Möglichkeit

geben, ihr vor deiner Seefahrt die Wahrheit zu sagen. Nun mußt du damit warten, bis du wieder heimkommst."

Klaus Veldeke straffte sich. Biß die Zähne zusammen und ging wortlos aus der Tür. Er sah nicht den Blick voll Haß und Wut, den Bertie ihm nachsandte.

Der zerbrach den Gänsekiel und warf das zerknitterte Pergament beiseite. „Wär ihm doch ein Leichtes gewesen, mir den Gefallen zu tun. Denn ein Blinder sieht's, daß seine Wünsche für Antje immer Befehle sein werden. Sie liest ihm doch heute schon alles von den Augen ab. Und man muß täglich damit rechnen, daß ihn eine Kugel in diesen wirren Zeiten trifft oder eine Lanze der Feinde. Dann ist Antje frei." Er kniff die schmalen Lippen fest zusammen, und seine roten Haare waren feucht vor Erregung.

Klaus Veldeke war nach oben gegangen, um noch die letzten Anordnungen zu treffen.

*

Frau Katharina stand auf der Diele vor einem ihrer riesengroßen Eichenschränke und holte Wäsche und Kleider heraus. Alles sollte noch für Klaus eingepackt werden, wenn er morgen in See stach. Ganze Kisten mit Proviant für ihn und die Mannschaft waren heute schon hinübergeschafft worden. Im Veldekehaus war ein Räumen und Tragen, ein Treppauf und Treppab, wie lange nicht.

Antje hatte bei allem mit stillem Gesicht geholfen. Es war ein Stolz in ihr, daß die Stadt Danzig gerade diesen ihrer Söhne immer wieder zu schweren Aufgaben berief. Nun sollten noch die letzten persönlichen Dinge des Kaufherrn zum Schiff hinübergeschafft werden, und Knechte und Mägde wuchteten die schweren Kisten durch die Gassen bis zur Mottlau.

Frau Katharina stand vor der Haustür und dachte nach, ob sie auch nichts vergessen hatte. Auf der Diele im Schatten kniete Antje und schloß die untersten Schubladen des großen Schrankes wieder zu. Da kam Klaus Veldeke aus seinem Arbeitszimmer und stieg die Treppe hinunter. Er sah sich suchend um.

„Ich muß noch einmal zum Hafen, Frau Mutter, und wollte die Antje gerne mitnehmen, bevor die Dämmerung kommt. Sie hat noch niemals ein so großes Schiff von nahem gesehen. Das muß ihr doch gezeigt werden."

Frau Katharina nickte.

„Ich habe nichts dagegen, Klaus. Aber gib gut acht, daß sie auf dem schlüpfrigen Steg, der übers Wasser führt, nicht ausrutscht. Wer eines Danziger Kaufherrn Ehefrau werden will, muß auch ein solches Schiff kennenlernen."

Antje trat aus dem Schatten der Diele hervor und ihre braunen Augen leuchteten.

„O ja, die Hansekogge, von der Ihr mir immer erzählt habt, möchte ich gerne sehen. Ich laufe schnell nach oben und hole Mantel und Haube."

In wenigen Minuten war sie wieder unten, die Augen froh und voller Erwartung auf Klaus Veldeke geheftet. Sie küßten Frau Katharinas Hand und gingen miteinander die Langgasse hinunter.

Es war ein grauer, diesiger Oktobernachmittag, die matte Sonne hatte nicht die Kraft gehabt, ihren Weg durch all die Wolkenschleier zu bahnen. Nur ein heller, milchiger Fleck am Himmel zeigte, daß sie überhaupt noch da war. Klaus Veldeke war eigenartig beklommen zumute, als er so neben Antje durch die Gassen schritt. Und er antwortete nur einsilbig auf ihre vielen Fragen. Es ging ihm zuviel durch Kopf und Herz, und das Schwerste war ihm, daß er es ihr nicht sagen durfte. Als sie am Mottlauhafen waren, ragte die „Eva-Maria" gewaltig über alle anderen Schiffe, und es war ein reges Leben und Treiben auf ihr. Alles wurde noch einmal nachgesehen und geprüft. Laute Rufe schallten hin und her.

Die „Eva-Maria" war voll und hochbordig gebaut. Bug und Heck trugen kastellartige Aufbauten für die Bogenschützen und Enterer. In der Mitte des Schiffes auf dem niedrigen Deck standen Wurfgeschütze, Bliden genannt, die Steine, Wurfspeere und Pechfeuer schleuderten. Die Masten führten teils Rahsegel, teils lateinische Segel. Bei Windstille konnte die „Eva-Maria" durch Ruder fortbewegt werden. Was natürlich bedeutend langsamer ging, als wenn ein kräftiger Wind in alle Segel blies.

Klaus Veldeke führte die staunende Antje überall herum und zeigte ihr alles. Sie hatte so etwas noch nie gesehen und fragte voll Interesse nach diesem und jenem. Lange stand sie am Bug, beugte sich hinunter und sah in das schwarze Mottlauwasser, in das die sinkende Abendsonne jetzt feuriggelbe Streifen zog.

Er fühlte ihre warme, weiche Nähe wie einen Strom, der von ihr herabglutete und der ihm unsagbar wohltat. Als hielten ihn segnende Frauenhände und bänden ihn fester und fester an seine Vaterstadt Danzig. Als wäre er nun nicht mehr der einsame Wildvogel, nach dem niemand fragte, und dem es gleichgültig war, ob er daheim im Veldekehaus im warmen Nest saß oder draußen auf der salzigen See ins Ungewisse fuhr. Es war hier etwas, das ihn heimrufen würde – immer – immer. Etwas, das er früher nicht gekannt hatte und über dessen Art und Wesen er sich auch heute noch nicht ganz im klaren war.

Aber das eine wußte er, daß es mit Antje zusammenhing. Und daß sie etwas in sein Leben hineingebracht hatte, das früher nicht dagewesen war. Sie standen beide nebeneinander, beugten sich über die Reling und sahen versonnen in das Spiel der Wellen am Bug. Die so goldgekrönt waren von der untergehenden Sonne, die endlich vor ihrem Versinken doch noch die dunkle Wolkenwand durchbrochen hatte, als wollte sie der träumenden Erde zum Abschied noch einen leuchtenden Gruß zuwerfen. Wie schwarze Silhouetten gegen den gelbroten Himmel standen die wuchtigen Türme von St. Marien und ihre Schwestern.

Auch auf der Kogge wurde es ruhiger. Alle Vorbereitungen für morgen waren getroffen, nun gingen die Leute die letzte Nacht noch einmal an Land. Morgen nacht hieß es kämpfen mit Wind und Wellen.

Antje hob den Kopf und warf die langen, rehbraunen Zöpfe zurück, die ihr vorn über die Schultern gefallen waren.

„Wir müssen heimgehen. Frau Katharina wird warten."

Es bedrückte sie, daß der Mann da neben ihr so sehr still war. Jetzt sah sie ihn an, der so schweigend neben ihr herging.

„Werdet Ihr um Weihnachten von Eurer Fahrt zurück sein?"

„Ich weiß es nicht, Antje. Aber gib acht, die Bretter auf dem Steg sind naß. Nimm meine Hand."

Aber noch ehe sie seine Hand fassen konnte, glitt sie im Schatten der hohen Reling aus und wäre von dem schmalen Steg ins Wasser gefallen, wenn er sie nicht mit einem plötzlichen Griff hochgerissen hätte. Sekundenlang kam sie an seiner breiten, schweratmenden Brust zu liegen, denn er ließ sie nicht los, sondern trug sie gleich zum Ufer hinüber und stellte sie dort ganz vorsichtig und behutsam auf die Erde. Sie war verlegen, strich sich das Haar aus der Stirn und wußte nicht recht, was sie sagen sollte.

„Kleine Antje, nun wärst du beinah doch noch in die Mottlau gefallen."

„Es ist dunkel geworden. Und die Bretter sind schlüpfrig. Ich danke Euch."

Und sie hob ihr Gesichtlein und sah ihn an und hatte nur den einen, heißen Wunsch, ihn zu fragen: „Bist du's oder der andere? O, sag es mir! Bei allen Heiligen, sag es mir, bevor du morgen hinausfährst auf die wilde, weite See! Damit ich in den kommenden Monaten des großen Wartens und Alleinseins weiß, ob ich zu dir gehöre oder nicht. Ob ich an dich denken darf, wie an das Liebste und Höchste in der weiten Welt."

Immerzu fragte ihre arme Seele so – immerzu. Aber über die Lippen brachte sie kein Wort. Denn wenn er nun das andere sagte – jenes erschreckende Wort, das er in seiner Krankheit ausgesprochen hatte und das ihr nachgegangen war Tag und Nacht – was sollte sie dann sagen? Wohin sollte sie dann fliehen mit ihrer großen Not?

Sie waren nah am Veldekehaus. Da blieb er plötzlich stehen und sah sie an.

„Eins versprich mir, Antje, wenn ich nun lange, lange fort sein werde: Daß du niemals Schlechtes von mir denkst, auch wenn du mein Verhalten jetzt nicht verstehen kannst."

Sie nickte nur. Sprechen konnte sie nicht.

Als sie jetzt an der Marienkirche vorüberkamen, hörten sie weiches, sanftes Orgelspiel. Aus den hohen Fenstern drang schwacher Lichtschein auf die dunkle Gasse. Antje mußte sekundenlang die Augen schließen. Sie dachte daran, wie er damals mit Rüstung und Schwert vor dem Hochaltar gekniet war.

Wie lange war das her? Sie wußte es nicht. Aber sie fühlte sich hier an seiner Seite unendlich geborgen und behütet. Und hatte nur den einen Wunsch, daß sie immer so neben ihm gehen dürfte. Auch wenn es ringsherum dunkel war und Nacht.

Heute, o Gott! Heute noch durfte sie es! Und morgen? Morgen abend um diese Zeit? Wo war er da? Sie fühlte eine grenzenlose Angst. Und ein Heimweh nach den Tagen, die nun vorbei waren. Als Klaus Veldeke die Stufen zum Beischlag emporstieg, bohrte es wie ein eisiges Hämmern in seinem Hirn.

„Reiß sie an dich und sag ihr alles! Was geht dich dein närrischer Bruder mit seinem tückischen, neidischen Sinn an? Weißt du denn, ob du nicht in den Tod gehst? Und willst du mit einer Lüge von dem Mädchen weggehen, an dem deine Seele hängt?"

Und der zweite Hammer dröhnte:

„Geh zu Konstantin Ferber und sage ihm, du wärst soeben auf der ‚Eva-Maria' gewesen und hättest einen versteckten Schaden gefunden, der erst in zwei Tagen behoben sein könnte."

O, wie die Hämmer dröhnten, daß es ihn fast

schwindelte! Er mußte sich am löwenverzierten Geländer halten. Auf der Diele schwankte ganz leise im Luftzug die kleine Hansekogge unter der Decke. Antje ging die Eichentreppe hinauf, wo die Wohnräume lagen. Klaus Veldeke sah ihr nach.

„Du oder Danzig? Was ist das Größere? O, mein Gott, mein Gott, wie mich meine Gedanken so sehr verwirren. Bertie hat mein Wort. Und Konstantin Ferber hat mein Wort. Und Manneswort soll größer sein als Manneslebe."

Immer noch schwankte das Schifflein da oben im Luftzug des Treppenhauses.

*

Es war am Abend des nächsten Tages. Antje stand oben in ihrem Zimmer am Fenster. Still und klar erschienen die Sterne am dunklen Nachthimmel. Sie hatte den Kopf gegen das Fensterkreuz gelegt und sah unverwandt nach oben, mit großen, müden Augen. Ihr Gesicht war weiß, und um den Mund lag es wie verhaltenes Weinen. In ihrer Seele war eine große Leere – eine tiefe Not. Es war nicht nur deshalb, weil der ‚Erzengel von St. Marien' nun in See gefahren war – weil er nun weit da draußen auf der Ostsee mit seiner Kogge schwamm – weil sie nun seinen festen, schweren Schritt auf der Treppe und unten auf der Diele nicht mehr hören konnte. Darum war die Not ja nicht alleine. Sondern das andere – das andere – das war ja viel schlimmer. Das war so, daß sie daran zerbrechen mußte. Denn nun würde sie nicht mehr hierbleiben können. Nun wollte sie fort vom Veldekehaus und wieder zurück nach Leba. Der Vater würde ihr verzeihen und sie verstehen. Er mußte sein Antjekind ja verstehen, weil sie niemals mit diesem Rothaarigen würde leben können. Weil er ihr so zuwider war. Sie legte beide Handflächen gegen die Stirn und stöhnte. Denn heute morgen, in aller Herrgottsfrühe, als sie schon unten im Eßsaal war und das Frühstück richtete, war der Ratsherr hereingekommen. Sehr bleich. Sehr ernst. Da hatte sie es nicht lassen können und ihn gefragt. Hatte beide Hände ineinandergelegt und wie ein bittendes Kind vor ihm gestanden.

„Um aller Heiligen willen, hat Euer Bruder Rechte an mir?"

Er war zusammengezuckt wie unter einem Peitschenhieb. Und sein Gesicht war finster geworden, wie sie es noch nie gesehen hatte. Er sah sie nicht an, als er endlich sprach:

„Ja, Antje, er hat Rechte an dir, leider Gottes. Und das ist meine große Not."

Und als er ihre schreckensstarren, großen Augen sah, biß er sich auf die Lippe, daß sie blutete. Und fuhr dann hoch, als sehe er einen Feind, der ihn unsichtbar anfallen wollte:

„Aber habe Geduld, Antje! O, habe Geduld, es dauert nicht mehr lange!"

Dann waren die Mägde gekommen, und sie hatten von anderen Dingen reden müssen.

Das alles ging ihr wieder so scharf und klar durch den Sinn, als sie nun in der späten Abendstunde einsam an ihrem Fenster stand. Warum sollte sie Geduld haben, was wollte er tun? Wollte er sie nach seiner Rückkehr heimbegleiten? Wollte er beim Vater für sie einstehen, daß sie den Rothaarigen nicht zu heiraten brauchte? – O ja, o ja – sie wollte nach seinen Worten handeln und Geduld haben. Dann würde wohl doch noch alles hell!

*

Als sie am anderen Morgen aus ihrem Zimmer trat – später als sonst – denn sie war so müde, so müde gewesen – kam ihr Bertie schon auf der Treppe entgegen.

„Was bekomme ich, Antje, wenn ich dir eine gute Nachricht bringe?"

Und er schwenkte einen großen Brief in der Hand.

„Heute in aller Frühe ist ein Fischer vom Lebasee gekommen. Er will sich als Danziger Söldner anwerben lassen. Er meint, da sei mehr zu verdienen als beim Fischfang. Diesen Brief hat er von deinem Vater gebracht. Er sitzt unten in der Küche und löffelt seine Suppe. Schon dreimal hat er nach dir gefragt, aber du schliefst heute so lange, da wollte ich nicht stören."

Antjes Gesicht war vor lauter Freude mit Glut übergossen. Sie riß den Brief an sich und stürmte wortlos an Bertie vorüber die Treppe hinunter.

„Wo, wo ist er? Der Mann aus Leba?"

Und schon stand sie mitten in der sauberen, gekachelten Küche und sah sich um. In der Ecke am Holztisch saß ein Mann mit hängendem Schnauzbart und löffelte behaglich aus der dampfenden Schüssel.

„Eike Tomsen! O wirklich, du bist es! Ach, ist das schön, ist das schön! Ein Mensch aus Leba! Ein lebendiger Mensch aus Leba! Was macht denn der Vater und die Kinder? Und meine alte Dörte? Und alle, alle, alle!"

Sie hatte sich zu ihm an den Küchentisch gesetzt und im Eifer seinen Arm gepackt. Die hellen Tränen liefen ihr übers Gesicht. Der Mann wischte sich bedächtig mit dem braunen Handrücken über den Mund und die nassen Bartenden, und erzählte in seinem gemütlichen Plattdeutsch von jedem einzelnen aus Leba. Daß es dem Herrn Vater unverändert gehe mit seinem kranken Bein und daß die Kinder wohlauf und gesund wären. Von allen Tieren wollte sie dann wissen und am meisten von ihrer Stute.

Dann ging sie mit großen, stillen Augen wieder nach oben in ihre Stube, denn den Brief des Vaters wollte sie so ganz ungestört und in Ruhe lesen. Sie setzte sich auf den Holzschemel am offenen Fenster und brach langsam die gewaltigen Siegel auf, mit denen er verschlossen war. Dann strich sie zärtlich mit den zitternden Händen über die wohlbekannten, geliebten Schriftzüge und dachte versonnen:

„Wenn ich nur erst wieder bei dir bin, mein Vater, dann wird alle Not ein Ende haben. Dann kann ich mein Herz bei dir ausschütten und du wirst mir vergeben."

Sie glättete das zerknitterte Pergament auf ihren Knien und las mit klopfendem Herzen von allem, was der Vater ihr von Leba und den Kindern erzählte:

„Und nun zum Ende, mein geliebtes Kind, sollst Du einen frohen und gewissen Mut haben und nicht bange in die Zukunft schauen. Weil die Angst unser Schaffen lähmt, und Herzensfreude nur aus Gottvertrauen kommt. Es ist mir öfters in einsamen Nachtstunden, als sähe ich Dich betrübt und voller Furcht vor der Zukunft. Ich fühle das ganz deutlich, obwohl mein leibliches Auge Dich ja nicht sehen kann. Und wenn meine Gebrechlichkeit mich nicht daran hinderte, so wäre ich längst einmal hinübergeritten nach Danzig. Ich kann mir nicht denken, daß es etwa die Furcht vor den Polen ist, die Dich so ängstlich und traurig gemacht hat. Weil ich doch mein Antjekind kenne, die vor solchen Schrecken noch nie Furcht gezeigt hat. Es muß also etwas sein, das tiefer sitzt. Sieh, und das bekümmert mich. Sollte Dir der junge Veldeke nicht gefallen? Oder sonst irgend etwas in dem fremden Patrizierhaus? Ach, mein geliebtes Kind, es ist nicht immer so im Leben, wie wir es uns in der Jugend wünschen und erträumen. Und dennoch sollen wir weder verzagen noch matt werden. Sieh, Deine Eltern gaben einstmals ihr Wort, daß Du die Ehefrau des jungen Veldeke würdest. Und an Dir ist es nun, dies Wort einzulösen. Es muß Dir Pflicht und Wegweiser sein, in Deinem ganzen Leben. Und wenn es Dich manchmal sauer ankommt und Du Dich schwer in all das Neue, Fremde eingewöhnen kannst, so beiße tapfer die Zähne zusammen und sei mein starkes, mutiges Kind. Mache dem Namen der Borcke Ehre und sei treu. Gott wird es dir lohnen."

Antje ließ den Brief in ihren Schoß sinken. Dann sah sie starr geradeaus. Regungslos.

„Vater, woher weißt du das? O, mein geliebter Vater, woher weißt du das nur? Aber wenn du diesen Rothaarigen sehen würdest, du würdest mir wohl recht geben. Du stellst ihn dir anders – ganz, ganz anders vor. Vielleicht wie den, der jetzt auf See fährt. Oder so erhaben und klar, wie du selber bist. Aber nicht so, Vater – nicht so!"

Sie verbarg den Brief an ihrer Brust, stand auf und preßte die heiße Stirn gegen das Fensterkreuz. Wie still die weißen Wolken da oben im grenzenlosen Blau zogen! Hoch über den wuchtigen Turm von St. Marien. Sie konnte nicht weinen. Es war, als schnürten eiserne Reifen ihr Herz zu. Und ihr Gesicht war fast so weiß wie das schneeweiße Bettuch. Ihre Hände krampften sich um das Fensterkreuz.

„So muß ich denn tun, was der Vater will. So darf ich jetzt nicht mehr nach Leba zurückkehren. O, Vater, Vater, du hast mir ein hartes Los auf dieser Welt bereitet. Vielleicht wär' mir der Rothaarige nicht so zuwider gewesen, wenn ich nicht den anderen daneben gesehen hätte. Und wenn ich nicht gefühlt hätte, daß die Rechte seines Bruders ihm große Not machten. O, Vater, ich will wohl gehorsam sein, aber es ist so schwer – so bitterschwer!"

Da hörte sie unten Frau Katharina nach ihr rufen, und es fiel ihr ein, daß sie ja noch gar nicht gefrühstückt hatte. Rasch wusch sie ihr heißes Gesicht und eilte nach unten.

*

Warum ging der Tag so langsam zur Neige? Wo Antje doch so großes Verlangen hatte, endlich wieder allein oben in ihrem stillen Zimmer zu sein?

Frau Katharina dachte doch nur an Essen und Trinken, an Kleiderschränke und heimliches Verstecken von Gold- und Silbergeräten; sie sah nicht, wie weiß und müde Antje war, und wie zerschlagen in ihrer

Seele. Wie es in ihrem Kopf hämmerte – immerzu – immerzu. Am Spätnachmittag bat Antje, ob sie wohl noch einmal an die frische Luft dürfte, ihr Kopf schmerze zum Zerspringen.

„Hast wohl ein wenig lange am Spinnrad gesessen, Kind? So lauf und nimm die Magd mit. Sie kann mir gleich noch etliches beim Krämer besorgen. Und du weißt, daß es sich für ein Mädchen nicht gehört, allein durch die Gassen zu gehen."

Antje nickte. Ach, wenn sie jetzt in Leba wäre! Wer hatte da gefragt, ob sie allein nach draußen ging? War sie da nicht zu jeder Tageszeit in die Felder und Wälder gestürmt? War sie nicht in ihrem kleinen Kahn alleine weit, weit auf den Lebasee hinausgefahren? Bei Wind und Wetter, bei Sonnenschein und Regen!

Und hier, wo man nur Häuser und immer wieder Häuser sah, durfte sie nur, wohlverhüllt im warmen Mantel, sittsam mit Begleitung und fein zierlich durch die Gassen gehen. Nicht stürmen und rennen! Nicht die Arme ausbreiten und hinausjubeln oder hinausklagen in die freie Gottesnatur, was einem die Seele füllte.

Schweigend und langsam ging Antje neben der Magd her, die einen Korb trug. Durch die Straßen wehte ein frischer Wind, der sie tief Atem holen ließ. Als die Magd zum Krämer hineinging, blieb Antje draußen und wanderte, in ihren tiefen Gedanken versunken, auf und ab. Bis sie plötzlich eine große und starke Sehnsucht verspürte, noch einmal zum Mottlauhafen hinunter zu laufen.

Als sie dann an dem grauen, schimmernden Wasser stand, das eintönig und schläfrig gegen das hölzerne Bollwerk plätscherte, war die Erinnerung an gestern abend so stark und mächtig in ihrer Seele, daß sie die schwere gewaltige Kogge im feuchten Oktobernebel deutlich zu sehen glaubte. Und das bunte Wappen von Danzig vorn am Bug.

Wo mochte die „Eva-Maria" jetzt sein? Ob sie günstigen Wind hatte, der ihr die Segel blähte? Oder ob sie mit den Rudern arbeiten mußten, was so schwer und mühsam war? Und ob er am Steuer stand? Die Augen nach Nordwesten gerichtet, glitzernden Wellenschaum im blonden Haar? Wer so neben ihm stehen könnte und mit hinausfahren in Wind und Wetter – in Sturm und Wellengischt! Das mußte Leben sein! Herrliches, heißes, kämpfendes Leben!

Sie wollte die Hände heben, um das widerspenstige Haar aus der Stirn zu streichen, das der Wind immer wieder nach vorne wehte, als sie bei der plötzlichen Bewegung den Brief des Vaters im Brustlatz knittern hörte. Der Brief! Ja, der Brief! Wie hatte der Vater noch geschrieben?

„Sei treu! Auch wenn es dich hart ankommt. An dir ist es nun, mein Wort einzulösen."

Wie durfte sie nach diesen Worten noch an den anderen denken? Antje stand ganz still und sah wie hilfesuchend sich um. Graue Häuser – graue Mauern – graues Wasser! War es nicht wie ein Gefängnis hier? Ein Gefängnis, in dem sie sich immerfort den Kopf wund stieß, und die Seele noch wunder. Wo sie ein ganzes langes, langes Menschenleben eingemauert bleiben sollte. Nur zusammen mit diesem Blassen, der feuchte, rote Haare hatte!

Sie tat einen Schritt vorwärts und sah in das gurgelnde, schleichende Wasser zu ihren Füßen. Warum hatte der andere sie gestern nicht ruhig da hineinfallen lassen, als sie ausglitt? Dann wäre heute alles still, alles gut, alles ruhig gewesen. Dann würden ihr heute nicht Herz und Hirn so zum Zerspringen hämmern, daß sie fast meinte, irre zu werden.

Sie beugte sich weit über das feuchte, moosige Bollwerk. Und ihre Augen saugten sich fest am Wasser, das immer dunkler und dunkler wurde. Niemand würde es merken, wenn sie hier hinunterstürzte – niemand.

Von St. Marien kam ein tiefes, leises Tönen. Das schwol an und wurde gewaltig und brausend. Wurde so mächtig, als bliesen Engel selber in ewige Posaunen. Die Glocken ‚Gratia Dei' und ‚Osanna' jubelten Dank, weil die letzten Belagerer abgezogen waren.

Antje taumelte hoch. Griff sich an die Stirn und trat langsam, Schritt vor Schritt, vom Wasser zurück. Sie preßte beide Hände gegen die Brust, wo der Brief des Vaters steckte und lief wie gejagt die Gassen zurück. In St. Marien waren wieder die hohen bunten Fenster erleuchtet, und Orgelspiel drang aus dem weitgeöffneten Portal. Es war nun ganz dunkel geworden, und Antje konnte fast nicht mehr laufen. Sie lehnte sich gegen die Kirchenwand und schöpfte tief Atem. O, daß sie vom Wasser fort war. Vom Wasser, das so zog und rief und lockte! Das ihr Ruhe versprach und endliches Ausruhen aller todmüden, irren und wirren Gedanken! Das sie hatte verlocken wollen, sündig zu werden in alle Ewigkeit.

Wie ein Sturm kam es über das Mädchen. Und sie schlug die Hände vor das Gesicht und weinte – und weinte. Immer noch schien das stille, helle Kirchenlicht durch die hohen, schmalen Fenster. Und immer noch sang die Orgel mit ihrer schönen, feierlichen Stimme, daß es wie ein leises Marienlied hinausklang in den dunklen Herbstabend, der so kalt um die hohen Mauern lag. Und um die schweren, steinernen Grabplatten, die hier draußen aufrecht, dunkel und verlassen standen.

Leise strich Antje mit kalten Händen über den Grabstein, an dem sie lehnte. Ein Ratsherr kniete darauf in seiner Amtstracht, ihm gegenüber seine Ehefrau. Beide hatten die Hände betend erhoben, und die Häupter in Demut geneigt. Noch einmal fuhr Antje wie liebkosend über den kalten Stein.

„Habt ihr auch gelitten und gekämpft auf dieser armen Erde? Sind eure Seelen auch verkauft worden, noch ehe ihr selber wußtet, wie es darum stand? Habt ihr euch auch vielleicht gehaßt in eurem Innern oder seid gleichgültig gegeneinander gewesen. Oder habt ihr durch große Liebe und großes Leid endlich zusammengefunden? O, sprecht doch, sprecht – und sagt mir, wie man dies harte, grausame Leben, das doch so unsagbar schön sein könnte – wie man es leben und tragen soll!"

Sie ließ den Grabstein los, tat einige Schritte vorwärts und lauschte auf das Lied der Orgel. Oder war es der Herbstwind, der in den kahlen Baumzweigen geigte und um die hohen Kirchenmauern fuhr? Antje fror. Sie hatte plötzlich eine große Sehnsucht, in das linde, lockende Licht der mütterlichen Kirche hineinzugehen. Heraus aus dem kalten, feuchten Dunkel hier draußen, das von den nachtschwarzen Bäumen herniedertropfte.

Sie schlich durch das Portal, setzte sich ganz hinten auf eine der letzten Bänke und lehnte sich ermattet hintenüber. In weiter Ferne sah sie, wie ein Wunder aus Gold und schimmerndem Licht, im bläulichen

Dunst der vielen Kerzen, den Hochaltar ragen. Sie reckte sich ein wenig – ein wenig – um seine Stufen sehen zu können. Jene Stufen, auf denen damals der eine gekniet war, der wie der Erzengel Michael ausgesehen hatte. Und der nun irgendwo auf Tod und Leben in der grauen, salzigen See nach Norden fuhr.

Denn der Tod stand um ihn her. All die Seeräuberschiffe der Ostsee würden ihn verfolgen und jagen, wenn sie erst wußten, daß er Geld von Dänemark brachte.

Der Tod stand um ihn her, denn nun würden bald die Winterstürme einsetzen, und haushohe Wellen würden Tag und Nacht mit Heulen und wildem Brausen über sein Schiff gehen und ihm die Hände starr machen, die fest und gebräunt um das Steuer lagen.

Antje sah ihn. Sie sah ihn so deutlich. Das kantige Gesicht und die klaren, stählernen Nordmänneraugen, die einem bis auf den Grund der Seele sehen konnten und doch so rein waren. Und ihr sehnsüchtiger Blick ging wieder über die Stufen des Hochaltars.

Aber die Stufen waren leer.

*

Sie saßen schon beim Abendessen, als Antje den Saal betrat. Frau Katharina hatte ein sehr steifes und empörtes Gesicht.

„Ich hatte dir vorhin gesagt, Antje, daß es hier nicht Sitte sei bei ehrsamen Bürgermädchen, allein und noch dazu im Dunkeln durch die Gassen zu gehen. Als die Magd aus dem Krämerladen kam, hat sie dich sehr gesucht, aber nicht gefunden. Da meinte sie, du seiest schon zu Hause."

Antje war sehr weiß und aß nur wenige Bissen.

„Ich war noch in St. Marien, Frau Katharina. Es brannte Licht in der Kirche, und die Orgel spielte. Da zog es mich hinein."

Frau Katharinas Stirn war immer noch in Falten und ihr Mund sehr säuerlich und spitz.

„Fast zu Tode geängstigt haben wir uns hier. Immer und immer wieder mußte einer vor die Haustür schauen. Sollte mich nicht wundern, wenn ich davon noch das Reißen bekomme, bei dem feuchten Nebelwetter."

Antje sah schuldbewußt auf ihren Teller und mochte nichts mehr sagen. Auch Bertie verhielt sich schweigsam. Nur von Zeit zu Zeit sah er verstohlen zu Antje hinüber und dachte:

„Wie sie doch so fein und lieblich ist, und wie ihre Wangen heute so blaß sind. Morgen ist die Frist abgelaufen, und es ist mir nicht ein einziges Mal gelungen, ihr näherzukommen. Ich habe die Zeit schlecht genutzt. Nun, vielleicht läßt sich heute abend noch etwas machen!"

Danach saßen die beiden Frauen im Wohnzimmer an ihren Spinnrädern und ließen die surrenden Räder unermüdlich kreisen, während der Wind leise und eintönig im Kamin sang. Bertie war noch einmal ins Kontor hinuntergegangen. Da hob Antje den Kopf.

„Mir ist nicht gut, Frau Katharina, laßt mich zu Bett gehen. Mein Kopfschmerz ist noch nicht besser."

Frau Katharina nickte.

„Dann gehe nur nach oben, Kind. Wie die Jugend von heute auch anfällig und zart ist! Das ist ja kaum auszuhalten. Ich hatte gemeint, eine fleißige und kräftige Schwiegertochter hier ins Haus zu bekommen. Statt dessen muß man dich wohl bald selber noch pflegen?"

Antje sah sie erschrocken an.

„Mich pflegen? O, nein, Frau Katharina. Ganz gewiß nicht. Das Kopfweh geht vorüber und dann helfe ich Euch wie früher. Bin doch sonst immer von früh bis spät zu Euren Diensten gewesen."

Sie räumte ihr Rad beiseite, küßte Frau Katharinas weiße Hand und ging langsam und müde nach oben. Die brennende Kerze, die sie in der Hand hielt, hatte ein Luftzug im Treppenhaus verlöscht, aber sie fand ihren Weg auch im Dunkeln. Auf der obersten Stufe fühlte sie plötzlich, wie zwei Arme sie fest umschlangen und jemand sie hart an sich riß. Sie wollte aufschreien, aber ihr Mund wurde mit Küssen bedeckt, so daß sie sich nicht rühren konnte. Sie war wie gelähmt und hatte keine Kraft, sich zu wehren. Berties heiße Stimme zischte in ihr Ohr.

„Hab ich dich endlich – endlich? Tag für Tag hab ich geglaubt, du würdest nachgiebiger werden und mir ein Küßlein gönnen. Nun muß ich mir heimlich rauben, was mir doch als mein gutes Recht zukommt. Nicht schreien, Antje, sonst hast du's mit mir verspielt."

Aber jetzt hatte sie ihre alte Kraft und ihre Besinnung wieder. Sie stemmte beide Arme gegen seine Brust und stieß ihn von sich. Tastete sich am Geländer hoch und flüchtete in ihr Zimmer. Keuchend stieß sie den Riegel vor und brach dann in die Knie. Und zitterte am ganzen Leibe. Ob der da draußen ihr wohl nachgeschlichen war, und nun wie ein Raubtier vor der Tür lauerte?

Aber es blieb alles still. Bertie war wohl wieder die Treppe hinuntergegangen.

Immer noch kauerte Antje auf der Erde. Ihr Herz klopfte in wilden, heißen Schlägen. Um sie her war tiefe Nacht. So tief, daß sie nicht einmal vom Fenster her einen matten Schimmer erkennen konnte.

Und auch in ihrer Seele war tiefe, trostlose Nacht. Sie graute sich vor der Zukunft. Denn es ekelte sie, von dem Rothaarigen berührt zu werden. Und nun hatte er es doch getan!

Sie sprang auf, tastete sich zum Waschkrug und spülte sich das heiße Gesicht. Immer wieder. Ach, wie gut das tat, das eiskalte Naß! Denn es war ihr, als müsse sie etwas Böses, Unsauberes fortwaschen – etwas Fremdes, das nicht zu ihr gehörte.

Im Dunkeln kleidete sie sich aus und warf sich todmüde auf ihr Bett. Denn nun konnte sie auch nicht mehr denken. Nur schlafen – schlafen!

*

Am anderen Tag wurde Antje von Frau Katharina in Klaus Veldekes Arbeitszimmer geschickt, um dort aufzuräumen. Vor allem die Papiere vom Schreibtisch zu bündeln und im Schrank zu verwahren, damit sie bis zu seiner Heimkehr nicht allzusehr verstaubten. Denn durch die rasche und plötzliche Abreise war vieles liegengeblieben und nicht so verwahrt worden, wie es sein sollte. Auch die Möbel mußten fein zugedeckt, und alles wohl verschlossen werden. Antje stand am großen Schreibtisch, und hatte sich an die Arbeit gemacht. Wie liebkosend fuhren ihre Hände über jedes Gerät und jedes Pergament. Und alle Worte standen klar vor ihrer Seele, die sie hier mit ihm gesprochen hatte. Sie hatte das breite Fenster weit geöffnet. Große, graue Nebelschwaden lagen schwer und feucht auf den Dächern von Danzig. Wie ein Abbild der bedrückten Stimmung aller Bürgerschaften. Denn es fühlte und wußte jeder: Dies war nur erst das Vorspiel gewesen! Wenn der polnische König mit Verstärkung wiederkam, wurde es ernst. Und es war fast, als ob sich all diese stolzen, spitzgiebeligen Häuser wie unter einer gewaltigen, unsichtbaren Faust duckten. Oder schien es nur in dem dichten Nebel so, der aus den Niederungen aufstieg und den Turm von St. Marien ganz verhüllte?

Und auch Antje war es, als lebe sie unter einer Faust, die sie niederdrückte – unbarmherzig – immer tiefer, immer tiefer. Ihr war, als sei das Veldekehaus ein Sarg geworden, der alles Leben ausschließt und tötet. In dem man nun eingekerkert war – sein ganzes, langes, junges Menschenleben! Und war doch nur scheintot.

Die Tür ging auf und Bertie trat über die Schwelle. Sie erschrak sehr, denn sie hatte ihn nicht kommen hören. Er hatte immer einen solchen leisen, schleichenden Schritt und tauchte stets da auf, wo man ihn am wenigsten vermutete. Heute hatte sie keine Furcht vor ihm, denn es war ja heller Tag, und ein wilder Trotz war in ihr wachgeworden. Sie trat nur einige Schritte zurück, so daß der große Schreibtisch zwischen ihm und ihr stand. Er lachte ungut und zog die Tür lautlos hinter sich ins Schloß.

„Heute brauchst du keine Furcht mehr vor mir haben, Antje. Heute muß ich zahm sein und darf dich nicht mehr anfassen. Um dir dies feierlich zu verkünden, bin ich eben hereingekommen."

Sie sah ihn verständnislos an. Was er nur wieder für törichtes Zeug schwätzte! Jetzt brach er in ein Gelächter aus.

„Du wirst dich wundern, Antje, wie man mit dir verfahren ist, wie mein Herr Bruder dich sozusagen einfach verpfändet hat. Weil es ihm damals gerade nicht paßte, dich abzuholen. Da schickte er mich und versprach mir, für einen Monat die Rollen zu tauschen. Dieser Monat ist heute herum. Nun habe ich kein Recht mehr auf dich. Nun bist du wieder, wie von der Wiege an, die Braut des Ratsherrn Klaus Veldeke. Denn ich bin der Bertie, wie du ja manchesmal schon geahnt hast."

Er schlug sich auf die Knie und lachte und lachte. Und sah darüber nicht, wie sie schwankte. Wie sie sich mit eiserner Gewalt mit beiden Händen am Tisch festhielt.

„Lebe wohl, Antje. Der Klaus wird heute an dich denken. Es war ihm ja nur ärgerlich, daß er's dir nicht selber noch vorher sagen durfte, bevor er abfuhr. Aber unser Vertrag erlaubte es ihm nicht. Der Hauptmann von Ungern war Zeuge."

Er lachte noch einmal häßlich auf und ging dann rasch aus der Tür.

Antje war allein. Immer noch stand sie an den Tisch geklammert, die großen weitaufgerissenen Augen ins Weite gerichtet. Und sie fühlte ordentlich, wie das Blut aus ihrem Hirn zurückebbte, so daß dort eine Leere entstand – eine so furchtbare Leere, daß ihr schwindlig wurde. Sie tastete sich zum großen Lehnstuhl und fiel schwer in seinen tiefen Ledersitz. Beide Hände auf die Armlehnen gestützt – so saß sie still und steil – wie ein Bild aus Marmor. Es war kein Tropfen Blut mehr in ihrem Gesicht, und jetzt lehnte sie langsam den Kopf hintenüber gegen die hohe, dunkle Rückenlehne. Als wollte sie ausruhen. Aber die Augen schloß sie nicht. Die Augen waren so weit und starr und ohne Leben, als sei sie eine Tote.

Und jetzt kamen langsam, langsam – mit der zurückflutenden Blutwelle – auch ihre Gedanken zurück. Sie waren wie scharfe Marterwerkzeuge, die ihr die Seele zerfleischten.

„O, Klaus Veldeke – Klaus Veldeke, warum hast du das getan? Warum hast du so grausam mit mir gespielt und mich wie ein lebloses, rechtloses Ding verhandelt? Hast mich freigegeben für deinen ekligen Bruder, so daß ich vor Not nicht mehr aus noch ein wußte. O, Klaus Veldeke, warum hast du mir das angetan? Und ich habe so hoch und so hehr von dir gedacht! Ich habe an dich geglaubt, wie an den Erzengel Michael selber. Meine Seele ist bei dir gewesen Tag und Nacht, und du warst mir der höchste Gedanke im grauen Veldekehaus. Nun sind Flecke auf dein lichtes Bild gefallen, und sie wollen nicht weichen, so sehr ich mir auch Mühe gebe."

Sie fuhr sich mit der eiskalten, zitternden Hand über die Stirn. Zwei-, dreimal. Dann durchzuckte es sie jäh.

„Kann man den Worten des Rothaarigen auch Glauben schenken? Ist alles wahr, was sein Mund gesprochen hat?"

Sie riß sich zusammen und stand auf. Stand ganz steil und gerade und preßte die Lippen zusammen. So ging sie aus der Tür. Ging die gewundene Eichentreppe nach oben, bis sie vor Frau Katharinas Wohnzimmer stand. Sie öffnete die Tür und trat ein. Frau Katharina saß am Spinnrad, den Kopf gesenkt. Als sie jetzt aufsah, weil die Tür knarrte, ließ sie vor Schreck den Faden fallen und vergaß das Treten, so daß das Rädlein mit Schnurren aufhörte.

Denn was war mit Antje? Wie sah das junge Antjekind aus? – Die schloß die Tür und lehnte sich haltsuchend dagegen.

„Frau Katharina, ich muß Euch heute etwas fragen."

Ihre großen, wehen Augen irrten durchs Zimmer, als suche sie nach Worten.

„Frau Katharina, Euer Sohn sagte mir eben, daß nicht er mein Verlobter sei, sondern –" sie atmete kurz und hart und stockte sekundenlang, „sondern jener, der mit der Kogge nach Dänemark gefahren ist. Verhält es sich so?"

Frau Katharina schlug die Hände zusammen und lachte.

„Kind, Kind, was hast du mir für einen Schrecken eingejagt, als du so bleich und verstört hereinkamst. Wenn's weiter nichts ist? Die Buben haben sich einen Scherz gemacht. Haben sich, weiß Gott, nichts Böses dabei gedacht. Und ich meine fast, du müßtest fröhlich sein über das, was du heute erfahren hast. Denn wenn mich nicht alles täuscht, so hast du für meinen ältesten Sohn mehr übrig als für Bertie. Meine alten Augen sehen scharf."

Antjes weiße Lippen bewegten sich ein paarmal, ehe sie sprechen konnte.

„Ihr habt um den Betrug gewußt und mir nicht die Wahrheit gesagt? Ihr nennt es einen Scherz, wo es um die heiligsten Dinge geht? Scherzt man mit Menschenseelen?"

Frau Katharina wurde ein wenig verlegen, mochte es aber nicht zeigen. Sie zuckte die Achseln.

„Komm, Kind, mach keine so große Geschichte darum. Es ist ja auch kaum der Rede wert. Besonders jetzt, wo alles geklärt ist. Ich habe ja damals auch zuerst gescholten, weil ich nicht für solche Narreteien bin. Nachher dachte ich, ein Monat sei schnell herum, und dann ist alles wieder gut. Und so ist es ja nun auch. Hätte nicht gedacht, wie schnell die Zeit vergehen kann, und daß du heute schon so lange bei uns bist."

Antje hatte die Hände schlaff herunterhängen. Sie lehnte noch immer an der Tür. Nun nickte sie ein paarmal müde mit dem Kopf.

„Ach ja, gestern abend vor einem Monat, da bin ich noch auf dem Lebasee gerudert. Und dann hat der Vater mich zum Abschied gesegnet."

Es kam etwas Weiches in ihr starres Gesicht. Und sie kämpfte mit den Tränen.

„Frau Katharina, ich bitte Euch, laßt mich wieder heim zu meinem Vater!"

Jetzt bekam Frau Katharina aber doch einen Schreck. Sie schob das Spinnrad beiseite, stand auf und ging zu dem Mädchen hinüber.

„Antje, Kind, was schwätzt du nur für Sachen. Das wäre doch eine große Schande für das Veldekehaus. Denn dann würde der Herr Guntram von Borcke denken, wir seien nicht gut zu dir gewesen. Und alle anderen Leute würden auch so denken. Und wenn ich dich nun wieder nach Leba heim ließe, so würde es dem Klaus gar nicht recht sein, und er wäre sehr zornig auf mich."

Antjes Gesicht wurde wieder hart.

„Er hat mich ja verpfändet – verhandelt. Für einen Monat. Wie ein Stück Hausrat oder ein Stück Vieh."

„Antje! Wie kannst du so reden? Aus einem Scherz ein so großes und ernstes Ding machen. Besinne dich ein paar Tage. Dann wirst du alles mit ganz anderen Augen ansehen. Und ich meinte immer, du hättest den Klaus gern gehabt."

„Gerade darum tut es weher, als irgend etwas in der Welt", schrie Antjes Seele. Aber laut sagte sie jetzt: „Laßt mich nach oben in mein Zimmer gehen, Frau Katharina. Es kam alles zu plötzlich über mich. Nun muß ich mich erst besinnen und zur Ruhe kommen."

„Das mein ich auch, Kind. Wirst dich allmählich schon freuen über diese Wendung. Und dem Bertie werde ich noch tüchtig den Kopf waschen, weil er dir alles so schonungslos beigebracht hat."

Antje sagte nichts mehr. Langsam ging sie nach oben.

*

Es kam ein grauer und schwerer Winter über Danzig. Am 23. November reisten der Bürgermeister Konstantin Ferber, der Ratsherr Georg Rosenberg und der Syndikus Heinrich Lemke in das Hauptquartier vor Thorn ab, um mit dem König neue Verhandlungen aufzunehmen. Täglich mußte man damit rechnen, daß die Polen mit gewaltiger Übermacht wieder zurückkamen. Denn dicht vor Dirschau war Johann von Zborowski mit 3000 Mann zurückgeblieben. Und man wußte, daß Stephan Bathory überall warb. Aber gerade das müßige Abwarten war das Schwerste von allem. Fischer brachten um Weihnachten Kunde, daß oben die Ostsee vereist sei und ein Durchkommen der Schiffe von Dänemark her unmöglich. Man müsse auf das Frühjahr und wärmeres Wetter warten. Und dabei brauchte der Rat so bitter nötig das fremde Geld.

Man hatte eingeschmolzen und zu Goldmünzen gemacht, was nur irgend möglich war. Alle Bürger opferten täglich, was sie nur entbehren konnten. Die reichen Patrizierfrauen gaben ihren kostbaren Schmuck, der oft schon Jahrhunderte in der Familie gewesen war. Immer mehr fremde Söldner wurden in Dienst genommen, besonders Dänen und auch Schotten. Der Stadtkommandant Oberst Winkelburg von Kölln war von früh bis spät auf dem Posten. In allen Häusern war eine ernste, bedrückte Stimmung, die keinen Frohsinn und keine Lustbarkeit mehr aufkommen ließ. So ging das Weihnachtsfest vorüber, und auf den spitzgiebeligen Häusern lagen dicke, weiße Schneedecken.

Antje wurde von Tag zu Tag blasser und stiller. Sie kannte sich oft selbst nicht mehr. Es gab Tage, an denen sie sich Morgens so frisch und wohlgestärkt fühlte, daß es wie ein Strom von Glück über sie kommen wollte, wenn sie daran dachte, daß sie nun nie mehr mit dem Rothaarigen zu tun haben würde. Und daß sie wirklich und wahrhaft die Braut des anderen war – jenes heiligen Michael von St. Marien.

Dann konnte es geschehen, daß sie die Hände falten mußte vor grenzenlosem Glück. Bis die schwarze Wolke wieder kam. Jene furchtbare, schwarze Wolke, die ihr Tag und Nacht zu schaffen machte. Und die ihr ganzes, junges Glück mit grausamer Faust überschatten wollte. O, mit einer so eisenharten Faust, die alles zu zermalmen schien.

Weil er einst jenes schmachvolle Abkommen mit dem Bruder getroffen hatte. Weil er die Ehre und das Glück des Mädchens, das ihm vom alten Guntram Borcke anvertraut worden war, so für nichts geachtet hatte. Darüber kam sie nicht hinweg. Das würde ihr immer und immer zu schaffen machen ihr ganzes Leben lang.

Sie war fleißig von früh bis spät, und Frau Katharina konnte nicht über sie klagen. Aber die roten Wangen und das frische, herzliche Lachen waren verschwunden. Und manchmal war es ihr, als würde sie selber ganz allmählich hier zu Stein. So wie die steifen Ratsfrauen auf den Granitplatten der Grabmäler von St. Marien.

So kam der Februar des Jahres 1577 heran. Jenes Jahres, das eines der schwersten und gewaltigsten in der Geschichte Danzigs werden sollte. Stephan Bathory war der Verhandlungen mit Danzig überdrüssig geworden, da die Haltung der Stadt immer selbstbewußter und polenfeindlicher wurde. Deshalb hatte er die Verhandlungen abgebrochen und unter Bruch des Geleites die Danziger gefangengenommen und ins Innere Polens verschleppt. Darunter den Bürgermeister Konstantin Ferber, Georg Rosenberg und Heinrich Lemke. Am 11. Februar 1577 wiederholte er die Achterklärung gegen die Stadt.

Wenige Tage später ging Kloster Oliva in Flammen auf, ein Opfer der Volkswut und Empörung über den Verrat an der Stadt Danzig. Nun konnte es nicht mehr als Stützpunkt für die wilden Scharen des Ernst von Weyher dienen, die schon lange die Stadt Danzig beunruhigt hatten. Der Feuerschein von Oliva war mehrere Nächte so blutrot, daß man ihn wie eine unheilkündende Fackel deutlich von Danzig aus sehen konnte.

Auch Antje hatte ihn gesehen, Abend für Abend, wenn sie oben an ihrem kleinen Fenster stand. Und plötzlich bekam sie eine Furcht vor dem Krieg, der nun kommen würde – kommen mußte. Würde man dann nicht sehr verlassen und unbeschützt sein im Veldekehaus? War es nicht sonst immer so ein starkes und beruhigendes Gefühl gewesen, als der Ratsherr noch da war? Eine so große Sicherheit und Ruhe? Daß ihr niemals auch nur der kleinste Gedanke einer Furcht gekommen war?

Nun stand bald der März vor der Tür, und ein starkes Tauwetter hatte eingesetzt. Es tropfte von den Dächern, und überall strömten eilende Rinnsale aus dem schmelzenden Schnee durch die Gassen.

Ein linder Westwind ging um den Turm von St. Marien, und Fischer brachten die Nachricht, daß die See vom Eis frei sei und der Weg von Dänemark wieder offen. Der Frühling war da!

Dem Rat machte die quälende Geldnot schwer zu schaffen. Täglich wurden Boten ausgeschickt, die umgehend melden sollten, wenn Klaus Veldekes Kogge in Sicht sei. Denn man mußte jetzt in Danzig die Zähne zusammenbeißen. König Stephan Bathory hatte sich durch einen schweren Schlag für Oliva gerächt. Und zwar durch einen Schlag, den er gegen den Danziger Handel führte – dies war die empfindlichste Stelle der alten Hansestadt. Er verlegte den Stapelplatz der polnischen Waren von Danzig nach Elbing und verbot jeden Handelsverkehr mit Danzig. Das war eine schwere

Schädigung des Danziger Handels, gerade jetzt im Frühjahr, wo die Schiffahrt wieder aufgenommen werden konnte.

Aber es war noch nicht genug. Ernst von Weyher überfiel die Stadt Hela, die ja zu Danzig gehörte, und Johann von Zborowski beunruhigte die Stadt ständig mit Überfällen in Werder.

Wie eine ernste Mahnung erinnerte die Notmünze, die nun im Umlauf war, tagtäglich die Bürger Danzigs mit ihrer Inschrift an die schwere, verantwortungsreiche Zeit.

„Defende nos, Christe Salvator!“

Faust über Danzig!

Sie fühlten es alle und trugen die Köpfe ein wenig gebeugt – die stolzen und feinen Patrizierfrauen, die einst in Samt und Seide gingen und nur von silbernen Tellern aßen. Aber die Männer beugten die Köpfe nicht. Mit harten Augen und zusammengebissenen Zähnen trotzten sie dem Feind. Suchten bei Tag und Nacht Mittel und Wege, wie Danzig am besten gegen den polnischen Feind zu verteidigen sei. Alles Gold und Silber brachten sie zum Opfer, aßen aus Zinntellern und kleideten sich in Rüstungen, weil die Zeit eisern war und sie alles andere geringer achteten als die Freiheit ihrer Heimat. Alle Tanzhäuser und Lustbarkeiten wurden geschlossen, in den Kirchen betete man um Danzigs Sieg.

Denn die Faust sank tiefer, und die polnischen Überfälle in Werder wurden immer häufiger.

*

Auch über der See wurde es Frühling. Schreiend flatterten die silberweißen Möwen auf und nieder und badeten sich zu Hunderten in den Wasserrinnen zwischen den Eisschollen der Danziger Bucht. Wildenten flogen frühlingstrunken nach Norden, und große, lichte Wolken segelten im tiefen Blau des Himmels. Klaus Veldeke stand am Steuer seiner „Eva-Maria“, den stählernen Blick geradeaus über's weite Wasser gerichtet. Durch sein blondes Haar wehte der Seewind und raunte Heimatslieder. Sein kantiges Gesicht war wettergebräunt und hatte nicht mehr die bleiche Farbe eines Kranken. Nur die Narbe auf seiner Stirn erinnerte noch an den nächtlichen Klosterkampf. Aber in seinen Augen war wieder der alte Glanz. Vielleicht noch viel stärker, viel tiefer als früher.

Denn er brachte das heißersehnte Geld von König Friedrich für Danzig. Und daheim im Veldekehaus durfte er Antje nun endlich die Wahrheit sagen. Durfte sie in seine Arme nehmen und ihr froh und frei in die rehbraunen Augen sehen.

Bei Hela gab es eine Überraschung. Brandkugeln flogen plötzlich an Deck, so daß sie den Kurs schnell ändern mußten. Hatten die Polen schon Hela besetzt? Hatten sie womöglich auch schon die Weichselmündung gesperrt, daß die „Eva-Maria“ nicht mehr in den heimischen Hafen einfahren konnte?

Aber nein, Gott sei Dank, sie konnten noch ungefährdet an Neufahrwasser und Weichselmünde vorüber. Nun wurde von den Wachen am Ufer das Danziger Wappen am hohen Bug erkannt. Und wie ein Lauffeuer pflanzte es sich fort, von Mund zu Mund:

„Klaus Veldeke ist wieder da mit seiner Kogge!“

Wie ein kleiner leuchtender Vogel flog die Kunde

durch die ganze Stadt. Weckte ein tiefes Aufatmen und ein dankerfülltes Lächeln in dem zerfurchten und zersorgten Gesicht des Bürgermeisters. Weckte Jubel im ganzen Rat – bei Bürgerwehr und Söldnern. Jeder meinte, das Geld aus Dänemark müsse nun helfen, den Sieg zu gewinnen!

Nun kam die Nachricht auch ins Veldekehaus geflogen. Frau Katharina fing fast an, ein bißchen stolz auf ihren Sohn zu werden. Sie trug ihr Doppelkinn noch einmal so hoch und erzählte es allen Nachbarn, was sie für eine vorzügliche Mutter sei. Bertie eilte zum Mottlauhafen, um alles zur Ankunft vorzubereiten. Nun ging Frau Katharina in die Küche, denn es sollte etwas Gutes gebraten und gebacken werden.

An Antje dachte keiner. Sie war auf dem obersten Boden, wo man so weit, weit über die Dächer von Danzig sehen konnte. Sie hatte Würzkräuter geordnet, die da oben in sauberen Bündeln zum Trocknen aufgehängt waren: Thymian und Salbei, Majoran und Zwiebeln und wie sie alle heißen. Der ganze Oberboden duftete danach, und sie pendelten im Luftzug der offenen Fenster hin und her. Antje stand auf einer Leiter und knüpfte neue Schnüre um die Balken. Der Luftzug hatte ihre rehbraunen Haare um die Schläfen zerzaust. Sie hörte die Stare vor ihren Kästen zwitschern und sah die goldenen Ringe der Frühlingssonne auf den dunklen, alten Balken. Eine Sehnsucht war in ihr, über die sie sich selber keine Rechenschaft geben konnte.

Da hörte sie das Rufen und Trappen im Hause. Das Türenschlagen und fröhliche Sprechen. Und als sie erstaunt und lauschend den Kopf hob, hörte sie deutlich den Namen „Klaus Veldeke“ und „Eva-Maria“.

Da wußte sie, daß das Schiff aus Dänemark angekommen war. Mit beiden Händen mußte sie sich an der Leiter festhalten, so sehr zitterten ihr plötzlich die Knie. Minutenlang stand sie regungslos wie erstarrt – dann stieg sie langsam herunter. Setzte sich auf die unterste Sprosse und stützte den Kopf in beide Hände.

Und all der Jammer und die grenzenlose Not, die sie den langen, furchtbaren Winter um ihn gelitten hatte, wurden in ihrer Seele wieder wach und fingen an, sie von neuem zu quälen. Was sollte sie tun? Gott, was sollte sie tun? Sie wollte sich wie ein Mäuslein verkriechen, im allertiefsten Kellerloch. Aber da hörte sie schon Frau Katharinas Stimme nach ihr rufen. Sie konnte nicht antworten. Die Kehle war ihr wie zugeschnürt. Sie taumelte hoch – griff sich an die Stirn – und warf noch einen langen Blick aus dem Bodenfenster zum blauen Himmel.

„Klaus Veldeke! Daß du nur wieder da bist – Klaus Veldeke! O, barmherziger Gott, ich danke dir!"

Und sie preßte die beiden gefalteten Hände gegen die Brust. Dann ging sie eine einzige Treppe hinunter. Unten auf der Diele waren viele Stimmen. Frau Katharina rief wieder nach ihr. Da stieg sie die zweite Treppe hinunter – und dann die dritte und letzte.

Aber ihr Schritt wurde langsamer – und sie mußte sich wieder am Geländer festhalten.

Unten auf der Diele stand Klaus Veldeke, den Hut in der Hand, die blonden Haare zerweht, die hohen, schweren Wasserstiefel noch an den Füßen – einen Geruch von Teer in allen Kleidern. Und das Gesicht so braun, so braun von Wind und Sonne – und die Augen wie blauer Stahl.

Er hörte nicht, was die anderen alle um ihn her schwatzten und fragten. Er sah nicht die Gaffer, die durch die offene Haustür von der Gasse her starrten und den heimgekehrten Seefahrer bewundern wollten, auf den Danzig schon voll Sehnsucht seit Wochen gewartet hatte. Das sah und hörte er alles nicht mehr. Seine Augen sahen nur das Mädchen, das da so zögernd und langsam die Treppe herunterkam, das so gewachsen war in diesem einen Winter, und das im Gesicht so schmal geworden war.

Er riß sich zusammen, weil so viele Augen auf ihn sahen, und ging ihr in aller Form entgegen. Nahm ihre zitternde, eiskalte Hand an die Lippen und sagte:

„Gott zum Gruß, Antje Borcke."

Sie schlug die Augen groß und voll zu ihm auf und erwiderte leise:

„Gott zum Gruß, Klaus Veldeke."

Er zuckte zusammen. So wußte sie schon, wer er war? Wußte alles? Ach, wenn er sie doch jetzt alleine sprechen könnte! Aber sie ließen ihn nicht allein.

Antje mußte Frau Katharina in die Küche folgen, um für den Heimgekommenen alles schön herzurichten. Und abends waren Gäste vom Rat geladen, die den Geldbringer feiern wollten.

Es wurde sehr spät, und manches Fäßlein Wein mußte dran glauben. Antje saß im hellen Festkleid zwischen den anderen, und die gelben Kerzen warfen einen lichten Schein auf ihre rehbraunen Haare. Sie nippte nur am Glas, und ihre Wangen röteten sich kaum. Immer wieder suchte Klaus Veldeke nach einer Gelegenheit, sie allein zu sprechen. Aber immer waren zu viele Menschen um sie her, und immer wieder sollte er von seiner Fahrt über die Ostsee erzählen.

Bis die Nacht kam, eine laue, lautlose Frühlingsnacht – und endlich bei Mondenschein, alle Gäste auseinandergingen. Frau Katharina und Antje waren schon früher in ihre Schlafzimmer hinaufgegangen. In der Nacht hatte Antje lange, lange nicht einschlafen können.

*

Am anderen Tag ging Klaus Veldeke sehr früh zum Bürgermeister und blieb lange auf dem Rathaus. Beim Mittagessen sprachen sie nur von den Polen und von dem Verlangen des Danziger Volkes, bei Dirschau energisch gegen die Truppen vorzugehen. Aus Empörung über die Überfälle in Werder. Aber die Regierung sowie die Obersten und Hauptleute waren dagegen, weil es nur ein unnötiges Blutvergießen bedeutet hätte. Lieber wollte man warten, bis die Polen zum zweiten Male zur Belagerung Danzigs heranrückten. Nicht vorher in kleinen Plänkeleien kostbare Kraft und kostbares Blut verlieren. Alle Räte hatten dieselbe Ansicht. Aber die Wut unter den Bürgern war so groß, daß sie kaum mehr zu halten waren.

Nach dem Essen hielt Frau Katharina ihr Mittagsschläfchen, wie immer, während Bertie ins Kontor hinunterging. Diese Stunde hatte Klaus Veldeke herbeigesehnt, um endlich mit Antje unter vier Augen sprechen zu können. Er begriff nicht, warum sie ihm so scheu aus dem Wege ging.

Jetzt saß sie in Frau Katharinas Wohnzimmer ganz allein am Spinnrad, als Klaus Veldeke eintrat. Er zog leise die Tür hinter sich ins Schloß und atmete ein wenig schwer. Dann sah er sie an und fand wieder, daß sie blaß und schmal geworden war. Die Nachmittagssonne flimmerte auf ihrem Haar und langsam ging er zu ihr hinüber.

„Antje, du hast gestern Klaus Veldeke zu mir gesagt? So weißt du alles?"

Sie wollte antworten, aber sie konnte nicht. Ihre Hände zitterten so sehr, daß sie den Faden fallen ließ. Da schob er mit seinem Fuß das Rad beiseite.

„Antje, Kind – süße Antje – nun weißt du, warum ich dir damals noch nichts sagen durfte. Obwohl mir das Herz oft so voll war."

Er faßte nach ihren Händen, die eiskalt in den seinen lagen.

„Warum siehst du mich nicht an, Antje? Warum bist du so ohne Leben heute? Hast du dich nicht ein wenig gefreut, daß ich gesund wieder heimgekommen bin? Oder hast du Furcht vor mir – jetzt, wo du sicher weißt, daß ich dein Verlobter bin? Sieh, damals hast du mehr Vertrauen zu mir gehabt. Hast mir immer alles gesagt."

Er beugte sich tief zu ihr hinunter und suchte ihren Blick. Und da hob sie ihre Augen zu ihm auf. O, so tief, so traurig!

„Damals habe ich großes Vertrauen zu Euch gehabt, Klaus Veldeke. Weil ich noch nicht wußte, daß Ihr mich für einen Monat an Euren Bruder verpfändet hattet."

Er prallte zurück – ließ ihre Hände fahren und wurde fahl im Gesicht.

„Verpfändet? O Gott, Antje – wie kannst du so etwas sagen? Verpfändet? Nein, nein, das habe ich nicht getan – das hatte ich bei Gott nicht gewollt!"

Ihr Gesicht war weiß und starr wie zuvor.

„Das habt Ihr doch getan, Klaus Veldeke. Wie Ihr es auch drehen und wenden möget: Verpfändet wie ein armes Tier – wie ein Stück Hausrat."

Er schrie auf.

„Antje, bei Gott, das kann ich nicht hören! Das ist eine furchtbare Anklage. Laß dir doch alles erklären. Sieh, ich war in großer Not, in großer Bedrängnis – ich –"

Er suchte nach Worten. Aber sie schnitt ihm die Rede ab.

„Und wenn ein Mann in der höchsten Bedrängnis ist, so achtet er die Ehre eines Mädchens höher als seine Bedrängnis. Mein Vater hat mich voll Vertrauen ziehen lassen, obwohl ich so jung und unbekannt hier war. Einen ganzen Monat lang hat man mit mir gespielt und mich betrogen. Hat zugesehen, wie ich die größten Qualen litt, und hat nicht den Mut gehabt, mir die Wahrheit zu sagen."

„Antje, sei barmherzig! Ich durfte es ja nicht! Ich hatte ja Bertie mein Wort gegeben. Ehe ich dich kannte – ehe ich dich zum ersten Mal sah. Ach, wenn du ahntest, wie sehr ich die ganze lange Zeit darunter gelitten habe! Und wie meine Seele auf dich gewartet hat – gejubelt hat nach dir! Tag um Tag – Nacht um Nacht! Ich habe jenes törichte Versprechen, das ich damals so unüberlegt gegeben habe – schon schwer und bitter büßen müssen. Frage Bertie, wie ich ihn beschworen habe, mir mein Wort vor der Abfahrt zurückzugeben. Er hat es nicht gewollt."

Sie sah an ihm vorüber und sagte leise:

„Meine Qual war so groß, daß ich wieder heim nach Leba wollte. Daß ich unten am Mottlauhafen gestanden habe, in Wind und Regen, um in das graue und tiefe Wasser zu springen. So weit hattet Ihr mich mit Euerm Scherz getrieben. Nur die Glocken von St. Marien haben mich wieder zurückgerufen. So groß war meine Not, Klaus Veldeke."

Er stand erschüttert da, und begriff sein Tun von damals jetzt selber nicht mehr. Er kniete vor ihr nieder und beugte in Demut den blonden Kopf.

„Vergib mir, Antje. Ich habe schwer an dir gesündigt. O Gott, mein Leben wollte ich geben, könnte ich rückgängig machen, was ich damals tat. Ich tat's im Unverstand, Antje. Hatte nur Gedanken für Danzig und mein heißes Arbeiten für die Stadt. O, vergib mir!"

Sein Kopf lag auf ihren Händen, die im Schoß ruhten. Ach, wenn sie jetzt ihre Hand heben würde und sie zart auf seinen Kopf legte. Ach, wenn jetzt ein warmes Licht in ihre fernen, müden Augen käme! Ach, wenn jetzt ein Wort voll Güte und verstehendem Verzeihen über ihre weißen Lippen ginge! Er hob den Kopf und sah sie an.

„Antje!"

O Gott, wo waren die Rosen von ihren Wangen geblieben und die lachende Sonne in ihren rehbraunen Augen? Hatte sein Tun sie zum Steinbild gemacht, wie die granitnen Grabplatten da unten um St. Marien?

„Antje, sage mir ein gutes Wort – ein einziges!"

Sie hob ihre Hände und preßte sie an die Schläfen.

„Ich kann nicht, Klaus Veldeke. Ihr habt etwas in mir zerbrochen, das so licht und rein und gläubig war. Das war mein Vertrauen zu Euch."

Schwer hob er sich von den Knien. Schwer und breit stand er vor ihr.

„Antje, meine Liebe zu dir soll größer sein als alles andere. Meine Liebe soll dich wieder herausheben aus

Furcht und Zweifel und Mißtrauen. Aber ich will dich nicht damit quälen. Ich will nun gehen und dich wieder allein lassen. Ich hatte mir unser Wiedersehen so ganz anders gedacht, Antje, so ganz, ganz anders."

Er ging zur Tür. Wie zögernd. Als warte er darauf, noch einmal zurückgerufen zu werden. Als er den Türgriff in der Hand hielt, drehte er sich um, und sah sie lange und tief an.

„Ich komme nun erst dann wieder zu dir, wenn du mich selber rufst, Antje. Denn ich will dir keine Last und Qual sein. Bei Gott, nein – Antje – das will ich nicht!"

Und er ging hinaus.

Antje saß regungslos. Es war auch kein Tropfen Blut mehr in ihrem Gesicht. Als er gegangen war, wollte sie die Arme heben – wollte sie aufspringen und ihm nach. Aber sie sank zusammen. Ganz tief – ganz klein. Und sie fürchtete sich selber vor dem Stolz der Borcke, der in ihr wach geworden war.

*

Sternklar und traumtief wurden jetzt die Frühlingsnächte. Jedesmal voll neuer Wunder. Wunder vom Wachsen, Werden und Keimen.

Und jeden Morgen stieg mit segnenden, goldenen Händen ein neuer, strahlender Frühlingstag über Danzig empor. Und wie alle Jahre quollen die Fliederknospen an den alten Büschen längs der Stadtmauer, und leise und zaghaft begannen die Frösche ihr erstes Konzert im schwarzen Wallgraben jenseits der Mauer und weiter unten an den sumpfigen Ufern der Mottlau, wo sie aus der Niederung kommt.

Im großen Packhof des Veldekehauses stand auch ein Fliederbusch. Er stand da so recht geschützt in der Ecke, zwischen Wohnhaus und Pferdestall, und die Aprilsonne schien fast den ganzen Tag auf ihn nieder, so daß seine Knospen schon kurz vor dem Aufbrechen waren. Jeden Tag schlüpfte Antje zu ihm hinunter und sah nach, ob er denn immer noch nicht aufgeblüht war. Und sie dachte an die vielen, vielen Fliederbüsche daheim im Burggarten zu Leba. Vor Antjes Fenster stand auch ein Kastanienbaum. Aber er reichte mit seinen Zweigen nicht bis ganz hinauf. Sie mußte sich weit hinausbeugen, um seine großen, klebrigen Knospen deutlich sehen zu können. Und sie sehnte sich nach dem Tag, wo die braunen, blanken Hüllen springen, und feine, grünbehaarte Hände sich mit tastenden Fingern in die Sonne recken würden.

Still und ruhig lebten Antje Borcke und Klaus Veldeke nebeneinander. Sie sahen sich wenig, denn der Ratsherr war fast den ganzen Tag in der Stadt bei der Bürgerwehr beschäftigt. Kam auch selten noch pünktlich zu den Mahlzeiten und aß meist für sich allein, wenn die anderen schon lange fertig waren.

Antje fühlte es deutlich, daß er ihr bewußt aus dem Wege ging, und es war eine unendliche Einsamkeit in ihrer Seele. Sie wußte, es stand in ihrer Macht und Kraft, mit einem einzigen Wörtlein alles zu ändern. Und sie wußte auch und fühlte es täglich, wie er danach hungerte. Und sie war oft nahe – o so nahe daran, zu ihm zu gehen und zu sagen:

„Klaus Veldeke, laß alles wieder gut und licht sein zwischen uns. Weil wir doch beide nicht leben können, wenn eins am andern vorübergeht. Weil unsere Seelen verkümmern müssen, wenn sie getrennt sind."

Wenn sie seinen Schritt draußen auf der Treppe hörte, ging ihr Herz in raschen Schlägen, und ihre Wangen glühten. Und wenn er dann ins Zimmer kam, mußte sie immer ihren Kopf tief, tief über die Arbeit in ihrem Schoß beugen, damit er nicht den lichten Glanz in ihren Augen entdeckte.

Aber dann – plötzlich – wenn sie schon aufspringen und ihm entgegenlaufen wollte – hielt etwas Unsichtbares sie gepackt und riß sie zurück. Es war der jahrhundertealte Stolz der Borcke. Der keinen Flecken noch Makel auf seiner Ehre duldete. Und dieser Stolz konnte sich aufbäumen – so wild, so hart, daß er alles andere niederriß. Er sprach auch zu ihr, in schlaflosen Nächten:

„Sei stolz und denke daran, wer du bist. Sei kein schwaches Weib, das wegen seines Herzens alles andere vergißt! Zertritt dein Herz und denke daran, daß er dich einst verpfändet hat. Das heißt: einem anderen preisgegeben. Dich und deinen reinen Glauben belogen. Dich erbarmungslos in tiefster Not gelassen! Vergiß das nie, Antje Borcke!"

So sang der Stolz. Sie wühlte ihr heißes Gesicht in die Kissen und weinte bitterlich. Draußen aber lag die Frühlingsnacht mondhell über den spitzen Dächern.

*

Und dann kam der 16. April, jener Tag, an dem die gesamte Streitmacht von Danzig, nämlich 3000 Mann und etwa 7000 Bürger, ausrückten, um die Polen zu schlagen.

Sie zogen zum Liebschauer See, westlich von Dirschau, wo die Polen Aufstellung genommen hatten. Das Volk von Danzig hatte es so gewollt, in heißer Empörung über den Feind. Aber gegen den besonnenen Rat der Regierung. Es riß ihnen allen im Blut und in den Fäusten, sie konnten die stete Drangsalierung im Werder nicht mehr mit ansehen. Und so marschierte denn der unabsehbare Zug im Morgengrauen dieses knospenden Frühlingstages durch die Straßen von Danzig. Als die Sonne aufging, spiegelte sie sich in Rüstungen und Helmen, in Lanzen und Schwertern. In Reih und Glied marschierten die Männer durch die alten, wuchtigen Tore.

Hell leuchteten die weißen Kreuze auf rotem Feld im Wappen von Danzig und trutzig schauten die beiden Löwen nach Dirschau hinüber, von wo das Unheil drohte. Aus allen Fenstern schauten und winkten Frauen und Kinder, und riefen den Männern einen jubelnden Gruß zu.

Antje war schon mit der Sonne und den Vögeln erwacht, und nichts mehr konnte sie in ihrem Zimmer aufhalten.

Da kam ihr auf der Diele Klaus Veldeke entgegen, vom Kopf bis zu den Füßen in seiner Rüstung, mit Helm und Schwert. Ein frohes Blitzen lag in seinen Augen, weil die Tat ihn wieder rief. Weil es endlich zu Kampf und Entscheidung gehen sollte.

„Nun wirst du wieder froher werden, Antje, denn nun bin ich dir für längere Zeit aus den Augen. Wir machen heute einen Ausfall. Wahrscheinlich bis nach Dirschau hinunter."

Er reichte ihr die Hand.

„Leb wohl, Antje, und vergiß, was ich dir tat. Es hat mich bitter gereut, und ich wollte, du hättest mir vergeben, ehe ich in den Kampf gehe."

Sie legte ihre Rechte in die seine und sah ihn nicht an.

„Lebt wohl, Klaus Veldeke, und kommt gesund zurück."

Er hielt ihre Hand fest:

„Für wen, Antje?"

„Für Danzig, das stolz auf Euch ist."

„Nur für Danzig, Antje?"

Wieder war der Kampf in ihr. Aber er hatte heute keine Zeit zu warten. Draußen schmetterten die Hörner. Da ließ er ihre Hand los, straffte sich und sagte kalt:

„Du hast recht, Danzig braucht mich. Sonst niemand. Ich war ein Narr. Jeder ist ein Narr, der sein Herz an eine Frau hängt. Der Tag und Nacht nichts anderes denkt, als an diese Frau. Der einmal gemeint hat, als er einsam draußen auf der salzigen See fuhr, es schlage ihm ein Herz entgegen, in reiner Liebe. Ich weiß nicht, warum du so mit mir spielst, Antje. Ich habe mich versündigt, Gott sei's geklagt. Aber ich bat in Demut um Vergebung für mein törichtes Tun. Du hast meine Bitte nicht gehört. Du willst sie nicht hören. Dann ist es ja besser, wenn der Feind mich trifft. Hier im Veldekehaus hält ohnehin niemand viel von mir."

Sprachs und ging rasch zur Tür. Schwang sich draußen auf seinen Rappen und trabte die Straße hinunter.

*

Nun waren die Fliederbüsche an der alten Stadtmauer und in der düsteren Ecke vom Packhof am Veldekehaus aufgebrochen. Sie hatten die Knospen gesprengt und es war ein Duften und Weben um die zitternden blauen und weißen Dolden. Die Kastanien hoben schneeweiß leuchtende Kerzen in den tiefblauen Frühlingshimmel, und von ihren höchsten Ästen zwitscherten und schnatterten die Stare ohne Unterbrechung von früh bis spät.

Auf dem Giebel des Pferdestalles flötete jeden Morgen, wenn die Sonne aufging, eine kleine, schwarze Amsel – und jeden Abend wieder, wenn die Nebel aus den Mottlauwiesen stiegen und der Turm der Marienkirche in Purpur glühte.

Dann lauschte Antje von ihrem stillen Fensterplatz hinaus und dachte an die vielen, vielen Amseln und Drosseln in Leba. Und hatte eine unbezwingliche Sehnsucht, einmal wieder daheim zu sein und über den See zu fahren. Denn noch nie in ihrem ganzen Leben hatte sie sich so einsam und verlassen gefühlt wie jetzt.

Und sie träumte von Klaus Veldekes gesunder Heimkehr – daß sie ihm froh und frisch entgegeneilen würde, ihm beide Hände hinstrecken und ihm sagen:

„Es ist alles wieder gut zwischen uns, Klaus! Ich habe dir alles vergeben! Und es war töricht, daß ich dich so ziehen ließ."

Ach, hundertmal sagte sie es in ihrem Innern, und sie malte sich aus, wie er wohl heimkommen würde. Bekränzt mit Frühlingsblumen als lachender Sieger, ganz Danzig ihm zujubelnd – ihm und all den andern, die in stolzer Übermacht gegen den ahnungslosen Feind ausgezogen waren. Mit viel Beute würden sie heimkehren – mit Waffen und Geschützen. Und es würde plötzlich so hell und froh im Veldekehaus werden wie noch nie.

Nun konnte es ja auch nicht mehr lange dauern. Dirschau war ja schnell erreicht, und der Kampf würde kurz sein. – O, diese Frühlingsnächte, die so geheimnisvoll und lebendig waren! Wo ein Duften aus aller Erde emporstieg, als reckten sich unsichtbare, ungeborene Blüten und tasteten suchend in ein unbekanntes Leben hinein. Um den blühenden Kastanienbaum summten am Tage die Bienen, und abends segelten lautlos die ersten Fledermäuse um seine Äste und um den Giebel.

Frau Katharina hatte den Frühjahrsputz angeordnet, und im Packhof hingen Federbetten und Teppiche zum Auslüften über den Stangen. In den Gassen und an den Fenstern sah man frohe geschäftige Frauen, die mit Kuchenblechen hantierten, und alles zur Heimkehr der ausgezogenen Krieger richteten. Die Frühlingssonne meinte es so gut, daß es ordentlich heiß war, und am alten Wallgraben blühten schon die Veilchen. Der erste Storch kreiste über dem Tor, und die Kinder, die ihn in den Gassen zuerst entdeckt hatten, jubelten laut. Es war ein großes Aufatmen überall nach dem langen, bangen und bösen Winter, wo man geduckt einhergegangen war unter der unsichtbaren Faust, die einen Tag und Nacht bedrohte. Nun würde wohl alle Not bald ein Ende haben, wenn die 10 000 Mann siegreich wieder heimkehrten!

Immer stärker wurde das Duften des jungen Frühlings – immer goldener leuchtete die Sonne vom Aufgang bis zum Niedergang. Die Mädchen saßen abends auf den Steinbänken neben dem Beischlag und flochten Kränze für die Heimkehrenden. Für den Herzallerliebsten banden sie Fliederblüten und schneeweiße Narzissen mit hinein. Dazu sangen sie alte Marienlieder.

An so einem verträumten, linden Frühlingsabend war es, als die letzten Sonnenstrahlen den Turm der Marienkirche rotgelb malten und die schwarzen Amseln um die Wette von den spitzen Giebeln flöteten – als das Abendläuten auf allen Türmen verklungen war und weiße Nebel von den Mottlauwiesen stiegen – als man noch zu einem Schwätzchen mit der Nachbarin auf der Gasse beisammen stand und sich nicht entschließen konnte, ins Haus zu gehen – an solch einem Abend war es, als vom Dirschauer Tor her ein einzelner Mann geritten kam, in Schweiß und Blut gebadet – mit hängenden Zügeln. In seinem angstverzerrten Gesicht war so ein großes Entsetzen, daß man todblaß wurde, wenn man nur hineinsah.

Er stand in den Bügeln seines abgehetzten Pferdes und schrie es allen zu, die es hören wollten:

„Draußen am Liebschauer See, da liegen sie alle in ihrem Blut – eure Söhne und Brüder und Männer! Polen hat uns geschlagen – völlig geschlagen! Am zweiten Tage westlich von Dirschau. Die noch haben fliehen können, folgten mir zurück. Nehmt Eure großen Kränze für hunderte von Totenbahren, Ihr Frauen von Danzig!“

So ritt er durch die Gassen und ließ Entsetzen zurück, wohin er kam. Wie ein plötzlich aufgescheuchter Bienenschwarm hasteten alle durcheinander. Liefen vor die Tore und schauten, ob die anderen noch nicht kämen!

Und dann kamen sie! Zu Pferde – zu Fuß – geschleppt und gestützt von den Kameraden. Zu Tode erschöpft – ermattet – gejagt. Und sie berichteten mit zuckenden Lippen von den ungeheuren Verlusten. 2500 Tote und 800 Gefangene! Ungezählte irrten noch durch die Wälder von Bankau, wo sie von den Bauern der Umgebung verfolgt und totgeschlagen wurden. Die Frauen standen mit starren Augen und konnten es nicht fassen.

Wie kam das nur? O Gott, wie kam das nur? Die Polen hatten am Liebschauer See, westlich von Dirschau, eine sehr günstige Stellung eingenommen, und die Danziger über einen schmalen Damm gelockt, so daß sie ihre Übermacht nicht entwickeln konnten. Mann für Mann wurden sie niedergemacht, bis die Bürger und Söldner von Danzig in wilder Flucht zurückfluten mußten.

O, der Tränen und Klagen in Danzig! O, der duftenden Blütenkränze, die zertreten und unbeachtet an den Beischlägen liegen blieben – benetzt vom roten Blut der vielen, vielen Verwundeten. Die Ratsherren waren wie gelähmt. Denn das hatten sie nicht erwartet – das nicht!

Bräute rangen die Hände und suchten und suchten nach dem geliebten Angesicht, das nicht zwischen den Verwundeten war. Mütter durchbrachen die Reihen und fragten die blutbespritzten, bärtigen Männer nach dem jungen Sohn, der so frohgemut und siegesgewiß vor drei Tagen mit hinausgeritten war. Aber man zuckte die Achseln und wandte sich ab. Wo noch eine Frau ihren Mann fand, und ein Kind den Vater, da war des Lobens und Dankens kein Ende.

Und als die Frühlingsnacht über Danzig sank, brannten in allen Kirchen die Lichter am Hochaltar, und weinende Frauen knieten im tiefen Gestühl und beteten für die armen Seelen der Gefallenen.

Am Dirschauer Tor stand Antje. Sie hatte schon Stunde um Stunde so gestanden. Sie hatte alle vorbeikommen sehen – die Hunderte und Aberhunderte. – Die noch aufrecht und gerade gehen konnten. – Die anderen, denen das Blut über die Wangen lief, oder denen der Arm ausgekugelt im Gelenk hing. – Oder die geschleppt wurden und getragen, weil eine Kugel ihnen das Bein zerrissen hatte. Sie hatte den grenzenlosen Jammer und das Elend gesehen und hatte zugegriffen und angepackt, wo es nötig war, hatte bündelweise Leinenverbände von Frau Katharina geholt, und den anderen Frauen geholfen, die vielen hundert Wunden zu verbinden.

Auf der großen Diele im Artushof wurde Stroh aufgeschüttet, und die Verletzten versorgt, so gut es ging. Hilfreiche Frauen brachten Wein und Brot für ihre Söldner, wuschen Blut ab und stützten müde Häupter, trösteten und vergaßen über der fremden Not ihr eigenes Leid in dieser furchtbaren Frühlingsnacht.

Es hatte wohl in dieser Nacht keine Frau in Danzig ihre Augen geschlossen. Sogar Frau Katharina hatte ihren Stolz und ihre Vornehmheit vergessen und half im Artushof. Es war fast Mitternacht, als sie endlich mit Antje zum Veldekehaus zurückkehrte.

Sie trippelte eilig, und ihre Stirn war voll Falten.

„Ob Klaus wohl inzwischen heimgekommen ist?"

Sie hastete den Beischlag hinauf und hob den schweren Klopfer. Dumpf dröhnte der Widerhall auf der großen, weiten Diele, wo nur das Mondlicht über das eichene Treppengeländer geisterte. Müde und traurig öffnete die Magd und schüttelte den Kopf.

„Es ist niemand gekommen, Frau. Und Herr Bertie ist vor einer Stunde zu Bett gegangen. Er meinte, es sei nun doch nichts mehr zu machen."

Frau Katharina klammerte sich an Antje, die hoch und schlank und sehr ruhig neben ihr stand.

„Hast du gehört, was die Verwundeten alles erzählten? Von dem furchtbaren Treiben und Hetzen in den Sümpfen und Wäldern von Bankau? Und keiner konnte mir sagen, wo Klaus geblieben ist – ob Klaus gefallen oder geflohen ist."

Antje stützte sie und sagte fest:

„Ich bringe Euch jetzt zu Bett, Frau Katharina, und hole Euch ein Glas Wein. Viele Männer können auch noch im Dunkeln versprengt sein und sich vor dem Feind versteckt halten. Stunde um Stunde kommen noch etliche durch die Tore, die vor Erschöpfung mit den anderen nicht Schritt halten konnten. So kann auch Euer Sohn noch unter den Nachzüglern sein."

„Er ist immer bei den Vordersten gewesen, Antje. Es sieht ihm so gar nicht ähnlich."

„Wir müssen warten und Geduld haben, Frau Katharina. Ich bringe Euch nun nach oben."

Antje führte die zitternde Frau in ihr Schlafzimmer, brachte sie zu Bett und gab ihr starken Wein als beruhigenden Schlaftrunk. Dann blieb sie an dem riesigen, geblümten Himmelbett sitzen, bis Frau Katharina eingeschlafen war, und ging dann leise hinaus.

Sie stieg die Treppe hinunter, bis sie auf der großen Diele stand, tastete sich im matten Schein des Mondes zur Haustür und lauschte. Aber draußen auf der Gasse war es still geworden. Danzig hatte seinen ungeheuren Schmerz hineingetragen in die stillen Häuser, in die

Stuben und Kammern, die mit Frühlingsgrün geschmückt waren und nach frischgebackenem Kuchen dufteten. In den meisten Häusern war noch Licht. Wo ein Schwerverwundeter lag oder ein Sterbender.

Antje setzte sich auf die unterste Stufe der großen Eichentreppe, legte die Hände um die Knie und wartete. Ja, worauf wartete sie?

Daß Klaus Veldeke endlich heimkam. Denn er mußte ja kommen. Er konnte doch nicht so von ihr gehen, wo sie ihm kein gutes Wort zum Abschied gegeben hatte. Wo sie so kühl und fremd mit ihm war, während ihre Seele brannte. Und sie hatte das Recht, weich und liebreich zu ihm zu sein, denn er gehörte ihr doch! War sie nicht seine Braut vor Gott und den Menschen?

Sie stützte die Ellbogen auf die Knie und legte ihr Gesicht in die Hände. Und sah mit großen, wachen Augen hinaus in die Nacht.

„Du darfst nicht so von mir gehen, Klaus – o, du darfst nicht! Ich habe ja so viel, so viel noch gutzumachen an dir!"

Und heiße Tränen stiegen ihr langsam in die Augen, und trübten ihr den Blick. Ach, warum war das arme törichte Herz nur immer so ein trotziges und verzagtes Ding? Warum mußte man immer und immer auf sein Recht pochen und konnte nicht vergessen und vergeben in seiner Seele tiefster Tiefe. Bis dann plötzlich und unangemeldet die Stunde kam, wo es zu allem zu spät war. Wo man mit vollem Herzen und vollen Händen stand und geben wollte – alles – alles, – aber es war niemand da, die viele Liebe zu nehmen, die man so lange und so ängstlich zurückgehalten hatte.

Das Mondlicht rückte weiter, bis Antje selber ganz umgeben war von der weißen Flut. Sie hörte die große

Uhr von der Marienkirche schlagen. Mitternacht war längst vorüber, aber sie wartete noch immer. Könnte es nicht sein wie damals, als er von Oliva zurückkam? Im Morgengrauen, als noch die Schatten der Nacht auf Dächern und Gassen lagen? Es war ihr, als höre sie wieder jenes dumpfe Pochen an der eichenen Tür und dann ihr eigenes, eiliges Huschen auf nackten Füßen all die vielen Treppen hinunter. Und damit sie heute nacht gleich bereit ist, war sie gar nicht erst zu Bett gegangen. O Gott, nein! Sie mußte ja sofort für ihn da sein, wenn er verwundet heimkam wie damals.

Wie es in den alten Schränken und oben auf der Treppe knackte. Bange Gemüter hätten Angst bekommen vor Gespenstern, oder was sonst noch in stiller Nacht umgehen mochte. Waren es die Geister der alten Veldeke, die nicht von ihrem düsteren, winkligen Haus lassen konnten, in dem sie einst geschaltet und gewaltet hatten? Antje war es, als höre sie überall leise schlurfende Schritte, aber sie hatte sich wohl geirrt. Unhörbar glitt das Mondlicht weiter über die ganze Diele. Und über dem Warten war Antje eingeschlafen.

Der Ruf der Amsel auf dem Dachfirst und der erste Sonnenstrahl weckten sie. Sie fühlte sich zerschlagen an allen Gliedern und fror. Sie hörte die Mägde in der Küche hantieren und lief hinüber, um sich am Herdfeuer ein wenig aufzuwärmen. Als sie einen Becher heiße Milch getrunken hatte, wurde ihr besser.

„Laßt Frau Katharina schlafen und seid leise. Sie ist gestern abend spät zur Ruhe gekommen. Wenn sie nach mir fragen sollte, ich gehe hinüber zum Artushof, um bei den Verwundeten zu helfen.“

Antje trank den zweiten, heißen Becher leer und stieg nach oben in ihr Zimmer, um sich frisch zu machen. Sie wusch ihre müden, heißen Augen und kämmte sich ihr langes, rehbraunes Haar. Flocht es zu zwei schweren Zöpfen und legte sich ein wärmendes Tuch um die Schultern. Leise sieg sie die Treppe wieder hinunter und schlüpfte aus der Haustür.

Ein traumhaft schöner, goldklarer Frühlingsmorgen umfing sie draußen. Jauchzend schossen die ersten Schwalben pfeilschnell an ihr vorüber. Der dunkle Turm von St. Marien trug eine Krone von Purpur. In den Gassen war schon Leben, trotz der so frühen Morgenstunde.

Versprengte Reiter auf todmüden Pferden kamen langsam und vereinzelt zurück. Verwundete, die sich noch retten konnten, humpelten mühselig mit Stöcken oder zerbrochenen Lanzen an den Häuserreihen entlang. Antje musterte alle und war erschrocken über das Elend, das sie heute wieder sah. Im Artushof waren die Frauen von Danzig auf ihrem Posten. Sie verbanden, linderten und trösteten, wo immer einer ihrer Hilfe bedurfte. Antje sah, daß sie hier überflüssig war.

Sie hatte alle zerschlagenen Angesichter gesehen, die da nebeneinander auf dem blutgetränkten Stroh lagen. Sie hatte ihr Stöhnen gehört – ihr Fluchen und Beten und Röcheln.

Aber sie hatte kein bekanntes Gesicht darunter gesehen – schon gestern abend nicht. Und sie hatte doch so sehr, so sehr danach geforscht. Nun ging sie langsam auf die Straße zurück. Höher stieg die goldstrahlende Sonne. Lauter jubelten die Vögel auf den Dachfirsten und in der blauklaren Luft. Sie ging jetzt schneller. Bis zum Dirschauer Tor, wo die Wachen verschärft wurden, aus Furcht vor den nachstürmenden Polen. Hier hatte sie gestern abend gestanden mit all den anderen vielen, vielen Frauen, und hatte dem langen furchtbaren Zug entgegengestarrt, der finster und verstört mit zerbrochenen Schwertern heimkam. Heute stand sie wieder an derselben Stelle. Das dunkle Tuch fest um die Schultern gebunden, die langen, schweren Zöpfe im Nacken. Mit den weichen Haaren um ihre Schläfen spielte der Frühlingswind. Sie hatte sich gegen die Mauer gedrückt und starrte nur immer auf das Tor. Andere aus der Stadt kamen und drängten vorüber. Fragten und bestürmten die Wachen. Die zuckten die Achseln und schüttelten die Köpfe. Sie konnten ja auch nicht wissen, wie es draußen am Liebschauer See und in den Wäldern von Bankau aussah. Nein, das konnten sie nicht. Auch nicht, wie viele da noch umherirrten und in Sumpf und Moor verfolgt wurden.

Die Wachen gingen am Stadttor auf und ab, die Hellebarde über der Schulter. Im dunklen Wasser des Wallgrabens spiegelten sich die großen, schneeweißen Frühlingswolken. Und ein süßer Duft eben erblühter Veilchen kam von den Grabenhängen her. Über dem moosigen Tor kreiste das Storchenpaar und suchte sein altes Reisignest vom letzten Jahr.

Von St. Marien weinte die Totenglocke in den Frühlingstag hinein.

„Es fehlen noch so viele, so viele" – sagte eine der Frauen.

„Aber es kommen auch noch manche heim, die man schon beweint hat", meinte die andere. „So der Jost Brinzinger und der Veit Häverling, die man schon tot glaubte. Sie klopften heut in der Morgenfrühe ganz erschöpft, voll Blut und Morast, an ihre Türen. Und ihre Frauen wußten nicht, was sie tun sollten vor Freude."

Die andere nickte.

„Es kommen noch jede Stunde welche an. Wenn nicht durch dieses Tor, so durch ein anderes. Sie sind von den Polen arg versprengt worden."

Antje zuckte zusammen, sah sich nach allen Seiten um und hastete wieder davon. O, während sie hier stand, war Klaus vielleicht schon auf einem anderen Wege daheim angekommen. Und fragte womöglich nach ihr.

Sie flog zurück, daß ihre Füße kaum noch den Boden berührten. Stand endlich atemlos am Veldekehaus und wollte den Klopfer heben. Aber da sah sie, daß die Tür nur angelehnt war. In diesen Tagen war alles anders als sonst. Wer hätte früher die Tür am Veldekehaus je offen gefunden?

Sie ging hinein – sah sich um – horchte das hohe, hallende Treppenhaus hinauf. War da nicht irgendwo Freude – Schluchzen – Dank? Aber es war nichts – nichts. Es blieb alles still. Nur in der Küche die gewohnten Stimmen und das Klappern der Herdringe. Antje ging hinüber und öffnete die Küchentür.

„Ist niemand heimgekommen?"

Die Mägde schüttelten traurig den Kopf. Antje lehnte sekundenlang gegen den Türpfosten.

„Und Frau Katharina?"

„Die schläft noch. Wir haben sie nicht gestört."

„Und Herr Bertie?"

„Er wird in die Stadt gegangen sein, wenn er nicht im Kontor ist."

Da hörte sie Frau Katharina oben rufen.

„Ich gehe hinauf", sagte Antje.

„Wir müssen dann wohl auch das Mittagessen richten. Es ist Zeit."

Und sie stieg ein wenig mühsam die vielen Stufen nach oben.

*

Wieder war ein Tag vorüber, und die Abendschatten stiegen leise mit den Nebeln aus den Mottlauwiesen.

Bertie hatte beim Mittagessen von der grausigen Schlacht am Liebschauer See erzählt, wie es ihm heimkehrende Söldner berichtet hatten. Die Polen hatten ihre Gegner auf einen schmalen Damm gelockt und sie Mann für Mann niedergemetzelt, obwohl die Danziger in der Übermacht waren. Nur der Rest konnte sich durch die Flucht retten.

Nun hatte Antje unentwegt das furchtbare Bild von den eingeschlossenen und umzingelten Danzigern vor Augen, die sich mit zerbrochenem Schwert auf Gnade und Ungnade ergeben mußten, weil ihr Wagemut zu kühn gewesen war. Sie wagte es nicht, bei Tisch den Gedanken auszusprechen, der doch alle beschäftigte:

„Wo ist Klaus? Was wurde aus ihm, den ich ohne herzlichen Abschied ziehen ließ?"

Nun war der Abend gesunken, und das Lied der Drosseln verstummte. Alle waren zur Ruhe gegangen in ihre Zimmer. Antje stand an ihrem Fenster und ihre Augen kreisten wie aufgescheuchte Dohlen um St. Marien. Dann kniete sie am Betpult und wollte beten, aber sie konnte die Worte und die Gedanken nicht finden. Es war eine so große Todestraurigkeit in ihr, daß sie sich nicht zu helfen wußte.

Als der Mond aufging, schlüpfte sie aus ihrem Zimmer, die Bodentreppe hinauf. Dort oben auf dem Boden stand eine alte, wurmstichige Truhe, in der abgetragene Knabenkleidung aus früheren Jahren von Klaus und Bertie lag. Sie suchte sich eine Hose, eine Jacke und eine dunkle Lederkappe heraus. Sie wollte aus dem Stadttor hinaus und zwischen die rauhen Söldner, das ging viel besser, wenn sie sich als Knabe verkleidete. Auch war sie so nicht behindert beim Laufen und Rennen, beim Klettern und Spähen. Sie schob die langen, dicken Zöpfe mühsam unter die Lederkappe und zog sich um.

Still und weiß lag das Mondlicht auf den Straßen, als sie aus der Haustür trat. Am Stadttor ließ man sie ungehindert durch, denn es waren schon viele losgegangen, um ihre Angehörigen zu suchen. Und man fand den Weg nach Dirschau gut, weil auf ihm gar so viel Leid geschah – weil zerbrochene Waffen und hingeworfenes Gepäck der Söldner ihn bezeichneten.

Der Mond war untergegangen und die Nacht wurde dunkel. Die große Heerstraße lag einsam und verlassen, und kein menschliches Wesen war mehr zu sehen. Der Wald hob sich auf beiden Seiten des Wegs, und durch die kahlen Kronen geigte ein klagender Wind. Immer weiter hastete Antje – die großen, angstvollen Augen nach vorne gerichtet, wo das Schlachtfeld liegen mußte – das große. Oft stockte ihr Fuß, weil sie meinte, es sei ein Gefallener, der vor ihr läge! Aber dann war es nur ein alter, morscher Baumstamm, der ihr den Weg versperren wollte. Oder ein dumpfes Stöhnen drang von fern durch den Nachtwind zu ihr herüber, daß es sie jäh aufhorchen, und ihr Herz erzittern ließ.

Aber sie durfte keine Angst haben – sie durfte nicht! Denn sie mußte ihn ja suchen – o Gott – suchen – suchen – wenn ihr auch die Füße vom weiten Weg brannten. Denn sie mußte ihm ja sagen, wie sie ihn liebte! Wie sie ihn liebte! Und daß sie ihren Stolz und ihr törichtes Gekränktsein zerbrochen hatte, weil all diese winzigen Menschendinge so klein und erbärmlich sind, wenn einer am Tor des Todes vorübergeht. Sie preßte beide Hände gegen die Brust.

O, Klaus Veldeke, du darfst nicht wieder so traurige Augen machen! O, Klaus Veldeke, du darfst nicht wieder so wie das letztemal von mir gehen. Wo du meintest, es sei im Veldekehaus keiner auf deiner Seite. Wo du einsam und ganz verlassen in die grausige Schlacht ziehen mußtest! Und niemand die Arme um deinen Hals gelegt und deine braunen Wangen gestreichelt hatte. Niemand noch einmal das Zeichen des heiligen Kreuzes über deinem Haupt gemacht und deine Seele Gott befohlen hatte. Nur an mich habe ich gedacht und meine eigene Not. Nur an mich und meinen eigensinnigen Stolz. Der nicht auf all die guten Worte hören wollte, die du mir gabst.

O, Klaus Veldeke, wo bist du? Ihre Seele klagte es fort und fort, und ihre Augen gingen groß und weit über Wald und Heide. Da fern, fern am Horizont glühte es rot. War das das Lager der Polen? Oder brennende Dörfer, die der Feind in Brand gesteckt hatte?

Sie blieb stehen und lauschte. Aber es war alles still. Nur der Nachtwind sang im trockenen Riedgras, und in den knospenden Baumkronen träumte der Frühling vom kommenden Tag. Antje begann zu frieren, denn die alten Knabenkleider waren löchrig und dünn. Aber sie hastete weiter – nur weiter.

*

Frau Katharina, die eben aus dem Keller kam, den rasselnden Schlüsselbund neben der steifgestärkten Schürze über dem behäbigen Leib, schrie laut auf, als sie aus der Dunkelheit der Kellertreppe in das helle Tageslicht der großen Diele trat.

Denn da stand Klaus Veldeke! Hoch und breitspurig, als wäre nichts geschehen. Sie schlug beide Hände zusammen und griff sich an den Kopf.

„Bist du's, Klaus, oder dein Geist?"

Tief und ruhig klang seine Stimme:

„Ich bin es selber, Frau Mutter. Und Ihr braucht nicht so erschrecken vor mir. Ich mußte mich mit etlichen anderen Danzigern solange in den Wäldern verstecken, bis die Polen unsere Spur verloren hatten und wieder abgezogen waren. Deshalb bin ich drei Tage später heimgekommen, als all die anderen. Hab' großen Hunger, Frau Mutter, denn in den Wäldern von Bankau gab's nichts zu essen außer Eicheln und Kastanien vom vorigen Jahr."

Jetzt erst sah Frau Katharina, wie zerzaust und zerrissen seine Kleider waren und wie tief und umschattet ihm die Augen in den Höhlen lagen. Sie ging eilend mit ihm nach oben und brachte ihm selber Brot und Speck, Schinken und Bier. Dabei strich sie ihm verstohlen mit ihrer weißen Hand über die Wange und atmete tief.

„Ich hab' mich sehr gesorgt um dich, Klaus."

Und sie setzte sich neben ihn an den schweren Eichentisch und legte ihm auf. Er aß wie ein Verhungernder und sprach nur wenig. Es tat ihm wohl, daß die strenge Frau Mutter so milde und freundlich mit ihm war. Und er merkte darüber nicht, daß ihr Gesicht immer noch bedrückt war, und sie etwas vor ihm zu verbergen schien. Endlich schob er den leeren Teller beiseite und lehnte sich zurück.

„Es ist ein schwerer Schlag für Danzig, daß es so kommen mußte, Mutter. Aber wir vom Rat haben immer gewarnt und zur Vorsicht gemahnt. Doch die Bürger waren ja nicht mehr zu halten. Aber sei es wie es sei, Danzig wetzt die Scharte wieder aus – da bin ich sicher. Nun wird Stephan Bathory wohl bald kommen und uns von neuem belagern."

Klaus Veldeke erhob sich langsam.

„Jetzt muß ich erst ein Bad nehmen und andere Kleider anziehen. Vorher kann ich niemand unter die Augen treten."

Er sah sich suchend um und sagte dann ein wenig stockend:

„Wo ist Antje?"

Frau Katharina wurde sehr verlegen. Sie machte sich an ihrem Schlüsselbund zu schaffen und senkte den Kopf.

Dann sagte sie zögernd – fast ein wenig änstlich:

„Antje ist seit gestern nicht mehr aufzufinden."

Klaus Veldeke starrte sie an.

So, als hätte er nicht recht verstanden.

„Nicht aufzufinden? Beim heiligen Michael, Frau Mutter, wie soll ich das verstehen?"

Frau Katharina nickte und rang die Hände. Dann sagte sie weinerlich:

„Alles, alles haben wir schon abgesucht und durchforscht nach ihr! Als sie gestern morgen nicht zum Frühstück herunterkam, schickte ich die Bärbel, um sie zu wecken. Aber die kam wieder und sagte, daß das Zimmer leer sei und Antjes Bett noch unberührt. Wir konnten es uns nicht erklären und meinten, sie sei vielleicht im Artushof, um dort die Verwundeten zu pflegen. Ich schickte die Mägde hierhin und dorthin, aber niemand hatte sie gesehen."

Klaus Veldekes Atem ging in heißen und kurzen Stößen.

„Und das sagt Ihr mir jetzt erst, Frau Mutter? Wo ich in aller Ruhe hier am Tisch gesessen und meinen Hunger gestillt habe, als wäre nichts geschehen? Hat denn keiner eine Ahnung, wo sie sein kann? Sollte ihr gar etwas zugestoßen sein in dieser wilden Zeit?"

Frau Katharina legte den Kopf auf die Seite und dachte nach.

„Der Bertie meint, sie habe sich so bekümmert, weil du nicht mehr heimgekommen bist. Und sie sei wohl losgegangen, um dich zu suchen, so wie es viele Frauen hier aus der Stadt getan haben, die ihre Liebsten vermissten."

Klaus Veldeke preßte die Hände gegen die Stirn und rührte sich nicht. Dann sagte er leise:

„Mich ist sie nicht suchen gegangen, Frau Mutter. Denn sie ist böse auf mich, weil ich sie einst verpfändet habe, wie sie sagt. Sie wird nach Leba zurückgegangen sein, ihr Denken und Trachten stand nur immer nach der Heimat. Und sie hat mich oft gebeten, sie wieder heimzulassen."

Frau Katharina nickte.

„Das meine ich auch, Klaus. Mich bat sie auch schon einmal darum. Aber ich verstehe nicht, wie sie so heimlich auf und davon gehen konnte in diesen wilden Zeiten, wo alle Straßen voll Unsicherheit sind."

Klaus Veldeke reckte sich. Griff nach seinem zerbeulten Helm und atmete schwer.

„So muß ich ihr nach. Damit ich sie vor allem Unheil beschützen kann. Sie ist ja fast noch ein Kind und kennt die Gefahren nicht. O Gott, wie weit wird sie zu Fuß gekommen sein? Und so allein? Richtet mir bitte rasch ein Bad, Frau Mutter, und bringt mir saubere Kleider. Ich reite noch heute abend nach Leba."

Sie sah ihn entsetzt an.

„Wo die Polen rings um die Stadt stehen? Wo alle Wege voll Todesgefahr sind?"

„Gerade darum, Frau Mutter. Weil ich doch Antje Borcke jetzt nicht allein lassen kann."

Frau Katharina wiegte zweifelnd den Kopf.

„Und wenn sie nun gar nicht auf dem Weg nach Leba ist?"

Er preßte die Lippen zusammen.

„Dann gnade uns Gott, Frau Mutter! Denn wir haben die Verantwortung für ihr junges Leben!"

Mit hartem Schritt ging er aus der Tür.

*

Es war eine Stunde später. Klaus Veldeke stand in neuer Rüstung in seinem Zimmer. Noch einmal prüfte er Schwert und Gurtmesser. Dann schnallte er den Helm fest. Denn er wußte, daß jeder Ritt außerhalb der Tore Danzigs ein Todesritt war. Aber was scherte ihn das?

Barmherziger Gott! War nicht in all dem Graus und Wirrwarr da draußen das Mädchen? Ohne Schutz –

ohne Waffen – ohne Begleitung? Der Schweiß trat ihm auf die Stirn, und seine Hände zitterten, als er die Schnallen schloß.

Wie wollte sie nur alleine den Weg nach Leba zurückfinden durch den unbekannten dunklen Wald? Konnte man nicht irre werden bei dem Gedanken, sie in dieser Zeit so mutterseelenallein zu wissen? O, heiliger Gott, wie mußte sie in ihrer Seele tiefstem Stolz getroffen sein, daß sie so bei Nacht aus seinem Haus geflohen war! Und er hatte es verschuldet – er ganz allein! Durch sein unseliges Verhalten damals im Herbst. Nun war sie ihm verloren für alle Zeit! Denn wenn auch ihre Hände ineinandergelegt wurden und sie übers Jahr seinen Namen führen mußte – ihre Seele war ihm für alle Zeit entglitten.

Durch seine Schuld – durch seine Schuld! Denn hatte ihr junges, reines Herz nicht erst so großes Vertrauen zu ihm gehabt? War sie nicht mit aller ihrer Not zu ihm gekommen, wo sich doch sonst niemand um den wortkargen Klaus Veldeke kümmerte? O, wie war da seine Seele weit geworden und licht und voll Sonne!

Als wenn über einem knorrigen, einsamen Baum, der immer im Schatten stand, plötzlich die Wolken zerrissen und ein großes Licht voll Wärme auf ihn niederschien. Daß alle seine Säfte zu strömen begannen und er Knospen trieb, wo sonst nur kahles Geäst war.

Und diese Sonne war nicht erloschen in seiner Seele und hatte ihn begleitet, wo er ging und stand. Den ganzen langen, einsamen Winter hindurch, als er mit seiner Kogge durch die graue See fuhr und vor Kopenhagen kreuzte. O, was hatte er geträumt – geträumt von dem Wiedersehen!

Und dann war es so geworden! Alles so fern – so kühl – so stolz. Und seine braunen, harten Seemannsfäuste, die jetzt am Schwertgurt lagen, zitterten doch nach ihr in Sehnsucht und großer Not.

Ob sie schon in Leba war? Dann würde er voll Scham vor ihren Vater treten, und würde sagen:

„Ich gebe Euch Euer Wort zurück, Guntram Borcke. Denn ich bin Euerer Tochter nicht wert. Denn ich habe mit ihrer Ehre gespielt und sie für einen Monat einem anderen gelassen. Nun ist ihr das Veldekehaus zum Greuel und Schrecken geworden, und sie ist daraus geflohen in Nacht und Not!"

Klaus Veldeke ging ans Fenster und sah nach der Sonne. Sie war am Sinken, und er würde nun bald reiten können. Denn es mußte Abend sein, wenn er die Stadt verließ, sonst kam er nicht heil durch die feindlichen Linien.

Er stieg die breite Eichentreppe nach unten und wollte über den Packhof zum Pferdestall, um sein Pferd zu satteln. Die Abendsonne warf ihre letzten goldenen Strahlen in den Hof. Wieder ging ein leuchtender Frühlingstag müde zur Ruhe. Und die Amsel am Dachfirst sang ihn flötend in Schlaf. Der Fliederbusch an der Mauer war voll erblüht und strömte wundersame Düfte in den milden Abend.

War da draußen in den Sümpfen und Wäldern wirklich Krieg und Verfolgung und bitterstes Sterben von Freund und Feind? Ein stetes Zerstören von dem, was Gott geschaffen und in Herrlichkeit aufgebaut hatte?

Er stieß die Stalltür weit auf, daß die letzten Strahlen auch hier voll hereinströmen konnten. Die Pferde standen an ihren Raufen und schnoberten im Futter. Klaus Veldeke ging die Stallgasse lang, um seinen Rappen zu zäumen. Denn die Knechte waren alle draußen an den Stadtmauern und taten Dienst mit den Söldnern. Zwei lagen schwer verwundet von dem mißglückten Dirschauer Überfall vor drei Tagen im Artushof.

Als er zu seinem Rappen in den Stand biegen wollte, stutzte Klaus Veldeke. Denn sein Blick war auf die Futterkiste am Ende des Ganges gefallen.

Kniete da ein Fremder in der Dämmerung, und hatte den Kopf in beide Hände vergraben? Klaus Veldeke rief in herrisch an:

„Heda, wer bist du? Und was tust du hier?"

Der andere schnellte hoch, stand steil und kerzengerade an der weißen Kalkwand, und sah mit großen, großen, ungläubigen Augen zu Klaus Veldeke hinüber. Und sagte mit einer Stimme, in der ein Jauchzen ohne alle Maßen war:

„So bist du wirklich da, Klaus Veldeke?"

Er griff sich an seinen Helm – griff in den Schwertgurt, als müsse alles zerreißen, und stand dann wie gebannt – als hätte er eine Vision. Dann streckte er die Arme – aber ohne einen Schritt vorwärts zu tun – als fürchte er, sie zu berühren.

„Antje! – O Gott im Himmel – Antje! –"

Sie löste sich langsam aus ihrer Erstarrung, und in ihrem weißen Gesicht war ein Leuchten. So kam sie auf ihn zu und hob ihre Hände.

„O, daß du da bist, Klaus Veldeke! Ich habe dich so sehr gesucht!"

Er tastete nach einem Halt.

„Du hast mich gesucht, Antje? Du bist nicht nach Leba geflohen, weil du einen bitteren Zorn auf mich hattest?"

Sie stand nun dicht vor ihm, hob ihre schmalen Hände zu seinem Gesicht hoch und streichelte mit großer Zartheit über seine braunen Wangen.

„Ich war töricht, Klaus, vergib mir! Und ich habe so schwer gelitten, weil ich dich in Zorn und Stolz von mir ließ. Da bin ich vergangene Nacht Richtung Dirschau gelaufen, um dich zu suchen. Weil ich dich in Not oder schwer verwundet glaubte. Und weil ich deine Spur nicht finden konnte, bin ich vor einer Stunde wieder heimgekehrt und traute mich nicht ins Haus."

Klaus Veldeke fühlte ihre zarten, süßen Hände an seinen Wangen. Sekundenlang mußte er die Augen schließen. Dann tasteten seine großen, braunen Fäuste nach ihr hin. So zart – so weich. Und er hob sie hoch. – Hob Antje Borcke hoch an sein Herz und schloß die eisernen Arme um sie.

„Antje – söte, söte Antje! Mich hast du in Not und Graus suchen wollen? Wegen mir bist du durch Nacht und Wind gegangen wie ein armer Bettler? Um mich hast du dich gesorgt und hast den Tod nicht gescheut?"

Er lachte und weinte. Und in seiner tiefen Stimme war ein Zittern. Er setzte sich auf die Futterkiste – aber er ließ sie nicht aus seinem Arm. Die Knabenkappe streifte er ihr vom Kopf, daß die rehbraunen, gelösten Haare sie wie ein Mantel umfluteten. Und dann bog er ihren Kopf zurück, mit zarter Hand, und preßte seinen durstigen Mund auf ihre süßen, süßen Lippen. Sie hatte beide Arme um seinen Hals gelegt, und in ihrem weißen Gesichtlein blühte es von frisch aufgegangenen Rosen. Sie hatten Zeit und Ewigkeit vergessen.

*

Er trug sie nach oben. Unsichtbare Hände wirkten Lichtfunken in die schwarze Samtdecke der Frühlingsnacht. Vom blühenden Flieder am Mäuerlein kam ein wundersüßes Duften. Sie hatte ihren Kopf an seine Schultern gelegt und sah mit großen, stillen Augen in sein Gesicht. In dies braune, herbe, kantige Angesicht, das Tag und Tag vor ihrer Seele gestanden hatte. Nach dem sie sich in Not und Weh verzehrt hatte, einen ganzen langen, bangen, einsamen Winter lang. Und dann senkten seine Augen sich tief in die ihren, und sie konnte sich nicht sattsehen an dem unaussprechlichen Leuchten, das aus ihnen herüberströmte von ihm zu ihr.

Sein Herz hörte sie schlagen, und sie wußte: Nun habe ich meine Heimat gefunden in Zeit und Ewigkeit! Und alles, was mir Sorgen machte und mich quälte, ist fortgewischt, seit ich nun an diesem Herzen ruhen darf. O, wie bin ich nun wohl geborgen, trotz Krieg und Not! Vater, mein Vater im fernen Leba drüben, wie ist dein Kind so voll Dank. Denn nun behütet er mich fortan selber, der Erzengel Michael von St. Marien!

So sang ihre Seele. Er aber trug sie höher und höher – alle vier eichenen Treppen des großen Veldekehauses hinauf – bis vor ihr Zimmer.

„Nun leg dich zur Ruhe, söte Antje! Denn du hast die letzten Nächte so wenig geschlafen. Ich will dir gleich die Mutter schicken mit einem Abendessen. Denn du bist schmal und blaß geworden in letzter Zeit."

Er beugte sich noch einmal zu ihr hinunter und küßte sie auf Mund und Augen. Dann verließ er sie.

Antje stand in ihrem Zimmer, als wäre sie im Traum. Dann fiel sie vor dem Betpult in die Knie und beugte tief den Kopf mit der braunen Haarflut. Ihr ganzes Sein und Wesen war nur noch ein stammelnder Dank.

Sie zog die Knabenkleider aus und ließ das kühle Wasser über ihren Körper rinnen. Kämmte und flocht die zerzauste Haarflut und schlüpfte müde in ihr großes, weißes Himmelbett. Bis sie Schritte auf der Treppe hörte und Frau Katharina mit einem Abendbrot kam. Sie hatte die strenge Ratsherrin noch nie so weich gesehen wie heute.

„Bleibe ruhig liegen, mein Kind. Klaus hat mir erzählt, was du für ihn getan hast. Daß deine Füße so wund wurden, daß du kaum mehr gehen konntest. Und wir meinten, du seiest nach Leba geflohen zu deinem Vater. Ich war schon sehr zornig über die Schande. Aber nun ist ja alles, alles gut, Antje!"

Als Antje der Ratsherrin gute Nacht gesagt hatte und wieder allein war, lag sie noch lange, lange wach. Die Hände auf der weißen Decke gefaltet – die großen Augen zum stillen Sternenhimmel gerichtet. Und die Frühlingsnacht sang:

„Klaus Veldeke! Klaus Veldeke!"

*

Maientage stiegen in unsagbarer Pracht und Schönheit auf. Aus Blau und Gold gewoben war der Himmel, und die Erde trug ein weiß und rosa Blütenkleid. Schwalben schossen jauchzend durch die flimmernde Luft, und in den Straßen und Gassen standen die Fenster weit geöffnet. Alle Winterschatten und grauen Nöte, die wie eine unsichtbare Last auf der Seele lagen und jede Schaffenslust hemmten, waren aus dem düsteren Veldekehaus gewichen. Auch hier hatte die Maisonne ihren siegreichen Einzug gehalten. Und Antje blühte auf in ihrem wärmenden Strahl.

Ihre Wangen waren wieder frisch und rosig geworden, und ihr Gang froh und leicht. Sie stürmte wohl nicht mehr so daher wie vor einem Jahr in Leba – als sie mit den Hunden und Pferden um die Wette lief und ihr kein Baum zu hoch – kein Kahn zu morsch war.

Es war eine große Ruhe und ein großer Friede über sie gekommen. Und wer ihr in die rehbraunen Augen sah, mußte an diesem Frieden teilhaben.

Antje Borcke hatte der Ratsherrin fast alle Hausarbeit abgenommen und schaffte von früh bis spät. Denn Frau Katharina fühlte sich allmählich alt, und das viele Treppensteigen fiel ihr immer schwerer. Sie saß am liebsten an ihrem Fensterplatz am Spinnrad und blickte von Zeit zu Zeit auf die Gasse, was die Leute dort machten.

Bertie ging Antje gern aus dem Wege und war viel im Kontor und in den Speichern beschäftigt, weil Klaus mit den neun Fähnlein, die zu je 16 Rotten und 500 Mann, worin die ganze wehrfähige Mannschaft von Danzig eingeteilt war, genug zu tun hatte. Er mußte auch oft im Rathaus und beim Bürgermeister sein. Denn die Polen wurden zum zweiten Male vor Danzig erwartet.

Wer Klaus Veldeke jetzt bei den Stadtmauern oder im Rathaus traf, der mußte sich über die große Veränderung wundern, die mit dem stillen und ernsten Mann vor sich gegangen war. Es war ein Leben und eine Kraft in ihm, wie nie zuvor. Und in seinen stählernen Augen stand dasselbe stille, tiefe Licht wie bei Antje. Das so rein und himmelwärts brannte, wie eines uralten Opferfeuers heilige Flamme. Das sein Leben und Tun verklärte, das einst so im Schatten lag.

Denn er wußte, wenn er nun ins Veldekehaus heimkam, dann war da ein leichter Schritt – eine geliebte Stimme – eine weiche, schmale Hand, die ihm die Sorgenfalten von der Stirn strich. Wenn er es irgend einrichten konnte, kam er jetzt auch immer pünktlich zu den Mahlzeiten und blieb an den schönen, langen Abenden zu Hause. Sie saßen dann am weit offenen Fenster im Wohnzimmer und lauschten in den sinkenden Tag hinaus. Während der Turm der Marienkirche in Gold gebadet lag und ein Schwalbenpaar unterm Dachfirst des Pferdestalles seine Jungen fütterte. Denn es war nun mittlerweile Juni geworden, und die Nächte blieben klar und hell.

Auch heute war wieder so ein wunderschöner Abend, Antje hatte ihr Spinnrad dicht ans offene Fenster gerückt und ließ den Faden durch die Finger gleiten. Frau Katharina war noch in der Küche beschäftigt, und man hörte deutlich ihr lautes Sprechen von der offenen Diele herauf.

Immer wieder sah Antje zur alten Turmuhr empor und beugte sich dann weit aus dem Fenster, um die Gasse hinabzuspähen. Sie wurde fast ein wenig unruhig, denn alle hatten schon zu Abend gegessen, nur Klaus war immer noch nicht da. Das Zimmer wurde ihr zu eng, und sie wollte am liebsten hinaus ins Freie. Vor die Stadt – vor die Tore – wo einst die schönen Gärten waren. Die fehlten ihr jetzt im Sommer so ganz besonders. Aber sie hatte Klaus versprechen müssen, nie mehr allein vor die Stadt zu gehen. Denn dort wimmelte es von Söldnern und Mannschaften, und der ganze Umkreis war ein ödes, weites Brachfeld, wo die Rotten und Fähnlein übten und harte Kommandoworte schallten, die wenig hineinpassen wollten in all die blühende Junipracht ringsum. Manchmal hatte Klaus Veldeke sie auf die Wälle und Befestigungen mitgenommen und ihr alles gezeigt und erklärt.

„Denn du sollst auch mit diesen Dingen Bescheid wissen und brauchst nicht unwissend dabeistehen, wenn die Männer von der Verteidigung ihrer Vaterstadt reden."

So hatte sie neben ihm auf der breiten Mauer am Stockturm gestanden und ins weite Land hinausgesehen, wo die Wälder sich bis nach Oliva hin erstreckten.

„Wenn kein Krieg mehr ist, Klaus, dann gehen wir miteinander auch einmal durch den schönen, grünen Eichenwald drüben. Das habe ich mir schon lange gewünscht."

Er griff nach ihrer Hand und preßte sie fest.

„Wenn kein Krieg mehr ist! Wann wird das sein, Antje?"

Daran mußte sie denken, als sie nun so allein und wartend am Fenster saß und in den stillen, milden Abend hinausträumte. Da hörte sie Schritte und lief die Treppe hinunter, um die Haustür aufzureißen.

„O, Klaus, es ist heute spät geworden. Ich habe dein Essen warm gestellt."

Sie standen unten auf der großen Diele voreinander, und er legte beide Hände weich auf ihre Schultern. Still sah er ihr in die Augen und atmete tiefer.

„Daß ich wieder bei dir bin, Antje! Daß ich wieder dein süßes Gesicht sehen darf und deine Liebe fühlen.

Es ist der Quell, aus dem ich jetzt alle meine Kraft schöpfe."

Er beugte sich tief und nahm ihren Kopf zwischen seine rauhen Hände. Ein süßes Lächeln war in ihrem Gesicht, und sie hielt ganz still. Bis ihre Lippen sich fanden in langem, innigem Kuß.

Da tönte Frau Katharinas Stimme von oben:

„Wenn ihr genügend Küsse ausgetauscht habt, denkt doch bitte an das Abendessen. Ich habe alles bereitgestellt."

Da mußte Antje lachen und sprang ihm voran, die Treppe hinauf. Als sie am Eßtisch saßen, und der Juniabend durch die offenen Fenster schaute, dröhnte plötzlich ein ungeheurer Schlag, der alle Fenster erzittern ließ.

Frau Katharina und Antje wurden blaß und sahen sich an. Da faßte Klaus Veldeke still nach Antjes Hand, die neben ihm auf dem Tischtuch lag, und sagte ernst und ruhig:

„Erschreckt nicht, ihr lieben Frauen. Aber Stephan Bathory ist heute wieder vor Danzig angerückt und sendet uns seinen ersten Gruß herüber."

Frau Katharina schrie auf:

„O, ihr Heiligen, wie wird es uns nun ergehen? Wo wir schon so viele wehrfähige Männer verloren haben?"

Klaus Veldeke nickte langsam vor sich hin.

„Es muß vielleicht noch mehr Blut fließen, bis es uns endlich gelungen sein wird, alle Angriffe abzuschlagen und sie ganz zu vertreiben. Sie sind jetzt mit einem Heer von 7000 Reitern und 4000 Mann zu Fuß herangerückt. Eigentlich wollten sie zuerst die Festung Weichselmünde angreifen. Aber nun ist nur der

Oberst Ernst von Weyher dorthin gezogen. Die Polen sind schon dabei, auf dem Bischofsberge Schanzen aufzuwerfen und die Beschießung zu eröffnen. Ich wußte es heute morgen schon."

Frau Katharina faßte sich an den Kopf.

„Und du hast uns nichts davon gesagt?"

„Wozu sollte ich Euch vor der Zeit in Angst versetzen, Frau Mutter? So etwas erfährt man immer noch früh genug."

Er beugte sich zu Antje hinüber, die still da saß.

„Und du, Antje? Hast du Furcht?"

Sie hob die Augen und sah ihm voll und klar ins Gesicht.

„Für mich habe ich keine Furcht, Klaus, aber wenn ich denke, daß du nun wieder an der Mauer Dienst tun mußt und daß sie Geschütze aufgefahren haben, und mit Stein- und Eisenkugeln schießen werden – so kommt mich doch eine Angst an, und ich möchte immer um dich sein – immer."

Sie griff nach seiner Linken und hob sie gegen ihre Wange. Da strich er mit der Rechten über ihr Haar.

„Furcht tut nichts Gutes, kleine Antje. Und es kommt doch alles, wie es kommen soll. Der Feind hat gedroht, daß er noch diesen Sommer mit Danzig ein Ende machen will. Er wird sich die Zähne an unseren festen Mauern ausbeißen. Und nun macht nicht so bekümmerte Gesichter, ihr Frauen. Es lebe Danzig!"

Er hob lächelnd seinen Humpen und leerte ihn bis zur Neige. Da zitterten abermals die Wände, und eine Feuerkugel fuhr zischend in das Nachbarhaus.

Das war am 13. Juni 1577.

*

Nach und nach gewöhnte sich Danzig an die schwerfälligen Steinkugeln der Feinde, die keinen großen Schaden anrichten konnten. Denn meist flogen sie zu hoch und über die Stadt hinweg, nur der Stockturm und die gegenüberliegenden Befestigungen mußten von der Bürgerwehr mit Sandsäcken geschützt werden. Deshalb bewegten sich die Bürger auch allmählich wieder ruhig in den Straßen und machten sich nicht viel aus der planlosen Beschießung.

Der Hauptmann Klaus von Ungern wurde sogar so übermütig, daß er von seinen Leuten eine riesige Strohpuppe an einer langen Stange hin und her tragen ließ, genau da, wo am heftigsten geschossen wurde. Und abends ließ er mehrere Trompeter auf dem Wall blasen und brachte dem Polenkönig höhnend ein Schlaflied dar.

So ging der Juni vorüber, und in den Männern von Danzig wuchs die Ungeduld und Kampfeslust, und sie konnten es bald nicht mehr ertragen, so untätig still sitzen zu müssen. Und auch Antje wurde das Stillsitzen schwer, wenn sie abends oft lange alleine war.

Auch heute wartete sie wieder auf Klaus Veldekes Heimkehr. Er kam schon früher, als sie erwartet hatte, und seine Augen brannten. Sie sah es gleich, daß ihm etwas Neues, Frohes begegnet war, und es zuckte ihr durch den Sinn, ob die Polen wohl wieder im Abziehen begriffen seien. Da setzte er sich auf die Bank und legte den Arm um ihre Schultern.

„Nein, meine söte Antje, daran denkt der Pole noch gar nicht. Aber wir haben etwas Gutes geplant, das heute nacht vor sich gehen soll."

Sie sah ihn sorgenvoll an.

„Heute nacht? O, Klaus, doch nicht wieder einen

Ausfall, der mißglücken könnte, wie der letzte nach Dirschau?"

Er lächelte.

„Ist meine Antje jetzt auch so ängstlich geworden wie die Mutter? Mein Mädchen war doch sonst immer so voll Mut und Tapferkeit! Wir fahren heute nacht mit Klaus von Ungern und 1000 Mann im Schutze der Dunkelheit in 50 Kähnen die Weichsel hinunter, um vor der Weichselmünde die Truppen des Obersten von Weyher zu überfallen. Die Polen feiern dort heute nacht ein großes Fest mit vielen adligen Besuchern aus der Umgebung. Da werden sie bald betrunken sein und wir können sie dann leicht überrumpeln."

Antje legte den Kopf gegen seine Schulter und sagte kein Wort. Aber er fühlte, daß sie in Sorge war. Da nahm er ihre Hand und sagte ernst:

„Du bist nun Bürgerin der großen und freien Stadt Danzig. Und ihre Freiheit muß dir höher stehen als alles in der Welt. Auch als dein eigenes Glück und deine Sicherheit, Antje. Sieh, wir Männer, die wir im Kampfe stehen, brauchen Frauen, die stark und selbstvergessen sind. Die uns nicht das Herz schwer machen mit Verzagtheit und ängstlichen Sorgen. Es ist ein Gott im Himmel, der für uns alle sorgt. Den sollen wir allzeit walten lassen. Und wenn er uns im Kampf um die Heimat das Liebste nimmt, dann hat es so sein sollen."

Sie hatte den Kopf tief gesenkt, als er sprach. Und jedes seiner Worte wurde in ihrer Seele mit großem Ernst und heiligem Willen aufgenommen. Es war ein Stolz in ihr, daß er so sprach und daß sie bald dieses Mannes Ehefrau werden sollte.

Er küßte sie auf die Stirn. Ihre Augen trafen sich klar und rein, und es war ein heiliges Gelöbnis in ihren

Seelen. Durch die breiten Blätter des alten Baumes schimmerte der Abendstern, und von St. Marien winkte heimatlich der dunkle Turm herüber. Da fiel alle Furcht von ihrer Seele, und ein starkes, gläubiges Vertrauen wuchs in ihr.

Eine Stunde später ging Klaus Veldeke zum Mottlauhafen hinunter, wo die fünfzig Kähne warteten.

*

Still und warm war die Sommernacht. Leise gurgelnd plätscherte das Wasser gegen das Holzwerk der Schiffe. Wie schwarze Schatten zogen die Bäume und Schanzen am Ufer vorüber. In Weichselmünde feierte der polnische Oberst Ernst von Weyher ein großes Fest. Lachen und Becherklirren tönten weit in die Nacht hinaus. Niemand paßte auf, was außerhalb des Lagers vor sich ging. Auch die Wachen waren allmählich so betrunken geworden, daß sie schon vor Mitternacht in tiefem Schlaf lagen.

Wie ein Sturm fielen die 1000 Danziger über alles her, was ihnen in den Weg kam. Der Oberst von Weyher, nur mit einem Hemd bekleidet, rettete sich ins Dunkel der Nacht. 14 Geschütze, die in Weyhers Verschanzungen waren, wurden in die Stadt gebracht oder vernichtet.

Als Stephan Bathory von diesem nächtlichen Überfall hörte, packte ihn ein unbändiger Zorn. Sofort schickte er 3000 Reiter zur Hilfe nach Weichselmünde, aber die Danziger waren längst wieder fort.

In der Mittagsstunde des nächsten Tages stand Klaus

Veldeke wieder vor Antje. In seinen Augen war ein Lachen, und er riß sie glücklich an seine Brust.

„War es nun so schlimm, kleine Antje? Ein überraschender Angriff, der nur eine Nacht dauerte.

Nach diesem nächtlichen Überfall auf Weichselmünde setzte eine wütende Beschießung von Seiten der Polen ein. Es sollte des Königs Rache sein. Die Kugeln flogen jetzt gezielter als am Anfang, und trafen nicht nur die Kirchen, sondern auch viele der hohen, spitzgiebeligen Wohnhäuser.

Antje durfte nicht mehr unter ihrem geliebten Baum im Hof sitzen, es war zu gefährlich geworden. Auch auf die Gasse sollten die Frauen nicht mehr, Klaus Veldeke hatte es verboten. Dabei wurde der Sommer immer schöner und heißer, und Antje kam sich vor wie in einem Gefängnis.

Tag und Nacht donnerten die Kanonen über die Stadt, immerzu mußten die Bürger wegen Feuersgefahr auf der Hut sein. Überall gab es zu löschen und keimende Brände zu ersticken, denn der Sommer war sehr heiß und trocken. Lebensmittel wurden knapp in Danzig, und die Bürger mußten oft Streifzüge in die Umgebung unternehmen, ja sogar bis nach Dirschau hinunter – um sich mit Nahrung zu versorgen. Viel armes Bettelvolk zog durch die Gassen und bat ausgehungert um Brot.

Ein Schrei der Entrüstung ging durch die Stadt, als der König von Polen die Wasserkunst vor dem Hohen Tor anzünden ließ. Dadurch wurde aber auch für ihn selbst der Wassermangel so schlimm, daß er sich nicht mehr halten konnte. Denn in den Verschanzungen wurde die Wassersnot bei der Hitze unerträglich, und böse Krankheiten entstanden im polnischen Lager.

Und endlich am 15. Juli gab der König die Belagerung auf und führte seine Truppen ins kleine und große Werder. An diesem Tag lag eine schwelende Hitze über Danzig, und die Luft über den Dächern zitterte in der Sonnenglut der Mittagsstunde. Welk und schlaff hingen die Blätter von den Bäumen, und eine große Staubschicht lag auf Türmen und Mauerwerk.

Von der Stadtmauer her kam Klaus Veldeke, das pulvergeschwärzte Hemd weit offen über der braungebrannten Brust. Rüstung und Helm hatten bei dieser Juliglut alle längst abgelegt, und Menschen und Tiere sahen zum Himmel und lechzten nur nach Regen. Aber stahlblau und wolkenlos lachte der Himmel auf die durstende Erde nieder, die um Danzig herum zertreten und zerstampft war. Kein Acker war bestellt, kein Feld stand in wogenden Halmen – kein Korn reifte der Ernte entgegen. Wer hatte bei Krieg und Belagerung Zeit dafür?

Nun siehe zu, Danzig, wie du deine Bürger satt machen kannst, auch im kommenden Winter!

Aber die Danziger waren frohgemut, denn der Feind war ja wieder im Abzug. Sie läuteten die Glocken von St. Marien, daß es weithin über alles Land schallte – ja bis auf die See hinaus.

Antje hörte das Glockenläuten in ihrem Zimmer und konnte es sich nicht erklären. Gratia Dei und Osanna jubelten um die Wette und riefen es über all die spitzen Dächer und verängsteten Menschenseelen:

„Der Friede ist da. Der Friede ist da!"

Da hörte Antje ihren Namen rufen. Als sie nach unten ging, stand da froh und breitspurig Klaus Veldeke.

„Faß mich nicht an, söte Antje, denn ich bin voll Schweiß und Pulverruß. Und sehe eher aus wie ein

Waffenschmied, als ein Ratsherr. Ich wollte dir und der Frau Mutter die frohe Nachricht bringen, daß die Feinde wieder abziehen."

Antje schlug die Hände zusammen, und in ihre Augen kamen Tränen. Klaus Veldeke lachte über das ganze Gesicht und nickte ihr zu:

„Kleine, söte Antje! Du bist blaß und schmal geworden. Nun sage der Magd, daß sie mir schnell ein Bad einläßt. Nach dem Abendessen steigen wir miteinander den Turm von St. Marien hinauf, was ja schon immer dein großer Wunsch war. Nun ist keine Gefahr mehr da, und die Luft oben ist so rein und klar, daß man sie trinken möchte wie reinen Wein."

Groß und froh leuchteten Antjes rehbraune Augen, als sie zu Frau Katharina hinauflief, um ihr alles zu erzählen. Und auch Bertie, der ihr gerade in den Weg kam, teilte ihre Freude.

*

Wie konnte man nun endlich wieder spüren, daß Sommer war! Männer, Frauen und Kinder strömten durch die weit geöffneten Tore auf die grünen Wiesen hinaus! Vor allem die Kinder! Sie tollten und kugelten sich im Gras und pflückten sich die Fäuste voll Gänseblümchen und Unkraut, soviel sie nur greifen konnten. Es war noch kaum zu fassen, daß die lange Gefangenschaft in den engen Stadtmauern endlich ein Ende hatte.

Aber in den Schanzen und Befestigungen der Feinde sah es furchbar aus! Die große und wilde Verwüstung lag wie ein Kranz um Danzig. Alle Bürger wurden zu Aufräumungsarbeiten herangezogen, die zerschossenen Anlagen von Weichselmünde wurden ausgebessert und verstärkt. Täglich mußten sich viele Bürger daran beteiligen. Aber Danzig war wohlgemut. Denn dänische Unterstützung an Geld, Munition und Geschützen trafen ein.

Als Antje davon hörte – beim Mittagessen im Veldekehaus sprachen die Männer darüber – sah sie erschrocken zu Klaus hinüber.

„Ich meinte, die Polen seien nun für immer abgezogen, Klaus? Soll denn dieser Krieg niemals ein Ende haben?"

Frau Katharina nickte.

„Ja, es ist ein schlimmes Leben! Und es scheint, daß wir nie mehr zur Ruhe kommen sollen. Was hat ein so junges Mädchen wie Antje in dieser Zeit von seinem Leben? Kein Tanz, keine Unterhaltung, keine Freude!"

Erschrocken sah Antje zu ihr hinüber.

„Nein, nein, Frau Katharina, wie könnt Ihr nur so sprechen? All diese Dinge brauche ich nicht. Ich habe nie viel danach gefragt. Nur deshalb ersehne ich den Frieden, daß die Männer endlich wieder zur Ruhe kommen, und jeder seiner Arbeit nachgehen kann."

Klaus Veldeke hielt den Becher in der Hand und sah tief hinein.

„Es ist so, wie du sagst, Antje. Aber wir müssen damit rechnen, daß der polnische König dennoch wiederkommt. Denn er wird nicht eher nachgeben, bis einer von uns am Boden liegt. Er oder Danzig! Und darum heißt es durchhalten bis zum letzten Mann."

Jetzt sah er zu Antje hinüber, und sein Blick wurde nachdenklich und weich.

„Ich habe schon die ganzen letzten Tage darüber nachgedacht, Antje, ob es nicht besser ist, wenn ich dich jetzt rasch nach Leba bringe, wo du in größerer Sicherheit bist. Der Weg nach Westen ist frei. Und wenn die Polen nun zum drittenmal kommen, wird es für Danzig so schwer und hart werden, wie noch nie."

Frau Katharina und Bertie waren schon aufgestanden, und an ihre Arbeit gegangen, während die beiden allein blieben.

Sekundenlang flog es wie ein Schein über Antjes junges Gesicht. Sie sollte Leba wiedersehen? Und den Vater und die Kinder? Und die Burg und den See, und das weite, weite Pommerland?

Klaus Veldeke war ans offene Fenster getreten, durch das die Sommersonne golden hereinflutete. Er hatte sich mit dem Rücken gegen die Fensterbank gelehnt und sah zu Antje hinüber. Und sah das Leuchten, das beim Gedanken an Leba sekundenlang über ihr Gesicht flog.

„Nicht wahr, du freust dich auf deine Familie? Ich bringe dich hin, gleich morgen in alle Frühe, solange es noch Zeit ist. Da hast du Freiheit und Wald und Blumen. Und brauchst nicht in so engen, heißen Mauern sitzen und Kanonen donnern hören."

Jetzt hob Antje die Augen und sah ihn an. Und ein feines Rot stieg ihr heiß in die Schläfen. Sie schüttelte langsam den Kopf.

„Und du, Klaus? Mußt du nicht auch hier in Mauern, Staub und Hitze aushalten? Ich sähe die Meinen gerne einmal wieder – Gott weiß es! Aber besser wohl ein andermal, wenn die Faust des Feindes nicht mehr so über Danzig liegt – wenn für immer Frieden ist."

Jetzt kam Klaus Veldeke zu ihr herüber und setzte

sich neben sie. Streichelte mit seiner großen, braunen Hand über ihren Kopf und sah ihr in die Augen.

„Du würdest wieder rote Wangen bekommen, Antje, wenn du dort bist. Denn in Leba ist frische, reine Luft, und du kannst Kahnfahren und im Burggarten sitzen."

Sie atmete schwer.

„Es wäre alles so sehr schön, Klaus. Aber du bist nicht dabei. Du bist solange hier in der bedrohten Stadt, und Tag und Nacht in Gefahr. Meinst du, dann hätte ich Ruhe und Freude?"

Wie ein Wetterleuchten ging es über sein Gesicht. Er nahm sie bei den Schultern.

„Was habe ich dir neulich vom Vertrauen und vom Mut der Frauen gesagt, Antje? Kraft sollst du sammeln für das, was kommt. Nicht ängstlich sein!"

Sie sah ihn voll an.

„Ich habe keine Angst, Klaus. Ich will nur dort sein, wo du bist. Weil wir beide jetzt zusammengehören, im Leben und im Tod."

Er preßte sie an sich, und sein Atem war heiß.

„Man redet im Rat und in der Stadt davon, daß es nicht mehr lange dauern wird, bis der polnische König mit großer Verstärkung zurückkommt. Und daß es dann bei ihm und uns um das Letzte gehen wird. Und wenn es so sein wird – Antje, daß kein Entrinnen mehr möglich ist – daß ich dem Tode noch einmal gegenüberstehen muß – willst du dann vor Gott und den Menschen meine Ehefrau sein – ehe auch das vereinbarte Jahr herum ist?"

Heiliger Ernst war in ihrem Gesicht und ein großes, stilles Leuchten.

„Ich will es, Klaus Veldeke. Vorm Altar zu St. Marien will ich deine Frau werden, wann es auch sei."

Er küßte sie auf die Augen.

„Und nun laß uns noch diese kurze Zeit des Friedens und der Ruhe ausnützen, Antje. Ich gehe zum Mottlauhafen hinunter, willst du mit?"

Sie lachte ihn an.

„Und ob ich will! Ich sage gleich Frau Katharina Bescheid, daß sie weiß, wo ich bin."

Eine Stunde später gingen Klaus Veldeke und Antje Borcke am Mottlauhafen entlang. Wie die Sonne auf den blaugrünen Wellen silbern glitzerte! Und wie die weißen und braunen Segel sich im warmen Sommerwind blähten! Am Hafen herrschte reges Leben, denn endlich konnte man wieder unbehelligt zum einträglichen Fischfang hinausfahren.

Sie gingen am Ufer entlang, und Antjes Augen konnten sich nicht sattsehen an dem farbenfrohen Sommerbild. Tief atmete sie die reine, herbe Salzluft ein, und frische Farben stiegen langsam in ihr blasses Gesicht.

Da kam von Weichselmünde, von der See her, – ein großes und schweres Schiff, das anders aussah als alle die übrigen. Es war ein wenig plump und breit gebaut, und vom Mast wehte eine rot-weiß-blaue Flagge. Klaus Veldeke stutzte und sah scharf hinüber.

„Da scheint ein Schiff aus der Heimat deiner Mutter zu kommen Antje. Sieh, – die Flagge von Holland: Rot-weiß-blau!"

Antje blieb stehen und klatschte vor Freude in die Hände.

„Ein wenig holländisch kann ich noch sprechen, Klaus. Ich möchte gerne mit ihnen ein paar Worte reden."

Das schwere Schiff fuhr langsamer und ging dann im

Mottlauhafen vor Anker. Antje zuliebe war Klaus wieder umgekehrt, obwohl er in Weichselmünde zu tun hatte. Aber sie sah mit so großen, neugierigen Augen dem niederländischen Schiff entgegen, daß er ihr die Freude nicht nehmen wollte.

Schwerfällig und breitbeinig stieg ein alter Seebär an Land, nachdem er vorher seinen Leuten noch Befehle erteilt hatte, wie sie das Schiff festmachen und gut verankern sollten. Nun kam der Holländer genau auf die beiden zu. Er hatte ein gutmütiges, feuerrotes, von einem schneeweißen Bart umrahmtes Gesicht. Die Holzschuhe und breiten, weißen Hosen kannte Antje gut von den Erzählungen ihrer Mutter her.

Jetzt sagte der Fremde in breitem, schwerfälligem Deutsch, denn ein weitgereister, richtiger Seebär muß alle Sprachen kennen:

„Gott zum Gruß der Stadt Danzig! Wo kann ich hier zum Ratsherrn Klaus Veldeke kommen?"

Er sprach den Namen etwas eigenartig aus. Aber sie hatten ihn doch beide deutlich verstanden und sahen sich erstaunt an.

„Klaus Veldeke bin ich selber. Habt ihr eine Botschaft für mich?"

Der Holländer schlug sich auf die Schenkel, daß es klatschte und lachte aus vollem Hals.

„Ihr Heiligen, da habt ihr's gut mit mir gemeint! Mich schickt Guntram Borcke aus Leba mit einer Botschaft an seine Tochter Antje. Ist wohl gar das feine Fräulein, das hier neben Euch steht?"

Klaus faßte den Seemann an beiden Händen und schüttelte ihn derb.

„So seid herzlich willkommen in Danzig und kommt gleich mit ins Veldekehaus."

Antje war bald rot, bald blaß geworden, und ihre Augen hingen an den Lippen des Seemanns.

„Geht es meinem Vater gut? Bitte, erzählt, – was machen alle Kinder und die Tante Dörte?"

Sie gingen miteinander zur Langgasse, den Holländer hatten sie in ihre Mitte genommen. Der schmunzelte über sein ganzes, breites Gesicht und erzählte:

„Ich komme jedes Jahr von Holland her in die Ostsee, wo ich Handelsbeziehungen habe. Dann mache ich oft einen Abstecher nach Leba. Aber nun war ich schon viele Jahre nicht mehr dort, weil meine Base, die Eure Mutter war, liebwertes Fräulein, nicht mehr lebt. Als Kind habe ich Euch öfters dort gesehen. Und Ihr habt eine große Ähnlichkeit mit Eurer Mutter, je länger ich Euch ins Gesicht schaue. Vor einigen Tagen stattete ich Leba wieder einmal einen Besuch ab. Euer Vater erzählte mir alles, auch daß Ihr nun in Danzig seid. Und er hat mich gebeten, Euren Verlobten, den Ratsherrn Klaus Veldeke, aufzusuchen und ihn zu bitten, die Kampfespause jetzt zu nützen und Euch auf meinem Schiff nach Leba heimzusenden. Denn er meint, – und das meinen wir alle, – der Abzug der Polen sei nur eine Stille vor dem Sturm. Und er möchte sein Kind im sicheren Hafen wissen, bevor der Sturm erneut einsetzt. Bis bessere Zeiten kommen, und der Ratsherr sie sich wieder holen kann."

Sie hatten das Veldekehaus erreicht, und Klaus bat den Gast hinauf ins Wohnzimmer. Antje trug Wein und ein gutes Vesper auf, um den Onkel ihrer Mutter zu bewirten. Auch Frau Katharina kam, um den Fremden zu begrüßen. Antje setzte sich ihm gegenüber und sah ihm klar und fest in die wasserblauen Seemannsaugen.

„Bestellt meinem lieben Vater viele tausend Grüße von mir. Und daß ich immer an ihn denke, auch in der Ferne. Aber mein Platz ist jetzt in Danzig. Und wenn es wieder Sturm und Kampf gibt, – dann erst recht. Denn ich gehöre zu Klaus Veldeke, und wenn er in Not ist, darf ich nicht fort sein. Das wird auch mein Vater verstehen."

Sie hatte ernst und ruhig gesprochen, aber mit einer solchen Bestimmtheit, die keinen Widerspruch litt. Der alte Seebär schlug auf den Tisch.

„Ihr gefallt mir, Antje, und Eurem Vater wird Euer fester Wille gerade recht sein. Daran erkennt er, daß Euch Liebe und Treue höher stehen als Eure eigene Sicherheit. Ich werde ihm auf dem Heimweg alles ausrichten. Habe noch etliche Tage hier zu tun und Ware einzutauschen. Dann wende ich meinen Kurs wieder nach Westen. Und nun muß ich zu meinem Schiff zurück. Hab' keine Ruhe, wenn ich nicht die Planken unter meinen Füßen fühle und das Wasser am Holz rauschen höre."

*

In den ersten Augusttagen glutete Sonnenschein über den Türmen von Danzig. Schneeweiß kreisten die Möwen über dem blauen Wasser. Piter Grootje, der Holländer, war dabei, sein breites, plumpes Schiff wieder flottzumachen und den Mottlauhafen zu verlassen. Er hatte schon von Antje und den Veldekes Abschied genommen und stand nun breitspurig auf seinen knarrenden Planken und prüfte den Wind.

Die Sonne war eben aufgegangen und über dem Mottlauhafen lagen weiße Morgennebel.

Da kam das Ufer entlang von Weichselmünde her ein Reiter gesprengt. Er schrie in das Knarren der Ankerketten, die gerade hochgezogen wurden:

„Halt, ihr Leute! Es kann kein Schiff mehr nach Norden. Die Polen haben heute nacht die Weichselmündung gesperrt. Mit 17 000 Mann ist der König gekommen und hat bei Konradshammer ein Heerlager aufgeschlagen. Die Danziger Bürger in der Festung Weichselmünde haben mich geschickt, um Verstärkung zu holen!"

Rief's und ritt weiter in gestrecktem Galopp.

„Verflucht!" sagte Piter Grootje und spuckte in weitem Bogen über Bord, „da hätt' ich einen Tag früher fahren sollen. Na, wer weiß, wozu es gut ist! Klaus Veldeke sagte mir vor etlichen Tagen schon, daß ich bald fahren solle. Die Polen seien wieder im Anmarsch. Aber, daß sie sich so beeilen würden, – das hätt' ich nicht gedacht!"

So knurrte und schimpfte er noch ein Weilchen vor sich hin und schüttelte ärgerlich den Kopf.

Am 7. August war der König zum drittenmal gekommen. Mit ungeheurer Verstärkung. Doch er zog an der Stadt Danzig vorbei und schlug am Strand nördlich der Stadt auf dem linken Weichselufer ein festes Lager auf. Sein Plan war jetzt, Weichselmünde zu nehmen und dann von Norden her auf die Stadt vorzurücken. Der Oberst von Weyher ließ eine neue Schanze bauen – vom Bollwerk bis zum Sasgersee. Im vordersten Graben standen die Landsknechte mit ihren Büchsen, im hinteren lagen die ausgefüllten Schanzkörbe und zwischen ihnen die Geschütze.

*

Klaus Veldeke saß in seinem Arbeitszimmer am Schreibtisch. Seine Hand hatte es in der langen Kriegszeit fast verlernt, den Federkiel zu führen. Knirschend reihten sich die Buchstaben auf dem gelben Pergament. Seine Schriftzüge waren groß und kraftvoll, alle im Rat kannten sie. Es war später Abend. Ein leiser Schritt vor seiner Tür ließ ihn aufsehen. Über die Schwelle kam Antje, sie hatte einen Teller in der einen, den Becher Wein in der anderen Hand.

„Das schickt dir die Frau Mutter, Klaus. Du sollst Essen und Trinken nicht vergessen."

Sie stellte beides vor ihm auf den Arbeitstisch. Und er mußte an den Tag denken, als sie so scheu und befangen das erstemal hier zu ihm hereingekommen war. Er hatte ein Stück Papier über das Pergament gebreitet, an dem er gerade schrieb. Sie brauchte nicht zu sehen, daß es sein Testament war, denn sie könnte sonst erschrecken und sich unnötige Gedanken machen. So sah er fröhlich zu ihr auf und nickte ihr zu.

„Danke, daß du immer so treu für mich sorgst, söte Antje. Ich hab bis jetzt noch gar keinen Hunger verspürt."

Sie legte den Arm um seine Schulter und sagte mahnend:

„Du solltest schlafen gehen, Klaus – es ist schon spät. Du mußt müde sein von dem heißen Tag und dem steten Hin und Her."

Er lachte.

„Es hat mir Freude gemacht. Und am meisten das Verhalten unserer Besatzung in Weichselmünde. Es sind doch ganze Kerle – unsere Danziger! Als das Pfahlwerk um die Festung brannte, und die Besatzung woanders Deckung suchen mußte, da schickte der Polenkönig einen Trompeter mit der Aufforderung, daß sie sich ergeben sollten. Was tat mein Oberst auf dem Hause, ein Hauptmann von der Schweinitz? Er ließ dem König ausrichten, ‚er habe so lange geschlafen und habe das Klopfen nicht gehört. Wollte der König hereinkommen, so müßte er erst so anklopfen, daß man es auch hören könnte!' Dann trank der von Schweinitz dem Trompeter zu und flößte ihm so viel Wein ein, daß er betrunken war, als er ihn von sich wegschickte. So frohen Mutes ist unsere Besatzung, und nicht einer kennt Furcht oder Schrecken."

Klaus Veldeke war aufgestanden und ging im Zimmer hin und her. Antje stand am schweren Schreibtisch gelehnt und sah zum Leuchterweibchen hinauf, das über ihr hing.

„Aber wenn Weichselmünde fällt? Der König soll in starker Übermacht sein."

Und sie wagte es nicht, ihn dabei anzusehen.

„Die Besatzung wird noch heute nacht verstärkt. Der Oberst Winkelburg von Kölln geht selber mit hinaus. Weichselmünde darf nicht fallen. Es ist jetzt Bollwerk und Einfallstor für Danzig. Die besten Männer werden hinausgeschickt. Und immer neue Fähnlein Danziger Bürger."

„Und du, Klaus? Wann werden sie dich schicken?"

„Ich hoffe, bald, Antje. Weil alles darauf ankommt, daß der König nicht auf das rechte Weichselufer gelangt."

Sie ging einen Schritt vor und sah ihm groß und ernst in die Augen.

„Bevor auch du hinaus mußt, Klaus, will ich deine Frau werden."

Er nahm ihre Hand, ging mit ihr zum offenen Fenster, wo die Sommernacht träumte, und zeigte hinauf zu den Sternen, die still und ruhig ihre Bahn zogen.

„Es ist nicht zu Ende mit uns, söte Antje, wenn auch eine Kugel mein Herz treffen sollte. Wir finden uns wieder – du und ich – in einer anderen Welt. Und darum bin ich stark und froh und lege alles in Gottes Hand. Du wirst des Veldekehauses Ehre weiterführen als meine Frau, auch wenn ich nicht mehr bin."

Ein Wetterleuchten zuckte über die Sommernacht. Von St. Marien schlug die große Uhr.

Das war am Vorabend des 23. August.

*

Im starren, weißseidenen Brautkleid stand Antje Borcke. Nicht so steif und kerzengerade wie damals, als Tante Dörte es ihr in Leba anpaßte. Sie hatte den Kopf mit den wunderschönen, rehbraunen Flechten ein wenig gebeugt, als trüge sie eine Last. Die Faust, die über Danzig lag, ließ auch sie sich neigen in stiller Not.

Heute standen nicht wie damals sieben breite Wachslichter auf dem Boden um sie her. War wirklich noch kein Jahr vorüber, seit sie in Leba so stand? Und es kam ihr doch so vor, als lägen Jahrzehnte zwischen damals und heute.

Nun war ihr Hochzeitstag so schnell und plötzlich gekommen – durch Not und Tod. In Weichselmünde hatte es die letzten Tage furchtbare Verluste gegeben. 300 bis 400 Tote an einem einzigen Tag. Denn Stephan Bathory war zum Sturm gegen die Festung vorgegangen. Und immer neue Verstärkungen mußten aus Danzig kommen. Denn während der heftigen Kanonade, die die Aufmerksamkeit der Besatzung ablenken sollte, waren die Polen auf Booten hinter der Biegung der Weichsel unterhalb der Festung auf das rechte Weichselufer gelangt. Fünfmal waren sie schon hin und her gefahren und hatten die Mole besetzt, ehe die Danziger es merkten.

Es gab ein Kämpfen bis aufs Blut, bis die Dunkelheit einbrach. Während der Nacht hatten die polnischen Landsknechte auf der Mole Verstärkung bekommen, und gingen im Morgengrauen abermals zum Angriff über. Sie vertrieben die Danziger aus ihrer neuangelegten Uferfestung und drangen bis zum Festungskranz vor.

Immer furchtbarer wurden die Verluste. Selbst auf der See schwammen die Leichen, die das Weichselwasser mit hinuntergetrieben hatte. Und nun ging es wie ein Schreckensschrei in Danzig von Mund zu Mund:

„Der Stadtkommandant, der Oberst Winkelburg von Kölln ist gefallen! Und so viele Führer sind verwundet."

Auch Klaus Veldeke bekam nun den Befehl, am Abend mit seinem Fähnlein auszurücken zur letzten Wacht. Bis dahin hatte er nur noch wenige Stunden Zeit.

*

Vorm Hochaltar zu St. Marien knieten Klaus Veldeke und Antje Borcke. Ein weiches Sommerlicht fiel durch die hohen, bunten Scheiben und füllte das ganze Schiff der Kirche, so daß nur die tiefen Nischen und fernsten Winkel in der Dämmerung blieben. Jetzt legte der Priester ihre Hände zusammen und segnete sie. Leise spielte die Orgel. Immer noch knieten sie wie die Steinfiguren auf den Grabplatten von St. Marien.

Draußen zog sich ein Wetter zusammen. Wolken erstickten die Sonne, und man hörte fernen Donner rollen. Dazwischen die schweren, stampfenden Schritte vieler Männer auf dem Pflaster draußen. Sein Fähnlein trat an, um seinen Anführer zu erwarten.

Im hohen Portal stand Klaus Veldeke und küßte die Hand seiner Frau zum Abschied. Wieder mußte sie an den Erzengel Michael denken, als sie ihn so in Wehr und Waffen von sich gehen sah. Es war, als würde ein eisernes Band um ihre Brust gepreßt, und sie mußte sich gegen die hohe Kirchentür anlehnen. Sie hörte seinen scharfen Kommandoruf über die Helme der Landsknechte schallen. Und dann ihren eisernen, wuchtigen Schritt in der Dämmerung des Sommerabends verhallen. Frau Katharina und Bertie traten zu ihr und begleiteten die jüngste Veldekerin heim ins Veldekehaus.

*

In dieser Nacht ging ein furchtbares Gewitter über Danzig nieder, und am nächsten Morgen hüllte ein stiller, grauer Regen alles in seine Schleier. In der

Stadt erzählte man, daß der Kampf bei Weichselmünde wegen des schlechten Wetters ruhen müsse. Es war wie ein leises Aufatmen, das durch alle Frauenherzen ging.

Aber nach zwei Tagen wurde es anders. Der Regen hatte aufgehört und ein stiller, grauer Augusttag wartete auf Sonne. Und da hörte man auch wieder klar und deutlich das Donnern der Geschütze von Weichselmünde herüber.

Antje wurde es zu eng im Haus, sie konnte es einfach nicht mehr aushalten. Sie band ein dunkles Tuch über ihr kurzes Hauskleid und lief zum Hafen hinunter. Sie mußte irgendwie und irgendwoher eine Nachricht von Weichselmünde bekommen.

Am Mottlauhafen standen schon viele Frauen. Sie hatten sich zusammengeschart wie die Vögel im Sturm, und starrten mit großen, tränenlosen Augen stromabwärts. Dahin – von wo das Donnern der Geschütze dröhnte. Immer noch war der Himmel grau und verhangen, aber es regnete nicht mehr. Durch den Laufgraben, der die ganze Bootsmannslake von der Weichselmünder Schanze bis zur Stadt Danzig entlangführt, kam ein düsterer Zug. Landsknechte trugen auf ihren Schwertern den toten Oberst Winkelburg von Kölln. Sie hatten einen Mantel über sein zerschossenes Gesicht gebreitet.

Die Frauen weinten, und viele knieten nieder, als der tote Stadtkommandant vorübergetragen wurde. Der sein Leben ließ für Danzig. Antje preßte die Hände gegen den Mund, um nicht laut zu schreien vor Not und Qual. Und dann hörte sie mit weitaufgerissenen Augen, was die Landsknechte erzählten:

„Es ist den Polen gelungen, eine schmale, leichtgezimmerte Brücke von Holzstämmen über den Strom zu schlagen. Nun können sie ihre Mannschaften auf der Mole, auf dem großen Weichselufer immer neu verstärken. Das wird Danzigs Not!"

Alle kannten die gewaltige Bedeutung dieser Tat. Alles kam jetzt nur darauf an, diese polnische Brücke zu vernichten. Mit großer Mühe versuchten die Danziger, zwei brennende Weichselkähne, die sie mit Pech, Teer und Strauchwerk beladen hatten, gegen die Brücke zu treiben und diese damit zu zerstören. Aber der Wind war gegen sie, denn er trieb die brennenden Kähne gegen ihre eigenen Festungen. Mit langen Stangen mußten sie die eigenen Kähne abwehren, um ihre Verschanzungen zu retten.

Und die polnische Brücke stand! Und die Feinde lachten und spotteten über sie, und kamen Mann für Mann an das andere Ufer. Nun stand ihnen der Weg nach Danzig offen, denn der Tod wütete furchtbar in den Reihen der Danziger.

Als die Landsknechte weiterzogen, irrten Antjes Blicke über den Hafen. War denn da keiner, der helfen konnte? Gab es keine Schiffe mehr, die den Mut hatten, diese todbringende Brücke zu zerstören?

O, Schiffe lagen genug im Mottlauhafen! Große, schwere Danziger Schiffe und lange Weichselkähne. Aber es waren keine Männer mehr da, die sie steuern konnten. Leer und verlassen lagen die Schiffe. Denn alle Männer von Danzig standen im Kampf auf Leben und Tod am Lebenstor von Weichselmünde. Oder war es das Tor des Todes?

Heute war sogar Bertie mit ausgerückt, den man sonst wegen Schwächlichkeit immer zurückgestellt und anderweitig eingesetzt hatte.

Antjes irrer, suchender Blick fiel auf das schwere, plumpe Schiff des Holländers. Und sie sah oben auf dem Deck Piter Grootje hin und her gehen, die Hände in den Hosentaschen, zu untätiger Ruhe verurteilt. Sie stieg über die schwankenden Bretter vom Bollwerk aus zu ihm hinauf. Der Wind hatte ihr das Tuch vom Kopf gerissen, die Haare hingen zerzaust um das weiße Gesicht.

„Piter Grootje, Ihr müßt die Segel hissen und stromabwärts fahren! Sofort – ganz schnell. Wir müssen die Brücke zerbrechen, wenn es sonst keiner tut!"

Er spuckte über Bord und preßte ihre Hand.

„Bei Gott, Antje, wie seht Ihr aus? Und was habt Ihr vor?"

„Hißt die Segel, Piter Grootje, denn es geht um Danzigs leben!"

„Meine Leute sind in der Stadt und würden mir auch nicht helfen, Antje. Denn was interessiert die Holländer Danzigs Not?"

„Bei der Seele meiner Mutter – Piter Grootje – Ihr müßt fahren! Wir brauchen keinen Eurer Leute dabei. Der Wind geht wild in die Segel, wenn wir sie hissen, und treibt das Schiff ganz alleine. Ich bin oft mit den Fischern auf dem Lebasee gefahren und weiß mit allen Segeln gut Bescheid. Ich helfe Euch."

Piter Grootje erkannte den heiligen Ernst in ihrem Gesicht und ihren eisernen Willen. Und da kam es wie Scham über den alten Seebären, weil er hier so untätig wartete, während es da draußen um Tod und Leben ging.

Es war eine so zwingende Gewalt in ihrer Stimme, der er sich beugen mußte. Und plötzlich begann den alten Abenteurer dies selten kühne Wagnis zu locken.

Sein Schiff war fahrtbereit – was sollte er noch zögern? Und wenn die Polen hier eindrangen und die Weichsel sperrten, dann war auch seine baldige Heimkehr in Frage gestellt.

So gehorchte er schweigend und hißte alle Segel, daß der Wind knatternd hineinfuhr und das schwere Schiff wie einen Pfeil vorwärts trieb.

Mit großen Augen sahen die verängstigten Frauen am Ufer das Schiff mit vollen Segeln dahinjagen, nach Weichselmünde zu. Sie konnten sich nicht erklären, was das zu bedeuten hatte. Piter Grootje stand am Steuer und sah mit scharfen Falkenaugen immer geradeaus. Ihn freute das wilde Abenteuer, und sein altes Seemannsherz lachte ihm im Leibe.

Hei, wie der Wind in der braunroten Leinwand über ihm knatterte! Wie straff die Segel sich in dem steifen Südostwind blähten, der von der Niederung kam. Hoch am Mast stand Antje. Sie hatte keine Zeit, viel nach vorne zu sehen, denn sie mußte die gewaltigen Segel bedienen.

Jetzt ragte in der Ferne die Festung von Weichselmünde. Und die Kugeln der Polen sausten hart über sie hin. Eisern hielt Piter Grootjes braune Faust das schwere Steuer. Die harten Taue rissen blutige Striemen in Antjes Hände. Sie fühlte es nicht. Sie sah jetzt nur das eine.

Und das war die Brücke der Polen, die sich von Ufer zu Ufer spannte. Die immer neue Scharen der Feinde auf die rechte Seite hinüberließ, wo die Danziger standen. Ohrenbetäubend wurde das Heulen der Geschütze, denn alle Rohre waren jetzt auf das heranjagende Schiff gerichtet, das wie ein stolzer Vogel mit weitgeblähten Segeln über's blaue Wasser flog.

Das der Kugeln nicht achtete, die in den Masten und in das Deck schlugen.

Die Brücke kam näher. Wer war stärker? Das plumpe Holländerschiff oder der Holzbau der Polen?

Ein Krachen – ein Bersten und Splittern! Ein Schrei aus hundert Kehlen! Die Brücke war von dem furchtbaren Anprall durchbrochen! 600 polnische Landsknechte und Söldner waren plötzlich von ihrem Heer abgeschnitten – von jeglicher Hilfe und aller Verstärkung. Sie wollten sich den Danzigern ergeben und in ihre Dienste treten. Aber die Städter wiesen sie zurück. Alle 600 wurden bis auf etwa 30, die sich retten konnten, von den wütenden Danzigern niedergemacht oder ertranken.

Piter Grootjes breites Schiff fuhr jetzt langsam und ruhig weiter stromabwärts. Denn nachdem die tolle Fahrt geglückt war, zog er die Segel wieder ein und suchte einen sicheren Platz, um Anker zu werfen.

Auf einem Bündel Taue lag Antje Veldeke. Als sie das Werk vollendet hatte, war sie vor Erschöpfung in Ohnmacht gefallen. Piter Grootje schüttelte den Kopf und suchte nach einem stärkenden Getränk für sie.

*

Über Danzig stieg eine sternenbesäte Sommernacht auf. Im Laufgraben schritten Schatten durch das tiefe Dunkel. Es war die Ablösung für die todermatteten Männer von Weichselmünde. In seiner Rüstung und mit zerbeultem Helm kam Klaus Veldeke hinter den Verschanzungen hervor. Minutenlang stand er am

Ufer und sah das schwarze Wasser zu seinen Füßen fließen, sah die zertrümmerte Brücke und die vielen, vielen Toten.

Aber er hatte noch keine Ruhe, nach Danzig zurückzukehren, wenn auch seine Ablösung erfolgt war. – Er mußte erst Gewißheit haben über das Schiff, das vorhin in so maßloser Kühnheit die Brücke brach und damit Danzigs Schicksal entschied. Wenn er im Getümmel des Kampfes und im Pulverdampf vorhin recht gesehen hatte, mußte es der schwere Holländer des Piter Grootje gewesen sein. Aber seine Augen konnten sich auch geirrt haben in all der Wirrnis um ihn her. Darum mußte er es feststellen, noch heute nacht.

Er sah die plumpen Umrisse am Ufer liegen, nicht weit von ihm. Schwarz hoben sie sich aus dem Silber der mondhellen Sommernacht. Und jetzt erkannte er deutlich, daß es das holländische Schiff war. Aber wie übel zugerichtet nach dem wilden Sturmlauf! Schwere Steinkugeln steckten im Holzwerk der Planken, der Bug war teilweise zersplittert von dem starken Anprall. Piter Grootje würde lange zu tun haben, bis er es wieder zur Seefahrt flott gemacht hatte.

Am rechten Weichselufer lag es – ein wenig schief und unbeholfen. Und jetzt erkannte Klaus Veldeke eine Holzplanke, die man vom Schiff bereits zum Ufer gelegt hatte. Der Ratsherr sprang hinauf. Er mußte Piter Grootje die Hände schütteln, und wenn der auch im tiefsten Schlafe lag! Aber wer konnte nach solch einer Tat schlafen? Und richtig, da stand der Holländer am Bug und prüfte den Wind.

„Erschreckt nicht, Piter Grootje, ich bin es. Und ich mußte zuerst zu Euch, um Eure Hand zu drücken für diese Mannestat."

Piter Grootje hatte sich langsam umgedreht und sah den Ratsherrn groß an.

„Frauentat müßt Ihr sagen, Klaus Veldeke. Und die, die mich zu diesem Streich gezwungen hat, liegt da auf den Tauen. Sie war wohl ohnmächtig, da gab ich ihr Wein zu trinken. Sie schlug die Augen auf und ist dann vor Erschöpfung eingeschlafen."

Klaus Veldeke fuhr herum, und seine Augen suchten in der Richtung von Piters zeigender Hand.

Und dann erschrak er, kniete neben Antje und starrte ihr ins weiße Gesicht.

„Sie – sie hat Euch dazu getrieben, Piter Grootje? Wie war das möglich, bei allen Heiligen?"

Der alte Seebär war langsam zu dem Knienden getreten.

„Es gibt Zeiten, Herr, wo Gottes Engel zu den Menschen niedersteigen und ihnen sagen, was sie tun sollen. Von allein wären wir niemals darauf gekommen. So ist es ihr wohl auch gesagt worden, ohne daß sie es selber wußte."

Klaus Veldeke beugte sich tiefer über sie. Und leise sagte er:

„Antje, meine Antje!"

Da schlug sie die Augen auf. Aber es war eine große Furcht und eine Not darin.

„Die vielen Toten", flüsterte sie schaudernd – „und das viele, viele Blut, o Gott! Die Weichselwellen waren ganz rot davon."

„Mache deine Augen zu, süße Antje. Jetzt ist es Nacht, jetzt siehst du nichts mehr davon. Und ich trage dich in der Dunkelheit durch den Laufgraben heim ins Veldekehaus."

Zu Tode erschöpft schloß sie wieder die Augen, und

es war wie ein fernes, müdes Lächeln in ihrem Gesicht, als sie die Stimme Klaus Veldekes erkannt hatte. Der erhob sich und sagte leise zu Piter Grootje:

„Es ist besser, ich bringe sie jetzt fort als bei Tage. Daß sie all die furchtbaren Greuel nicht sieht, die um Weichselmünde herum gen Himmel schreien. Es sind mehr Tote in den Festungen als Lebendige. Und alles Wasser hier herum ist blutrot. Hört Ihr das Wimmern der Verwundeten in den Gräben, die man vergessen hat? Ehe sie wieder ganz zur Besinnung kommt, will ich sie durch die Nacht heimtragen."

Er legte seinen zerbeulten Helm zur Seite, daß ihm der Wind weich durch das blonde Haar fuhr. Dann beugte er sich hinab und hob Antje vom Boden. Trug sie behutsam über die schwankende Bohle zum Ufer und stieg dann mit ihr in den Laufgraben, der tief und sicher war. Sie hatte ihren Kopf auf seine Schulter gelegt, und er wußte nicht, ob sie schlief oder wach war. So trug er sie durch die schlafende Sommernacht und atmete in stillem Glück den süßen Duft ihrer rehbraunen Haare ein. Daß er sie wieder halten durfte!

O Gott – und jetzt war sie ja seine Frau. In seinen Schläfen hämmerte das Blut. Es war ein bitterheißer Tag heute – voll Not und Blut und Sterben ringsum. Und mehr als einmal hatte der Tod vor ihm gestanden und ihm mit gewaltiger Sense gedroht. Rechts und links von ihm hatte er gemäht und gesichelt.

Und nun durfte er hier in der stillen Sommernacht gehen und das Liebste tragen und beschützen, das Gott ihm auf dieser Erde beschert hatte!

Wie war ihm die liebe Last so leicht, wenn der Weg auch noch so lang ist! War er nicht groß und stark und hatte Muskeln von Eisen?

Als er in die Gassen von Danzig kam, graute der Morgen. Wie ein Wunder von purpurnen Blüten flammte es im Osten. Gottes Sonne wollte sich Bahn brechen und von neuem ihr Licht scheinen lassen über Gerechte und Ungerechte – über Freunde und Feinde – über Not und Tod! In den Baumzweigen fingen die Vögel an zu zwitschern, und der Turm der Marienkirche war in Gold gebadet.

Danzig lag im Schlaf todmüder Ermattung. Auch im Veldekehaus rührte sich niemand. Die Haustür war nur eingeklinkt, als hätte man noch auf jemand gewartet. Wieder trug er Antje wie damals die Treppe hinauf in ihr Zimmer, und legte sie auf ihr weißes Bett nieder. Strich ihr die wirre Haarflut aus der Stirn und beugte sich tief, tief über sie. Im Morgenschimmer des jungen Tages sah er, wie ihre Hände bluteten und wie das Kleid über der Brust zerrissen war.

Er holte Wasser aus dem irdenen Krug, der am Boden stand, und wusch ihr Gesicht und Hände. Da schlug sie die Augen auf in stillem, ernstem Fragen, und ein Erinnern ging durch ihren müden, benommenen Sinn. Sie sah Klaus Veldeke in ihrem kleinen Zimmer hantieren und Wasser und Leinen für sie holen.

Sie fühlte das zerrissene Kleid über Brust und Schulter und wollte voll Scham die Decke darüber ziehen. Da beugte er sich noch einmal über sie und küßte sie und sagte weich:

„Bist du nicht meine Frau, süße Antje? Nun darf ich an dir tun, was du einst an mir getan hast, als ich verwundet lag!"

Ein seliges Lächeln war in ihrem Gesicht. Sie sah die Morgensonne golden an der weißen Wand flammen.

„Mußt du nach Weichselmünde zurück, Klaus?"

Er schüttelte den blonden Kopf.
„Heute nicht und morgen auch nicht, Antje. Denn mein Fähnlein bekam den Befehl, in die Stadt zurückzukehren. Aber nun wollen wir beide ausruhen – du und ich. Wir haben es nötig nach diesen Stunden."
Noch einmal küßte er sie und ging dann leise hinaus.

*

Es war etliche Tage später. Am Frühstückstisch im große Eßzimmer saßen die vier Veldeke zusammen. Ganz leise schwankte die kleine Hansekogge, die über dem Eßtisch hing, im Lufthauch des Morgenwindes, der durch das offene Fenster strich. Antje mußte an den Tag denken, als sie oben auf dem Tisch gestanden und die Kogge bewundert hatte. Damals hatte sie Klaus Veldeke zum erstenmal gesehen.
Nun saß er ihr gegenüber und hatte nach langer Zeit keine Rüstung mehr an. Aber immer wieder gingen seine Augen zu ihr hin, und das stille, tiefe Leuchten war wieder wie damals in seinem stählernen Blick. Jetzt fingen die Glocken von St. Marien an zu läuten.
Osanna und Gratia Dei jubelten es in alle Lande, daß der letzte Feind von Weichselmünde und Danzig abgezogen war, und daß der König sein Lager zerstört hatte und fort war. Er war auch nie wiedergekommen, weil er einsah, daß es doch vergeblich wäre. Zu Weihnachten hatte er Frieden mit Danzig geschlossen, und endlich, endlich Danzigs Privilegien bestätigt.
Immer noch läuteten die Glocken von St. Marien.

Die Frauen hatten die Hände gefaltet und Tränen in den Augen. Auf den Straßen und Gassen blieben alle stehen, als sie das Läuten hörten. Denn jeder in Danzig wußte, was dies Glockenjubeln heute zu bedeuten hatte. Danzig war wieder frei und unabhängig!

*

Ein milder Augustabend ging träumend zu Ende. Antje stand oben an ihrem Fenster und schaute hinauf zum Turm von St. Marien. Er hatte all ihre Tränen gesehen und ihre heiße Not. Nun mußte sie ihm von ihrem großen Glück erzählen.

Gestern war die letzte Nacht gewesen, in der sie hier oben in ihrem kleinen Mädchenzimmer geschlafen hatte. Denn heute hatte Frau Katharina alles im ehelichen Schlafzimmer der Veldeke für sie hergerichtet. Antje lehnte die heiße Stirn gegen das Fensterkreuz und sah hinauf in den Abendhimmel, der dunkler und dunkler wurde. Da hörte sie einen festen Schritt auf der Treppe, und nun kam Klaus zu ihr herein. Er ging dicht zu ihr hin und bettete ihren Kopf an seinem Herzen. So standen sie lange – engumschlungen – während der Abendstern über die spitzen Dächer stieg. Er beugte sich tief zu ihr hinunter, bis seine Lippen ihre weiße, reine Mädchenstirn berührten.

„Hast du mich lieb, söte Antje?"

Sie hob sich auf den Fußspitzen und legte beide Arme um seinen Hals.

„Bis in den Tod!"